U0526921

亲爱的生活

[加拿大] 艾丽丝·门罗 著

姚媛 译

Dear Life

Alice Munro

北京出版集团
北京十月文艺出版社

新经典文化股份有限公司
www.readinglife.com
出　品

目录 Contents

1	漂流到日本
28	阿蒙森
65	离开马弗里
87	沙砾
104	庇护所
126	骄傲
146	科莉
166	火车
205	湖景在望
221	多莉

终 曲

243　眼睛

256　夜晚

269　声音

280　亲爱的生活

漂流到日本

彼得把她的行李箱拿上火车后，像是急于下车。但不是要离开。他对她解释说，他只是担心火车会开。他站在月台上，抬头看着车窗，挥着手。微笑着，挥手。他对女儿凯蒂绽开灿烂的笑容，笑容里没有一丝疑虑，仿佛他相信，她在他眼里一直是个奇迹，而他在她眼里也是，永远如此。他对妻子的笑似乎充满希望和信任，带着某种坚定。某种难以付诸言辞，也许永远也不能付诸言辞的情感。如果妻子格蕾塔提到这些，他会说，别犯傻。而她会赞同，认为两个人既然每天见面，每时见面，那任何解释都会显得刻意。

彼得还在襁褓中的时候，他的母亲抱着他翻山越岭——格蕾塔总是忘记那些山的名字——为了逃出苏维埃统治下的捷克斯洛伐克，逃往西欧。当然还有其他人一起。彼得的父亲本来打算和他们一起走，但就在秘密离开的前一天，他被送进一家疗养院。他计划一有机会就去找他们，但他死了。

"我读过类似的故事。"彼得第一次告诉她这件事时她说。她解释道,在那些故事里,人们不得不把哭泣的婴儿闷死或掐死,这样哭声才不会给那群非法逃亡的人带来危险。

彼得说他从没有听过那样的故事,也不知道他的母亲在那种情形下会怎么做。

他母亲所做的是来到加拿大不列颠哥伦比亚省,在那里提高了英语水平,并找到一份工作,教中学生一门当时被称作"商务实践"的课程。她独自将彼得抚养长大,供他上大学,现在他成了一名工程师。她来儿子家——他们起先住在公寓,后来有了自己的房屋——做客时,总是坐在客厅,从来不去厨房,除非格蕾塔请她去。她就是这样。极力不去注意。不注意,不打扰,不建议,虽然在每一项家务技巧和本领上,她都远胜儿媳。

而且,她处理掉了抚养彼得长大的那套公寓,搬进一套更小的公寓,那里没有卧室,只有放折叠沙发的地方。这样彼得就不能回家跟妈妈一起住了?格蕾塔逗她,但她似乎吃了一惊。玩笑让她痛苦。也许是语言的问题。但英语就是她现在日常使用的语言,实际上也是彼得唯一会说的语言。彼得还学过商务实践,虽然不是在母亲的课上学的,而当时的格蕾塔却在学《失乐园》。格蕾塔像躲避瘟疫一样避开所有有用的东西。他却似乎恰恰相反。

凯蒂一直不让他放慢挥手的速度,他们之间隔着车窗玻璃,保持着这副滑稽可笑,或者说其实是疯癫友好的模样。她想,他是多么英俊啊,而他似乎对此毫无察觉。他理了平头,正是时下流行的发式——在工程师之类的人群中尤其流行,他浅色的皮肤从来不像她的皮肤那样发红,也从来没有晒斑,无论什么季节都晒得健康均匀。

他对万物的看法跟他的肤色有点类似。他们去看电影时,他从来都不愿在散场后多谈。他会说不错,或者很好,或者还行。他认为多说没有意义。他看电视和读书的方式也基本上一样。他对这些有很高的接受度。编写情节的人也许已经尽了最大努力。格蕾塔与他争辩,冲动地问他是否会对一座桥梁发表同样的言论。设计桥梁的人尽了最大努力,但他们的最大努力还不够大,于是桥塌了。

他没有争辩,只是大笑。

那不一样,他说。

不一样吗?

不一样。

格蕾塔应该意识到,这种不加干涉、宽厚包容的态度于她而言是件幸事,因为她是个诗人,而她的诗里有些东西绝不是令人愉快的,也不容易阐释。

(彼得的母亲和同事,那些知道她是诗人的人,仍然使用女诗人这个词。而她已经把彼得训练得不再使用这个词。除他之外,没有训练的必要。那些被她抛在身后的亲戚,以及那些她以家庭主妇和母亲的身份认识的人不需要训练,因为他们根本不明白其中的微妙。)

日后,关于那个时代什么合宜什么不合宜会变得难以解释。你可以说,比如,女权主义不合时宜。但接着你就不得不解释人们当时甚至不用女权主义这个词。然后你就会结结巴巴，不知该如何解释一个女人在当时如果有任何严肃的想法，更别提雄心抱负，甚至只是读一本真正的书，都会让人感到可疑，怀疑这与你的孩子得了肺炎有关，而在某次办公室聚会上发表的一句政治评论可能会让你的丈夫丢了晋升的机会。评论哪一个政党无关紧要。要紧的是一个女人居然信口开河。

人们会哈哈大笑，说，哦，你一定是在开玩笑，而你只能说，嗯，但也不完全是。然后她会说，不过有一点，如果你写诗，那么在某种程度上身为女人比身为男人安全。这时女诗人这个词派上了用场，就像一团棉花糖。彼得不会有那种感觉，她说，但要记住他生在欧洲。不过他也明白，和他一起工作的那些男人对这种事持怎样的态度。

那年夏天彼得要去伦德一个月或更长时间，主持正在那里进行的一项工作。伦德在内陆遥远的北方，实际上，是在最北的地方。那里没有凯蒂和格蕾塔的住处。

不过格蕾塔与她以前在温哥华图书馆一起工作的一个女孩保持着联系，这个女孩现在结了婚，住在多伦多。那年夏天女孩和当教师的丈夫要去欧洲一个月，于是写信给格蕾塔，非常客气地问格蕾塔和她的家人能不能帮个忙，在他们离开的那段时间住在他们多伦多的家里，别让房子空着。格蕾塔回信说彼得要出差，但她本人和凯蒂接受了这个提议。

于是他们现在分别在月台和火车上不停地挥手。

那时有一本杂志，叫《回声回答》，在多伦多不定期发行。格蕾塔在图书馆发现了这本杂志，给他们寄去几首诗。她有两首发表了，于是去年秋天杂志编辑来温哥华时，她和其他作家得以受邀参加与编辑见面的聚会。聚会在一个作家的家中举行，在她看来，那个作家的名字简直如雷贯耳。聚会安排在下午晚些时候，彼得还在上班，于是她临时雇了人来家照看孩子，然后乘上北温哥华的公共汽车，越过狮门大桥，穿过斯坦利公园。下车后，她得在哈德逊湾百货公司门前等车，坐很长时间的车到大学校区，那个作家就住在那里。汽车转过最后一个弯后，她下了车，找到那条街，边走边仔细看门牌号码。她穿着高跟鞋，走得很慢。还有她那条最为优雅时尚的黑色长裙，拉链开在后背，腰身收得正好，但臀部总是有点紧。这让她看上去有些滑稽，她一边想，一边沿着没有人行道的弯曲街道磕磕绊绊地走；下午行将消逝，附近只有她一个行人。现代化的房屋，大落地窗，任何一个很有发展前景的郊区都是这副模样，不过完全不是她预想的那种街区。她开始怀疑自己是不是弄错了街道，这个想法并没有让她不高兴。她可以走回公交站，那里有一张长凳。她可以脱下鞋子，舒舒服服地坐下来，等待那段独自乘车回家的悠长行程。

但是当她看见停在路边的车，看见门牌号的时候，再要转身返回已经太迟了。房门紧闭，喧闹声从四周的缝隙透出来，她不得不按了两次门铃。

迎接她的女人似乎在等其他什么人。"迎接"这个词用得不对：

那个女人只是开了门,格蕾塔说,这里想必是举行聚会的地方。

"你觉得呢?"那个女人说,然后靠在门框上。门口被挡住了,直到她——格蕾塔——说:"我能进去吗?"接着是一个似乎带来极大痛苦的动作。她没有让格蕾塔跟她进来,但格蕾塔还是进去了。

没有人和她说话或注意到她,不过很快一个十几岁的女孩把一个托盘伸到她面前,上面放着几杯像是粉色柠檬汁的饮料。格蕾塔拿了一杯,因为口干舌燥一饮而尽,然后又拿了一杯。她对女孩说了谢谢,并试图和她攀谈,说路太远,自己又走得很热,但女孩不感兴趣,转身去做自己的事情了。

格蕾塔往里走。她一直在微笑。没有人像是认出了她或带着愉快的表情望向她,他们有什么必要这么做呢?人们的目光从她身边滑过,他们继续交谈。他们哈哈大笑。除了格蕾塔,每个人都身处朋友之中,开着玩笑,谈论着半公开的秘密,每个人看上去都找到了欢迎他们的人。除了那几个总是闷闷不乐地穿梭于人群之中端送粉色饮料的十几岁孩子。

但她没有放弃。饮料鼓舞了她,她决定等托盘端过来就再喝一杯。她留意寻找着一个看上去有空隙的谈话圈子,也许可以把自己塞进去。她似乎找到一个。她听见有人提起电影。几部欧洲电影,当时刚开始在温哥华上映。她听见了她和彼得去看过的那部电影的名字。《四百击》。"哦,我看过那部电影。"她大声地、热情地说,她们全都看向她,其中一个,显然是这群人的代言人,说:"是吗?"

当然，格蕾塔醉了。她匆匆灌下了用飘仙一号和粉色葡萄柚汁调制的鸡尾酒。她没把这次冷落放在心上，换作平时她可能会伤心。她继续随意走动，知道自己只是有些醉了，却又感觉室内有一种轻狂放任的氛围，交不到朋友也没关系，她可以四处走走，自己下评论。

拱门下挤了一群人，都是重要人物。她在这群人中间看到了主人，她很久以前就听过这个作家的名字，也知道他长什么样子。他聊起天来声音很大、语速很快，似乎在他和其他几个男人周围环绕着一种危险氛围，仿佛他们只要一看你就会向你发射侮辱。他们的太太，她开始相信，就是她刚才想闯入的那个圈子的成员。

给她开门的那个女人也是作家，不属于这两个圈子中的任何一个。有人叫了一个名字，格蕾塔看到那个女人转过身。格蕾塔知道了，那个女人是杂志的撰稿人，就在那本她自己也发表过作品的杂志。基于这个理由，她有没有可能走上前去介绍自己？她们是同等的，尽管那女人在门口表现冷淡？

但现在那个女人正懒洋洋地把头靠在那个叫她名字的男人的肩膀上，他们不会愿意被打扰。

有了这层顾虑，格蕾塔坐了下来。没有椅子，她就坐在地板上。她想了些事情。她想到跟着彼得去工程师的聚会时，气氛很愉快，尽管谈话很乏味。那是因为每个人的重要性都很确定很清楚，至少当时如此。而在这里没有人是安全的。人们可能会在背地里散布评论，甚至针对那些大家熟知的已有作品问世的人。无论你是谁，都会被这里机敏伶俐或紧张不安的气氛所笼罩。

就在这里,她刚才还迫切地渴望随便什么人能给她一个交谈的机会,就像扔给狗一根啃过的骨头一样。

想出解释这种不快的理论之后,她松了一口气,不再那么介意有没有人和她说话了。她脱下鞋子,感到轻松极了。她背靠墙坐着,对着人不多的一条走廊伸出两条腿。她不想不小心把饮料洒在地毯上,于是匆匆喝干了。

一个男人站在她身边看着她。他说:"你是怎么来的?"

她可怜他鞋底厚重的粗笨的脚。她可怜所有不得不站着的人。

她说她受到了邀请。

"当然。但你是开车来的吗?"

"我是走路来的。"但这不是全部,很快她就说出了其余过程。

"我先坐公交车,然后走路。"

刚才在那个特别的圈子里的一个男人现在来到那个鞋底厚重的男人身后。他说:"真是个好主意。"他居然看上去准备和她说话。

第一个男人不太喜欢这个人。他捡起格蕾塔的鞋,但她拒绝穿上,解释说这鞋让她的脚很疼。

"拿上你的鞋。不然我就拿着了。你能站起来吗?"

她期待那个更加重要的人来搀扶她,但他走开了。现在她想起来他写过什么了。一出关于杜霍波尔派[①]的戏剧,剧本引发了巨大的争议,因为那些杜霍波尔派教徒需要裸体出现在舞台上。当然,他们不是真的杜霍波尔派教徒,只是演员。而且他们终究

---

① 十八世纪俄罗斯的一个反国教派别,其信徒后来大多迁居加拿大。

没有被允许裸体登台。

她试图对搀她起来的那个男人解释这些，但他显然不感兴趣。她问他写过什么。他说他不是那种作家，他是个记者。带着儿子女儿，也就是房子主人的外孙和外孙女，一起来做客。他们——孩子们——一直在端送饮料。

"真要命，"他说，指的是饮料，"不该给人喝这种东西。"

现在他们来到外面。她穿着长筒丝袜走过草坪，差点儿踩到水坑。

"有人在那边吐过。"她对陪在她身边的人说。

"确实。"他说，他让她坐进一辆车。室外的空气改变了她的情绪，原本是一种不安的兴奋，现在几乎是尴尬，甚至羞愧。

"北温哥华。"他说。她一定告诉了他。"可以了吗？那我们出发。狮门大桥。"

她希望他不会问她来聚会做什么。要是她不得不说出她是诗人，那么她现在的状态，她过度的放任，就会被看作诗人令人生厌的典型表现。天还没黑透，但已经是晚上了。他们似乎正朝着正确的方向前行，先沿着海边，然后越过一座桥。伯拉德街大桥。车更多了，她不停地睁开眼看车窗外闪过的树，而后又不自觉地合上眼睛。车停下来时她知道这么短的时间不可能到家。确切地说，不可能到她家。

他们头顶的大树枝繁叶茂。你没法看到天上的星星。但有些星光映在了他们与城市灯光之间的水面上。

"就这么坐着细细地想。"他说。

她被这个词迷住了。

"细细地想。"

"比如,你会怎样走进家里。你能表现得端庄得体吗?别太过了。或者看上去若无其事?我猜你有丈夫。"

"首先我要感谢你开车送我回家,"她说,"你一定要告诉我你的名字。"

他说他已经告诉她了。也许说过两次。但好吧,再说一次。哈里斯·本内特。本内特。他是举办聚会的那家人的女婿。端饮料的那几个是他的孩子。他们从多伦多来做客。满意了吗?

"他们有妈妈吗?"

"有。但她在医院里。"

"抱歉。"

"没必要。那家医院不错。是治疗精神问题的。或者可以说情绪问题。"

她急忙告诉他,她丈夫叫彼得,是个工程师,他们有个女儿,叫凯蒂。

"哦,那真不错。"他说,然后开始倒车。

在狮门大桥上他说:"请原谅我刚才说话的语气。我那会儿在想应不应该吻你,结论是不应该。"

她以为他在说,她身上某种东西使她不值得被吻。这种屈辱就像被狠狠扇了一记耳光,把她彻底打醒了。

"下了桥以后我们直接上滨海大道吗?"他接着说,"我就靠你指路了。"

在那之后的秋天、冬天和春天，她几乎没有一天不想他。就像每次一睡着就做同样的梦。她会把头靠在沙发靠垫上，想象自己躺在他怀里。你会以为她记不起他的脸，但那张脸会突然清晰地出现，一张惯于嘲讽的居家男人的脸，面带皱纹、神情疲倦。他的身体也会出现，在她的想象中有些疲惫却仍有活力，有特别的魅力。

她想他想到几乎要哭出来。但当彼得回到家时，所有这些幻想都消失不见，蛰居起来。日常的爱意凸显出来，和以往任何时候一样真实可信。

这个梦其实很像温哥华的天气——一种阴郁的渴望，一种阴雨连绵、如梦似幻的忧伤，一种环绕着心脏的重负。

那么他拒绝吻她这件事呢，那看上去似乎颇无礼的打击？

她只是将它一笔勾销。彻底忘记了。

那么她的诗怎么样了？一行也没有写下，一个词也没有写下。没有一丝她喜欢过诗的痕迹。

当然，大多数时候她是在凯蒂午睡时才给这样的心情一个容身之所。有时候她大声说出他的名字，欣然拥抱自己的愚蠢。随之而来的是一阵令她鄙视自己的极度羞耻。确实愚蠢。愚蠢。

然后生活发生了变化，彼得先是有可能，后来是确定要去伦德工作，而她接到邀请去多伦多为朋友照看房子。天气突然放晴，大胆行动的机会突然出现。

她发现自己在写一封信。信没有以任何传统的方式开头。没有亲爱的哈里斯。没有你还记得我吗。

写这封信就像把一张纸条放进漂流瓶——
希望它能
漂流到日本

这是好长时间以来她写过的最接近诗的文字。

她不知道地址。她竟然冒失荒唐到给举办聚会的那家人打电话。可当一个女人接起电话时,她的嘴巴却干得如同一大片冻原,她不得不挂上电话。然后她用小车推着凯蒂去了公共图书馆,找到一本多伦多电话簿。电话簿里有很多本内特,却没有一个哈里斯或 H. 本内特。

她有了一个令人震惊的想法:去讣告栏里找。她忍不住要这么做。她一直等到那个看报的人读完。她不经常看到多伦多的报纸,因为要过桥才能买到,而且彼得总是买《温哥华太阳报》回来。她哗哗地翻着报纸,终于在一个专栏的顶端找到他的名字。他没有死。他是个报纸专栏作家,自然不会愿意有人通过电话簿找到号码打去他家打扰。

他写政治评论。文章似乎很有才智,但她根本不在乎这个。

她把写给他的信寄到了报社。她不确定他是否会自己打开信件,又觉得在信封上写"私人信件"是自找麻烦,于是只在漂流瓶那几行后面写上了她乘火车到达的日期和时间。没有名字。她想无论是谁拆开信封都可能会联想到一个措辞古怪的年长亲戚。不会牵连到他，即使这样一封奇怪的信寄到家里，他出院的太太拆开了信封，都不会。

凯蒂显然没有明白，彼得站在火车外面的月台上，意味着他不会和她们一起旅行。火车开动了，而他却没有动，火车开得越来越快，他被完全抛在后面，这时，被离弃的感觉让她非常伤心。但过了一会儿她就安静下来，对格蕾塔说，爸爸第二天早晨就会来的。

到了早晨，格蕾塔有点担心，但凯蒂根本没提彼得不在的事。格蕾塔问她是不是饿了，她说是的，然后向妈妈解释说——格蕾塔在上车前向她解释过——现在她们应该换掉睡衣，去另一个房间吃早饭。

"早饭想吃什么？"

"宝宝米。"意思是卜卜米。

"我们去看看有没有。"

有。

"现在我们要去找爸爸吗？"

火车上有供孩子玩耍的地方，但很小。一个男孩和一个女孩——应该是兄妹，因为他们穿着相同的兔子衣服——占据了那里。他们的游戏是让小汽车朝对方冲过去，在就快撞上的时候突然改变方向。轰砰轰。

"她叫凯蒂,"格蕾塔说,"我是她的妈妈。你们叫什么名字?"撞击变得更猛烈了,但他们没有抬头。

"爸爸不在这儿。"凯蒂说。

格蕾塔决定她们最好回去,拿着凯蒂的故事书《小熊维尼寻找罗宾》到有玻璃穹顶的观景车厢去读故事。她们不会打扰任何人,因为早餐时间还没过,车也还没开到著名的山景地带。

问题是她刚读完克里斯托弗·罗宾的故事,凯蒂就要她再读一遍,马上就读。读第一遍时凯蒂很安静,可现在她开始跟读,重复句子结尾的部分。再下次她就一个字一个字地跟着念,不过还不能自己背诵。格蕾塔想象得出,当车厢里坐满乘客时,这会惹人厌烦。凯蒂这个年龄的孩子不觉得单调重复有什么问题。事实上她们喜欢单调重复,她们全身心地投入其中,用熟悉的单词裹住自己的舌头,好像那些单词是永远不会融化的糖果。

一个小伙子和一个姑娘走上楼梯,在格蕾塔和凯蒂对面坐下。他们兴致勃勃地说了声早上好,格蕾塔也和他们打了招呼。凯蒂很不喜欢她搭理他们,继续盯着书轻轻地诵读故事。

过道对面传来小伙子的声音,几乎和凯蒂的声音一样轻:

白金汉官的卫兵正在换岗

克里斯托弗·罗宾和爱丽丝一同前往[①]

[①] 出自《小熊维尼》的原作者 A.A. 米尔恩的诗歌《白金汉官》。

他背完这首又背另一首。"'我不喜欢吃它们,我是山姆。'①"

格蕾塔笑了,但凯蒂没笑。格蕾塔能看出来她有些吃惊和反感。她能懂得书里写的荒唐话,却不懂得一个人不看着书从嘴巴里说出来的荒唐话。

"对不起,"小伙子对格蕾塔说,"我们是学龄前组的。那就是我们的教材。"他俯过身来,严肃又温柔地和凯蒂说话。

"这本书很好玩,是不是?"

"他的意思是我们的工作要和学龄前儿童打交道,"姑娘对格蕾塔说,"但有时候我们确实会弄混。"

小伙子接着和凯蒂说话。

"现在我也许可以猜出你的名字。是什么呢?是不是鲁弗斯?是不是罗弗?"

凯蒂咬了咬嘴唇,但还是忍不住严肃地回答。

"我不是狗。②"她说。

"当然不是。我不应该这么笨。我是个男孩,我叫格雷格。这个女孩叫劳丽。"

"他刚才在逗你呢,"劳丽说,"要我给他一巴掌吗?"

凯蒂仔细考虑了一番,说:"不要。"

"'爱丽丝就要嫁给卫兵做新娘,'"格雷格接着背,"'爱丽丝说:士兵的日子可真凄惶。'"

在他背到第二个爱丽丝的时候,凯蒂轻轻地插了进来一起背。

---

① 出自童书《绿鸡蛋和火腿》。
② 鲁弗斯(Rufus)和罗弗(Rover)都是常见的狗名。

劳丽告诉格蕾塔，他们在各地的幼儿园巡回表演幽默短剧。这叫阅读准备工作。其实，他们是演员。她要在贾斯珀下车，她在那儿找了一份暑期工，做服务员，也表演喜剧小品。这回不是阅读准备。人们管它叫成人娱乐。

"天哪。"她说。她笑了。"随遇而安。"

格雷格没别的事，他会在萨斯卡通下车先待一阵子。他家在那里。

他们俩都非常漂亮，格蕾塔想。高挑、柔软、瘦得几乎不自然，他长着一头鬈曲的深色头发，而她一头黑发，像圣母马利亚一样优雅。后来当格蕾塔提到他们长得有点像时，他们说有时候，安排住宿时，他们会充分利用这一点。这让两人一起过夜这事变得极为简单，但他们必须记得要两张床，而且晚上一定要把两张床都弄乱。

而现在，他们告诉她，现在他们不用担心了。没什么不能说的。他们分手了，在相处三年之后。几个月来他们一直很清白，至少相互之间是如此。

"现在白金汉宫的故事说完了，"格雷格对凯蒂说，"我要去活动活动了。"

格蕾塔以为他要下楼去或者至少到过道去做做健美操，但他和劳丽只是把头向后仰，伸长脖子，开始像小鸟一样啾啾喳喳，像乌鸦一样咕咕呱呱，发出各种奇怪的声调。凯蒂非常高兴，把这当作一场演出，一场讨好她的演出。她也表现得像个规规矩矩的观众,一直安安静静,直到表演结束才突然放声大笑。

有些准备上来的乘客在楼梯下面停住脚步,他们不像凯蒂那样着迷,也不知道如何理解上面发生的事。

"对不起。"格雷格说。他没有解释,语气中却带着亲密的友善。他向凯蒂伸出手。

"我们看看有没有游戏室。"

劳丽和格蕾塔跟在他们后面。格蕾塔希望他不是那种主要是为了测试自己的魅力才和孩子交朋友的大人,当他们发现孩子可能会多么不知疲倦地喜欢一个人之后,就会心生厌烦,变得爱发脾气。

到了吃午饭的时候,或者更早一些,她知道自己不必担心了。凯蒂的全情投入没有让格雷格厌烦,不仅如此,其他很多孩子也争相加入,而他也没有表现出一丝厌烦。

他并没有制造竞争。他设法转移最初集中在他身上的注意力,让孩子们相互注意,再让他们对游戏产生兴趣,游戏气氛热烈,甚至疯狂,但不会让孩子们乱发脾气。耍性子的事情没有发生。娇纵也都不见了。时间简直不够,有趣的事情一桩接着一桩。这真是个奇迹——在这么小的地方能这么轻松地让孩子们疯玩。疯玩消耗掉的能量又会让孩子们在下午好好睡一觉。

"他真了不起。"格蕾塔对劳丽说。

"他大部分时间都是这种状态,"劳丽说,"他从不有所保留。你知道吗?很多演员都会积蓄能量。演员尤其会这样。在舞台下面死气沉沉。"

格蕾塔想，我就是这样。我就有所保留，大多数时候都是。对凯蒂小心翼翼，对彼得小心翼翼。

尽管她还未曾特别留意，但他们已经跨入这样一个十年，一个这类事情会引起加倍注意的十年。生活将拥有与以往不同的意味。顺其自然吧。坦率。有些人坦率，有些人不那么坦率。头脑内外的屏障将被推翻。想活得真实就得这样。而像格蕾塔的诗那样的东西，那种不够直白的东西，都受到怀疑，甚至蔑视。当然，她仍然像以前一样，操心忙碌，对一切问题追根究底，私下里十分固执地对抗着主流文化。但是现在，她的孩子被格雷格迷住了，完全着迷于他所做的任何事。她非常感激。

下午，正如格蕾塔预料的那样，孩子们去睡觉了。有几位妈妈也睡着了。还有几位妈妈在打牌。劳丽在贾斯珀下车时，格雷格和格蕾塔向她挥手道别。她在月台上向他们飞吻。一个年纪稍大一些的男人走过来，拎起她的箱子，深情地吻她，然后朝火车看过来，向格雷格挥挥手。格雷格也向他挥挥手。

"她现在的男友。"他说。

火车开动时他们又互相挥了挥手，然后他和格蕾塔把凯蒂带回车厢隔间，凯蒂躺在他们中间睡着了，在旅程的中途睡着了。现在孩子没有掉出去的危险，他们打开隔间拉帘，让更多的空气进来。

"有个孩子真是帅呆了。"格雷格说。这是当时另一个新的流行词，至少对于格蕾塔来说是如此。

"这没什么。"她说。

"你真平静。接下来你就会说,'这就是生活'。"

"我不会。"格蕾塔说,她逼视着他,直到他摇摇头,笑起来。

他告诉她,他接触表演是因为宗教信仰。他家人属于格蕾塔从没听说过的某个基督教派。这个教派的教徒不多,但非常富有,至少有些教徒非常富有。他们在位于大草原的小镇上建了一座教堂,教堂里有一个剧场。那里就是他十岁前开始表演的地方。他们表演《圣经》里的寓言故事,也表演现代戏剧,演的是发生在与他们信仰不同的人身上的可怕的事。他的家人非常为他骄傲,当然他也为自己骄傲。当那些富有的皈依者前来重申奉神的誓言,使自己从虔诚的信仰中获得新生的时候,他从没想过告诉他们这到底是怎么一回事。不管怎样,他由衷地喜欢受到赞扬,也喜欢表演。

直到一天他有了一个想法,他可以继续表演,却不必演那些宗教内容。他尽量恭敬地表达自己的想法,但他们说他是被魔鬼附身了。他说,哈哈,我现在知道谁才是真的被附身了。

再见。

"我不想让你认为那全都是不好的。我仍然相信祈祷和所有一切。但我一直无法告诉家人发生了什么。任何不完全虔诚的事都会令他们痛苦至极。你认识那样的人吗?"

她告诉他,她和彼得刚刚搬到温哥华的时候,她住在安大略的祖母联系到当地教堂的牧师。牧师上门来拜访时,格蕾塔对他非常傲慢。他说会为她祈祷,但她差不多是回了句不用麻烦了。当时,她的祖母已是快离世的人了。格蕾塔后来感到很羞愧,而每次想到自己感到羞愧就又十分抓狂。

彼得不能完全理解这一切。他妈妈从来不去教堂,虽然她抱着彼得翻山越岭的理由之一,很可能是他们这么做就可以成为天主教徒了。他说成为天主教徒大概有个好处,就是直到临死之前都可以给自己留条后路。

这是这段时间以来她第一次想起彼得。

事实是她和格雷格一边喝着酒,一边进行这段痛苦又让人感到些许安慰的谈话。他拿出一瓶茴香酒。她很小心,作家聚会之后,她对任何酒精饮料都很小心,但酒精还是起了作用,足以让他们开始抚摸对方的手,然后互相亲吻和爱抚。这一切都是在熟睡的孩子身边发生的。

"我们最好别这样,"格雷塔说,"否则事情会变糟糕的。"

"现在我们不是自己,"格雷格说,"是其他人。"

"那就让他们停下。你知道他们叫什么吗?"

"等一下。雷吉。雷吉和多萝西。"

格雷塔说:"快停下,雷吉。我无辜的孩子怎么办?"

"我们可以去我的卧铺。不远。"

"我没有——"

"我有。"

"你不会随身带着吧?"

"当然不是。你以为我是个什么样的禽兽啊?"

于是他们整理好弄乱的衣服,悄悄溜出隔间,仔细扣好凯蒂睡觉的卧铺的每一个搭扣,装作一副若无其事的样子,从格雷塔的车厢到他的车厢。几乎没这个必要——他们一个人也没碰到。乘客不是在观景车厢给绵延的群山拍照，就是在酒吧里，或者在打盹儿。

在格雷格凌乱的隔间里他们继续刚才没做完的事。地方太小，不够两个人好好地躺下，但他们滚在了一起。刚开始是止不住的克制的笑声，后来巨大的快感袭来，除了对方睁大的眼睛，他们无处可看。他们咬住对方，不让自己发出某种可怕的声音。

"真好，"格雷格说，"很好。"

"我得回去了。"

"这么快？"

"凯蒂可能会醒，我却不在。"

"好吧。好吧。反正我也应该准备在萨斯卡通下车了。要是刚才做了一半车就到站了怎么办？你好妈妈。你好爸爸。请稍等一分钟，让我——啊哈！"

她把自己拾掇得体，离开了他。实际上她并不十分介意谁看见她。她感到虚弱，震惊，但又轻松愉快，像一个角斗士——她居然想出了这个形象，还为此笑了笑——刚在竞技场上角逐了一番。

不管怎样，她一个人影也没碰到。

卧铺拉帘下面的搭扣开了。她确信自己有把搭扣扣上。即使没有扣，凯蒂也几乎不可能出来，而且肯定不会这么尝试。之前，格蕾塔离开一分钟去厕所，非常明确地告诉凯蒂绝不可以跟着去，凯蒂说"我不会的"，好像对这一点有任何暗示也是把她当小孩子。

格蕾塔抓住帘子，全部拉开，她发现凯蒂不在里面。

她要疯了。她猛地掀开枕头,就像凯蒂那么大的孩子能把自己藏在枕头下面一样。她用力拍打毯子,好像凯蒂可能藏在下面。她控制住自己,努力回想她和格雷格在一起的时候火车在哪里停过,或者是否停过。如果火车停过,那么停车的时候会不会上来一个绑匪,带着凯蒂逃走了?

她站在过道上,试图想出她要怎么做才能让火车停下来。

后来她想,她强迫自己想,这样的事情不可能发生。别傻了。凯蒂一定是醒来后发现她不在,去找她了。一个人去找她了。

就在这附近,她一定就在这附近。车厢两头的门太重了,她根本打不开。

格蕾塔几乎无法动弹。她的整个身体,她的大脑,都被掏空了。这不可能发生。回去,回去,回到她和格雷格离开之前。在那时停住。停住。

过道对面有一个铺位,现在空着。一件女式毛衣和几本杂志放在上面,说明那儿有人坐。更远一些,有一个搭扣扣得严严实实的铺位,和之前她的铺位——她们的铺位——一样严实。她一把拉开帘子。里面睡着的老人翻了个身,仰面躺着,但没有醒。他不可能藏匿任何人。

真蠢啊。

接着又是一阵恐惧。假设凯蒂走到车厢的某一头,而且真的设法打开了一扇门。或者走在她前面的某个人打开了门,而她跟在那个人后面。两节车厢之间有一段很短的走道,实际上是车厢连接处。在那里你可以感觉到火车的行进,突如其来,令人惊恐。

你背后和面前各有一扇沉重的车门，走道两边是咣当作响的金属板。金属板下面是火车停车时会放下的台阶。

你总是加快脚步走过这些走道，这里的撞击和摇晃提醒着你，归根结底，事物被组合在一起的方式似乎并没有什么必然性。那些撞击和摇晃几乎有些漫不经心，又那么匆忙仓促。

车厢尽头的门太重了，甚至格蕾塔也打不开。或者恐惧使她力竭。她尽全力用肩膀推开了门。

就在那里，在两节车厢之间，在一块不断发出噪音的金属板上——坐着凯蒂。瞪着眼睛，嘴巴微张，一脸惊奇，独自一人。根本没有哭，但是看见妈妈时她哭了起来。

格蕾塔一把抱起她，让她跨坐在自己的腰胯处，跌跌撞撞地靠在她刚才推开的门上。

所有车厢都有名字，有的纪念战役，有的纪念冒险，有的纪念杰出的加拿大人。她们那节车厢的名字是康诺特。她永远不会忘记那个名字。

凯蒂毫发无损。她的衣服也躲过移动金属板锋利的边缘，没有被钩到。

"我去找你了。"她说。

什么时候？就在刚才，还是在格蕾塔刚离开的时候？

当然不是。要是那样早就会有人看见她，把她抱起来，发出警报。

天气晴朗，但并不温暖。她的脸和手都冰凉。

"我以为你上楼去了。"她说。

格蕾塔用卧铺上的毯子裹住凯蒂，这时她自己开始发抖，就好像发烧了一般。她感到恶心，实际上她能感到嗓子里有呕吐物的味道。凯蒂说："别推我。"然后扭动着身体挣脱开了。

"你身上的味道很难闻。"她说。

格蕾塔把胳膊拿开，仰面躺下。

这太可怕了，她想到的可能发生的事太可怕了。孩子仍然不愿配合，反抗着她，不和她靠近。

有人会发现凯蒂的，毫无疑问。一个正派的人，而不是一个邪恶的人，会看见她在那里，把她带到安全的地方。格蕾塔会听到令人惊恐的广播，说车上找到一个无人陪伴的孩子。一个自称凯蒂的孩子。她会立即从当时所在的地方冲过去，在尽量让自己看上去得体之后，冲过去领孩子，撒谎说她刚刚去了洗手间。她也会害怕，但她不会看到刚才的画面，凯蒂坐在那个嘈杂的地方，在两节车厢之间，孤独无助。不哭泣，不抱怨，仿佛她会这么永远坐在那里，没有人会向她解释，没有希望。就在她突然意识到自己得救之前，在可以开始哭之前的那一瞬间，她张开嘴巴，眼神异常地空洞。只有在得救之后她才可以重新回到自己的世界，找回受苦和抱怨的权利。

现在她说她不困，想起来。她问格雷格在哪里。格蕾塔说他在睡午觉，他累了。

她和格蕾塔去了观景车厢，在那里度过下午剩余的时间。车厢里基本上只有她们两个人。拍照的乘客一定在落基山脉耗尽了兴致。就像格雷格说的那样，他们对大草原兴味索然。

火车在萨斯卡通停了很短的时间,有几个人下了车。格雷格也在其中。格蕾塔看见一对夫妻来接他,那一定是他的父母。来接他的还有一个坐轮椅的老妇人,可能是祖母,还有几个年轻人,他们在旁边站着,兴高采烈,又有些局促不安。没有一个人看上去像某个教派的教徒,也完全不像待人严厉、难以相处的人。

但你怎么可能在任何人身上明确地看出这一点呢?

格雷格转过身,目光扫过火车车窗。她在车厢里向他挥手,他看到了她,也向她挥挥手。

"格雷格在那儿,"她对凯蒂说,"看下面。他在挥手。你能向他挥手吗?"

但凯蒂发现要找到他太难了。或者她根本没有去找。她带着一本正经又有些不快的神态转过脸去,格雷格最后滑稽地挥了挥手,也转身了。格蕾塔不知道这个孩子是不是因为他把她丢下而在惩罚他,拒绝想念他,甚至拒绝和他打招呼。

好吧,如果是这样,那就算了吧。

"格雷格对你挥手了。"火车开动时格蕾塔说。

"我知道。"

那天晚上凯蒂睡在她身边时,格蕾塔给彼得写了一封信。一封长长的信,她想把信写得有趣些,告诉他在火车上见到的各种各样的人。大部分人宁愿通过相机,而不是眼睛去看真正的景色,等等。还有凯蒂基本上很乖的表现。没有提孩子丢失的事,当然,也就没有提她的恐惧。当大草原落在身后,车窗外是没有尽头的黑云杉林，火车不知为什么在一座叫霍恩佩恩的被人遗忘的小镇停下来时，她把信寄了出去。

在这几百英里的旅程中，她把所有醒着的时间都用来照看凯蒂。她知道自己从没表现出这样的关爱。没错，自己会照看孩子，给她穿衣，喂她吃饭，陪她说话，在彼得去上班、只有她们两个在一起的时候。但是，格蕾塔在家里还有其他事情要做，她对孩子的注意并不是持续不断的，她对孩子的温柔往往是策略性的。

不仅仅是家务事。其他各种想法也将孩子从她心里挤了出来。甚至在她对多伦多的那个男人产生毫无益处、令人疲倦、白痴一般的迷恋之前，她也有其他事情要做，比如她似乎大半辈子一直在脑子里写诗这件事。她突然发现这是另一种背叛——对凯蒂，对彼得，对生活。现在，因为她脑子里凯蒂独自一人坐在两节车厢之间金属咣咣当当的撞击声中的画面——写诗成了她，凯蒂的母亲，要放弃的另一样东西。

一种罪恶。她将注意力放在了别处。固执地四处寻觅关注对象，却没有关注孩子。一种罪恶。

她们在上午到了多伦多。天色阴暗。夏天的电闪雷鸣。凯蒂在西海岸从没见过这样的喧闹，格蕾塔告诉她没什么好怕的，凯蒂似乎也并不害怕。也不用怕火车停靠的亮着电灯也依然黑暗的隧道。

凯蒂说："晚上了。"

格蕾塔说，不，不，既然下了火车，她们只要走到隧道尽头

26

就可以了。接着走上几级台阶,或许会有手扶电梯,这之后她们就会身处一座大楼,然后出去,乘一辆出租车。出租车就是汽车,会把她们送到家里,她们的新房子,那也是最后一程,她们要在那里住一段时间。过一段时间,就回到爸爸身边。

她们走上一道斜坡,那里有一部手扶电梯。凯蒂停了下来,于是格蕾塔也停了下来,直到人们从她们身边走过。格蕾塔抱起凯蒂,让她跨坐在自己的腰胯处,再用另一只胳膊提起箱子,箱子在电梯台阶上倾斜、碰撞。上去后,她放下孩子,在从联合车站高高的屋顶上照射下来的明亮光线中,她们又可以手牵着手了。

走在她们前面的人群开始散开,被等在那里的人接走,那些人叫出他们的名字,或者直接上前接过他们手里的箱子。

而现在也有人接过她们的箱子。接过箱子,搂住格蕾塔,第一次吻了她,坚定的吻,仿佛在庆贺什么。

哈里斯。

格蕾塔先是震惊,接着心里一阵翻腾,然后是极度的平静。

她试图抓紧凯蒂,但就在这时,孩子挣脱了她的手,走开了。

她没有试图逃开。她只是站在那里,等着接下来一定会发生的任何事。

阿蒙森

我坐在车站外的长凳上等车。火车到站后，车站门一直开着，但现在锁上了。一个女人坐在长凳的另一头，手垂在两膝之间，拎着一只网兜，里面装满用油纸包着的包裹。肉，生肉。你能闻到肉味。

铁轨对面停着电动火车，车上空无一人，正等待出发。

没有其他乘客出现，过了一会儿，站长探出头来叫道："院里。"开始我以为他在叫一个男人的名字，约里。也的确有一个穿着某种工作服的男人从楼房那头走了过来。他跨过铁轨，上了电动火车。拎着包裹的女人站起来，跟在他身后，我也跟了过去。街对面突然爆发一阵吵嚷，一座深色墙面的平顶房的房门开了，一群男人从里面跑了出来，边跑边把帽子扣在头上，饭盒叮叮咣咣地敲打在大腿上。听他们的动静你还以为火车随时会开走。但等他们在车上坐稳后，什么也没发生。火车停在那里，他们数了人数，说还有人没来，对司机说现在还不能开。有人想起那个没来的人今天休假。火车开动了,很难说司机有没有在听他们说话,或是否在意。

　　这些男人都在灌木地带的一座锯木厂下了车——从刚才的车站走过来不会超过十分钟,很快,湖泊就出现在视野之中,湖面上覆盖着白雪。湖边有一座长长的白色木房子。那个女人重新整理了一包包的肉,站了起来,我也跟着起身。司机又叫了声"院里",车门开了。有几个女人等着上车。她们和拎肉的女人打了招呼,拎肉的女人说,今天的天气真是阴冷。

　　我跟在她身后下车时,所有人都移开了目光。

　　显然在这个终点站没有需要等的人。车门砰地关上,火车开始往回开。

　　这里一片寂静,空气像冰。看上去一碰就碎的白色桦树皮上有黑色的印记,某种矮小杂乱的常青植物缩成团,像一只只打瞌睡的熊。结了冰的湖面并不平坦,冰面沿着湖岸起伏,仿佛波浪在落下的一瞬结成了冰。湖对岸房子的窗户排得整整齐齐,两头各有一个有玻璃围挡的门廊。一切都简单朴素,具有北方风貌,在云朵卷积的高高穹顶下黑白分明。

　　但走近一些就会发现桦树皮并不是白色的。灰黄色,灰蓝色,灰色。

　　如此宁静,如此令人陶醉。

　　"你去哪儿?"拎肉的女人对我喊道,"三点钟探视就结束了。"

　　"我不是来探视病人的,"我说,"我是老师。"

　　"不管怎样,他们不会让你从前门进去的,"那个女人有些得意地说，"你最好和我一起走。你没带箱子吗？"

"站长说他过后会带过来。"

"刚才你站在那儿的样子像是迷路了。"

我说我停住脚步是因为景色太美了。

"有些人可能会这么想。如果他们不是病得太重或太忙的话。"

直到走进房子一头的厨房，我们都没再说话。我急切地渴望着厨房里的温暖。我还没有机会环顾四周，我的靴子就引起了注意。

"你最好把靴子脱了，别在地板上留下鞋印。"

这里没有椅子可以坐，我费力脱下靴子，放在那个女人放靴子的垫子上。

"拿起靴子拎着走，我不知道他们会把你安排在哪儿。你最好穿着大衣，衣帽间里没有暖气。"

没暖气，没电灯，只有从我够不着的一扇小窗户里透进来的光线。这就好像在学校受罚，被关进衣帽间。没错。同样的气味，那些永远干不透的冬衣的气味，连里面的脏袜子都会被浸湿的靴子的气味，没有洗过的脚的气味。

我爬上一张长凳，但仍然看不到外面。在扔满帽子和围巾的架子上，我发现一个装着无花果和枣子的袋子。一定是有人偷了这些东西，藏在这儿，准备带回家。我突然饿了。从早上起就没什么可吃的，我只在安省北部铁路公司的火车上吃了一个干巴巴的奶酪三明治。我仔细考虑了从小偷那里偷东西的道德问题。无花果会粘在我的牙齿上，出卖我。

我下来得很及时。有人正走进衣帽间。不是在厨房里干活的雇工,而是一个穿着臃肿的冬季大衣、裹着头巾的女学生。她急急忙忙冲了进来,书本被扔向长凳,散落在地板上,头巾被一把扯下来,像灌木丛一样浓密的头发四散开来,似乎与此同时,两只靴子也被蹬了下来,从衣帽间的地板上滑过。显然,没人抓住她,让她在厨房门口脱下靴子。

"嘿,我不是故意要砸到你,"女孩说,"我刚从外面进来,这里太暗了,我都不知道自己在做什么。你是不是冻僵了?你是在等人下班吗?"

"我在等着见福克斯医生。"

"那你不会等太久,我刚从镇上和他一起坐车回来。你没生病吧?如果你病了,就不能到这儿来,应该到镇上去见他。"

"我是老师。"

"是吗?你是多伦多来的吗?"

"是的。"

片刻的停顿,也许是出于尊敬。

然而不是。她是在仔细打量我的大衣。

"真漂亮。领子上是什么毛?"

"波斯羔羊毛。其实是仿的。"

"差点儿把我骗了。我不知道他们为什么让你待在这儿,这儿能冻掉你的屁股。抱歉。你想见医生,我可以带你去。我对这儿了如指掌。我差不多从出生起就住在这儿。我妈妈管厨房。我叫玛丽。你叫什么?"

"薇薇。薇薇恩。"

"如果你是老师,我不是应该叫你小姐吗?什么小姐?"

"海德。"

"剥你皮的海德①。"她说,"对不起,我现编的。我希望你能做我的老师,但我得去镇上上学。都是那些愚蠢的规定。就因为我没得肺结核。"

她边说话边领我穿过衣帽间尽头的门,然后走过一条普普通通的医院走廊。打蜡的地毯。暗绿色的墙漆,消毒剂的气味。

"既然你来了,也许我可以让红毛同意我转学。"

"谁是红毛?"

"红毛狐狸福克斯。从书里看来的名字。② 我和安娜贝尔给他起的绰号。"

"谁是安娜贝尔?"

"现在谁也不是了。她死了。"

"哦,对不起。"

"不是你的错。这种事在这儿经常发生。今年我上高中了。安娜贝尔从来没有上过学。我上公立学校的时候,红毛让镇上的老师允许我一直待在家里,这样我就可以陪陪她。"

她在一扇半开的房门前停下,吹了一声口哨。

"嘿。我把老师带来了。"

---

① 在英语中,皮、毛皮(hide)与海德(Hyde)发音相同。
② 指美国儿童作家桑顿·W. 伯吉斯的作品《红狐福克斯历险记》(The Adventures of Reddy Fox)。

一个男人的声音说道:"很好,玛丽。你今天一天已经说得够多了。"

"知道。听见了。"

她慢悠悠地走开,留我面对一个中等身高的瘦削男人,他微微发红的金发剪得很短,在过道照进来的灯光中闪着光泽。

"你见过玛丽了,"他说,"她老是谈论自己,有点自吹自擂。她不会在你班上,所以你不必每天都忍受这一点。大家要么喜欢她,要么受不了她。"

他给我的印象是比我大十到十五岁,而且从一开始他就是以一个比我年长的人的口吻和我说话的。一个忧心忡忡的未来雇主。他问我旅途怎么样,箱子怎么安排。他想知道我在多伦多生活过之后住在这里会有什么感觉,会不会厌烦。

完全不会,我说,然后补充说这里很美。

"就像……就像走进一本俄国小说。"

他第一次专心地看着我。

"真的吗?哪一本俄国小说?"

他的眼睛是明亮的浅灰蓝色。一道眉毛扬了起来,像一顶小鸭舌帽。

并不是我没有读过俄国小说。有几本全部读完了,有几本读了一部分。但因为那道眉毛,还有那被逗乐却又咄咄逼人的表情,我除了《战争与和平》之外,一本小说的名字也想不起来。我不想说出这本小说,因为谁都能想起它。

"《战争与和平》。"

"好吧，我们这儿只有和平，我得说。但我想如果你渴望的是战争，你早就加入某个妇女组织，把自己送到海外去了。"

我感到气愤和屈辱，我其实并没有在卖弄。至少不仅仅是卖弄。我想说的是这景色给我带来了多么美妙的感受。

他显然是那种会在问题中给人设置陷阱的人。

"我想我原本以为会突然来个什么老太太，"他的语气略带歉意，"似乎现在到了一定年纪又有一些资质的人都会回到体制当中。你读书不是为了当老师吧，是不是？本来打算拿到本科学位之后做什么？"

"读硕士。"我简短地回答。

"是什么让你改变了主意？"

"我想我应该挣些钱。"

"明智的想法。但恐怕你在这里挣不到多少钱。对不起，我不该打探你的私事。我只是想确认你不会跑掉，抛下我们不管。没有结婚的打算吧，有没有？"

"没有。"

"很好。很好。你可以走了。我没让你灰心吧，有没有？"

我已经转过头去。

"没有。"

"到走廊那头护士长的办公室去，她会告诉你需要了解的所有事。你和护士们一起吃饭。护士长会告诉你在哪儿睡觉。小心别感冒了。我想你对肺结核不太了解吧？"

"我读过——"

"我知道。我知道。你读过《魔山》。"又一个陷阱出现了，他似乎恢复了刚才的样子。"我希望情况与书里描写的相比有所改善。我写了一些这里的孩子的情况，以及一些我认为你可以试着和他们一起做的事情，都在这儿。有时候我更愿意用文字表达自己的想法。护士长会告诉你实情的。"

我在那里待了还不到一个星期，就发现第一天发生的事其实极不寻常，几乎不可能再发生。我再也没有去过厨房和工作人员用来放衣服和藏偷来的东西的厨房衣帽间，大概永远也不会见到了。医生办公室同样是不可涉足的地方，护士长办公室才是问问题、发牢骚和安排日常工作的正式场所。护士长身材矮胖，脸色粉红，戴一副无框眼镜，呼吸粗重。无论你要什么，似乎都会吓她一跳，令她为难，但最终，要求总会得到处理，你也总能得到自己想要的东西。有时候，她在护士餐厅吃饭——餐厅会为她准备一份特别的凝乳甜点——给那里笼罩上一层阴影。但大部分时间她都待在自己的地盘。

除了护士长，还有三个年龄比我大的注册护士，最年轻的也和我差了超过三十岁。她们都是退休后又回来工作的，尽战时义务。此外还有护士助理，她们都和我年龄相仿，甚至更年轻，大多都结了婚，或订了婚，或正在往订婚的方向努力，对方通常都是军人。护士长和护士不在的时候，她们会聊个不停。她们对我毫无兴趣。她们不想知道多伦多是什么样的，虽然有几个认识去多伦多度蜜月的人。她们也不在乎我的课上得怎么样，或者我来疗养院工作之前做过什么。并不是说她们粗鲁无礼——她们会递给我黄油（说是黄油，其实不过是带橘色条纹的人造奶油，颜色是在厨房里上的，那是当时唯一合法的做法），告诫我不要吃肉馅土豆泥饼，说里面有土拨鼠肉，她们只是不关心在陌生的地方、不认识的人身上或不知道的时代发生的事。这种事让她们心烦，惹她们生气。只要有机会她们就会关掉收音机里的新闻，找点音乐听。

"和娃娃一起跳舞，她的袜上有个破洞……"①

护士和助理都不喜欢加拿大广播公司——而我从小就以为是加拿大广播公司把文化带到了穷乡僻壤。但她们都对福克斯医生充满敬畏，部分原因是他读过很多书。

她们还说没人像他一样，只要愿意，就能把人骂得体无完肤。

我没弄明白她们是否觉得读过很多书和把人骂得体无完肤之间存在某种联系。

惯常的教育理念不适合这里。这里有些孩子会重新回到这个世界或体系之中，有些则不会。最好不要给他们很大的压力。也就是说考试、背诵、评级这些事情毫无意义。

完全忘掉打分这件事。需要用分数来证明自己的孩子以后会赶上的，没有分数他们也会赶上的。实际上只需要教走上社会所必需的非常简单的技能、事实等。至于那些所谓的"优秀儿童"

---

① 歌曲《和娃娃一起跳舞》（"Dance With a Dolly"）的歌词。

怎么办？真是一个令人反感的词。如果说他们在学校教育的评判标准下算十分聪明的话，这个标准本身就很值得怀疑，他们会轻而易举地赶上的。

忘记南美洲的河流，还有英国大宪章。

音乐、绘画、故事是更好的选择。

做游戏也可以，但注意别让孩子们过于兴奋，或者过于争强好胜。

在压力和无聊之间保持平衡是件富有挑战性的事。无聊是住院治疗的灾难。

如果护士长不能提供你需要的东西，有时候会是看门人把这个东西藏在了某个地方。

祝一切顺利[①]！

来上课的孩子的人数经常变化。有时有十五个，有时只有六个。只在上午上课，从九点到中午十二点，中间有休息时间。如果发烧或正在接受体检，孩子们就不能来上课。上课时，他们安静听话，但并不是特别有兴致。他们立即就意识到这不是真正的学校，没有人要求他们学任何东西，他们也不需要遵守时间表或者背诵功课。这样的自由并没有让他们变得骄横，也没有让他们因为无聊而惹是生非，只是让他们变得温顺和心不在焉。他们轻声轮唱，玩井字棋游戏。临时课堂里笼罩着失败的阴影。

---

① 原文为法语。

我决定相信医生的话。或者相信一部分，例如无聊是敌人。

我在看门人的小屋里看见一个地球仪。我请求把地球仪拿出来，开始从简单的地理教起。海洋、陆地、气候。为什么不学风向和洋流？国家和城市？北回归线和南回归线？为什么不学南美洲的河流？

有些孩子以前学过这些知识，但几乎全忘记了。湖泊和森林之外的世界已渐渐远去。我觉得他们振作起来了，仿佛重新开始和学过的东西交朋友。当然，我没有把所有东西一股脑儿地塞给他们。而且我不能对那些因为病得太早而从没有学过这些的孩子太苛刻。

但没关系。这可以是一场游戏。我把他们分成几队，拿着教鞭一会儿冲到这里，一会儿冲到那里，让他们大声喊出问题的答案。我小心谨慎，不让这种兴奋状态持续太长时间。但有一天医生走了进来，他刚刚做完早上的手术，把我给逮住了。我不能突然停止，但我尽量减弱竞争性。他坐了下来，看上去有些疲惫，沉默寡言。他没有表示反对。过了一会儿，他开始加入游戏中，喊出非常可笑的答案，不仅是错误的，还是编造的。渐渐地，他让自己的声音变得越来越弱。越来越弱，越来越弱，先是变成咕哝声，而后变成耳语声，最后什么声音都听不到了。什么都听不到。就这样，他用这种怪诞的方式控制了课堂。为了模仿他，班上所有学生都开始不出声地说话。他们的眼睛紧盯着他的嘴唇。

突然，他发出一声低吼，全班都笑了起来。

"究竟为什么每个人都看着我？是你们的老师教的吗？盯着

没有干扰任何人的人看？"

大多数学生都笑了，但有些学生甚至在他说这些的时候也一直看着他。他们迫切地等待他做出更滑稽的举动。

"去吧。离开这儿，到别的地方胡闹去吧。"

他因为解散学生而向我道歉。我开始向他解释我为什么要把课堂变得更像真正的学校。

"虽然我确实同意你关于压力的说法——"我急切地说，"我同意你在指示里说的话。我只是认为——"

"什么指示？哦，那不过是我脑子里闪过的一些零星的想法。我可从没想过一定要那么做。"

"我的意思是只要他们病得不太严重——"

"我相信你是对的。我认为这不要紧。"

"否则他们看上去有些无精打采。"

"没必要为此小题大做。"他说，然后走了。

接着又转身像是要致歉，但那其实连敷衍都算不上。

"我们可以另找时间谈这事。"

我想，那个时间根本不会到来。显然他认为我让人讨厌，是个傻瓜。

午餐时我从几个助理护士那里得知，有个病人没能撑过早上的手术。所以我的愤怒甚至没有正当的理由，正因为如此，我不得不感到自己更像个傻瓜了。

每天下午都无事可做。学生们去睡午觉，午觉时间很长，有时候我也想睡。我的房间很冷——整栋房子似乎到处都很冷，比阿梵奴路上的公寓冷得多，虽然在那儿，我的祖父母出于爱国的考虑，把暖气开得很小。被子很薄——肺结核患者肯定需要比这更暖和的被子。

当然我没得肺结核。也许他们克扣像我这样的人的物资供给。

我昏昏沉沉，却无法入睡。头顶传来医用床被推过的辘辘声，孩子们被推到露天门廊，在冰冷的下午透透气。

于我而言，那里的房子、树木和湖泊再也不会和我第一天看见时一样了，那天，我被它们的神秘和威严迷住了。那天，我曾相信自己隐匿了形迹。现在看来那一切似乎都不是真实的。

那个老师在那儿。她在做什么？

她在看湖。

为什么？

没有别的事可做。

有些人真幸运。

偶尔我不在餐厅吃午饭，虽然那是算在工资里的。我到阿蒙森去，在一家咖啡馆吃饭。咖啡是波斯敦咖啡替代饮料，吃三明治最好配上罐装三文鱼，如果他们有的话。吃鸡肉沙拉时一定要看仔细，里面可能有鸡皮和软骨碎。尽管如此，我在那里会更加自在，就好像不会有人认得我。

在这一点上我大概弄错了。

咖啡馆没有女洗手间，你得去隔壁的旅馆，穿过啤酒吧打开的门，店里总是黑漆漆、闹哄哄的，飘出啤酒和威士忌的气味，浓烈的香烟和雪茄烟雾能把你熏倒。但我在那里仍然感到自在。伐木工人和锯木厂工人从来不会像多伦多的士兵和飞行员那样对你大喊大叫。他们沉浸在男人的世界里，叫嚷着他们自己的事，而不是来这里找女人。实际上他们很可能更渴望暂时或永远远离女人。

医生在大街上有一家诊所。一座只有一层的小房子，因此他一定住在别的地方。我无意间从护士助理那里听说他没有太太。在唯一的小巷里，我找到了可能属于他的房子——外墙用灰泥粉刷，前门上方有一扇屋顶窗，书籍排放在窗台上。那个地方看上去冷清乏味却井井有条，让人联想到一个独身男人，一个生活规律的独身男人，可能营造的一种精简却又细致的舒适环境。

学校位于那条唯一的居民街的尽头，有两层楼。楼下供一年级到八年级的学生上课，楼上供九年级到十二年级的学生上课。一天下午，我看到玛丽在那里打雪仗。似乎是男生和女生对阵。玛丽看见我，大声喊道"嘿，老师"，然后把两只手里的雪球胡乱一扔，从街对面踱步过来。"明天见！"她转过头去喊道，那语气几乎是在警告其他人都别跟过来。

"你要回家吗？"她说，"我也是。以前我搭红毛的车回去，但他现在走得太晚了。你怎么回去，坐电车吗？"

我说是，玛丽说："哦，我可以告诉你另一条路，你能省点钱。从灌木小路走。"

她带我走上一条狭窄但足以通行的小道，从小道上能够俯瞰小镇，然后穿过树林，经过锯木厂。

"这就是红毛走的路，"她说，"这条路高一些，但也短一些，你到了疗养院就拐下去。"

经过锯木厂后，脚下出现了几条伸向下面树林的丑陋小路和几座简陋的棚屋，里面显然有人住，因为外面堆着木柴，拴着晾衣绳，屋顶上冒着炊烟。从一座棚屋里跑出一条狼一般的大狗，狂吠嗥叫。

"闭嘴！"玛丽喊道。她飞快地团起一个雪球，朝那只畜生扔过去，正中它的眉心。大狗迅速转过身去，玛丽又团好一个雪球，砸向它的屁股。一个系着围裙的女人走出来喊道："你会打死它的。"

"总算赶走了这个坏家伙。"

"我让我男人上去揍你。"

"谁信你。你家的老男人屁都打不着。"

狗远远地跟着我们，发出不怎么可怕的威胁声。

"什么狗我都能对付，别担心。"玛丽说，"我敢打赌，要是我们遇到一头熊，我也能对付。"

"这个季节熊不是应该在冬眠吗？"

我被狗吓得要命，却装出一副满不在乎的样子。

"是的，但谁知道呢。之前有一头熊跑了出来，跑到疗养院堆垃圾的地方。我妈妈一转身，一眼就看到那头熊。红毛拿出枪来把它打死了。

"红毛曾经用雪橇带我和安娜贝尔出去，有时也会带其他孩子，他的哨声很特别，能吓跑熊。音调特别高，人的耳朵听不见。"

"真的啊。你见过那哨子吗?"

"不是那种哨子。我的意思是他会吹口哨。"

我想到了教室里的表演。

"我不知道,也许只是为了让安娜贝尔不害怕他才那么说的。安娜贝尔不会驾雪橇,红毛得用长雪橇拖着她。我就紧跟在她后面,有时候我会跳上长雪橇,他会说这东西是怎么了,这沉,有一吨重。他会突然试图转过身来抓我,但从来没抓住过。他会问安娜贝尔是什么东西让雪橇这么沉,你早饭吃什么了,但她从来不说。如果还有其他孩子在,我就不会那么做了。只有我和安娜贝尔去的时候最好玩。我再也不会有这么好的朋友了。"

"学校里的那些女孩子呢?她们不是朋友吗?"

"只有在没有其他人玩的时候我才和她们一起。她们什么都不是。

"安娜贝尔和我在同一个月过生日。六月。我们过十一岁生日的时候,红毛带我们到湖上去划船。他教我们游泳。嗯,教我。他得一直托住安娜贝尔,她没法真的学游泳。有一次他一个人游了很远,我们在他的鞋里灌满沙子。过十二岁生日的时候,和上次不同,我们哪儿都去不了,但我们去了他家吃蛋糕。安娜贝尔甚至连一小块蛋糕都吃不下,于是他带我们开车兜风,我们把一块块蛋糕从车窗扔出去喂海鸥。它们像疯了似的互相争抢,尖声鸣叫。我们笑疯了,他不得不把车停下,抱住安娜贝尔,防止她大出血。

"再后来,"她说,"后来他就不许我去看安娜贝尔了。反正

43

妈妈一直都不想让我和那些得肺结核的孩子待在一起。但是红毛说服了她,他说必要时他会制止我的。他真的那么做了,我气坏了。但安娜贝尔不会再像以前那样开心地玩了,她病得太严重。我可以带你去看她的墓,墓前还没有任何标志。等红毛有时间了,我要跟他做个什么东西当标志。如果我们刚才沿着小路一直走,没有拐下来,就会走到她的墓了。那里埋葬的都是些没有人会来看望并带他们回家的人。"

这时我们已经来到通往疗养院的平地上。

她说:"哦,我差点忘了。"然后拿出一把票。

"情人节的票。我们要在学校表演这个剧,名字叫《围裙号》①。我有这么多票要卖,你可以做第一个买票的人。我会在戏里演一个角色。"

我的猜测是对的,医生的确住在阿蒙森的那座房子里。他带我到那里吃晚饭。在大厅里碰到我时,他似乎是心血来潮,向我发出邀请。也许他不安地记得自己说过要和我一起谈谈有关教学想法的事情。

他提议的吃饭时间正是我要看《围裙号》的那个晚上。我对他说了,他说:"我也买票了。这并不意味着我们真要去看。"

"可我感觉我好像已经做出了承诺。"

"啊。现在你可以收回承诺。演出会很糟糕,相信我。"

---

① 英国戏剧家 W.S. 吉尔伯特与作曲家亚瑟·沙利文的两幕轻歌剧。

我照他说的做了,但我没有见到玛丽,没能当面告诉她。我在他吩咐的地方——前门外的露天门廊上——等着,穿着我最好的深绿色绉绸长裙,裙子上钉着小小的珍珠纽扣,缝着真正的蕾丝领子,还把脚挤进一双绒面高跟鞋,再在外面套上雪地靴。我一直等到过了约定的时间,先是担心护士长会从办公室出来看到我,然后担心他完全忘了这件事。

但后来他来了,一边扣着大衣扣子,一边向我道歉。

"总是有些零零碎碎的事情需要处理。"他边说边领着我在灿烂的星空下绕过房子朝他的车走去。"你能站稳吗?"他问。我说可以,虽然有些担心绒面鞋。他没有伸出胳膊让我挽着。

他的车和那个时候的大多数车一样又旧又破。车里没有暖气。当他说我们要去他家时,我松了一口气。我不知道我们要如何应付旅馆里的那伙人,也不希望只能凑合着吃咖啡馆的三明治。

到了他家,他让我在屋里暖和起来之前不要脱掉大衣。他立即开始忙着在柴火炉里生火。

"我是你的看门人、厨子和侍者,"他说,"这里很快就会变得舒舒服服,饭很快就好。不用帮忙,我喜欢一个人做。你愿意在哪里等呢?如果愿意,可以在客厅里翻翻书。穿着大衣的话,在那里应该不会冷得受不了。整座房子都是用炉子供暖的,不用的房间我就不生火。电灯开关就在门背后。你不介意我听新闻吧?这是我的习惯。"

我走进客厅,感觉多少是被他命令过来的,我没有关上厨房的门。他过来把门关上,说:"在厨房里暖和一点儿之前先把门关着。"然后又回去听加拿大广播公司播音员用低沉到夸张、几近虔诚的声音播报战争最后一年的新闻。自从离开祖父母的公寓，我一直没有机会再听那个声音，我宁愿自己可以留在厨房里。但客厅里有很多书可以看。不仅是书架上，桌子、椅子、窗台、地板上都堆着书。我仔细观察了几堆书，得出一个结论，他喜欢买丛书，而且很可能是某几个读书俱乐部的会员。哈佛经典系列。威尔·杜兰特和阿里尔·杜兰特合写的历史系列——我祖父的书架上也有同样的书。小说和诗歌似乎不多，但有几本经典童书，令人吃惊。

关于美国内战、南非战争、拿破仑战争、伯罗奔尼撒战争和尤利乌斯·恺撒的诸多战役的书。《亚马孙和北极探险记》。《沙克尔顿被困冰原》。《富兰克林的厄运》《当纳聚会》《消失的部落：被埋葬的中非城市》《牛顿和炼金术》《兴都库什山的秘密》。这些书暗示着主人渴望了解和拥有大量零散的知识。也许不是一个品位严格而固定的人。

因此当他问我"哪本俄国小说"时，很可能他并没有一个我所以为的明确的衡量标尺。

他叫了声"好了"，我打开门，心里装着这种新生的怀疑。

我说："你同意谁的看法，纳夫塔还是塞塔姆布里尼？"

"什么？"

"在《魔山》里。你最喜欢纳夫塔还是塞塔姆布里尼？"

"老实说，我一直认为他们是一对夸夸其谈的家伙。你呢？"

"塞塔姆布里尼更有人情味，但纳夫塔更有趣。"

"是学校老师这么教你的吗?"

"我从来没在学校读过这本书。"我冷冷地说。

他很快地看了我一眼,眉毛扬了起来。

"请原谅。如果那里面有什么你感兴趣的,请随意。你可以在休息时随意到这里读书。我可以准备一台电暖器,我猜你没用过柴火炉。要考虑一下这件事吗?我很快就可以给你弄把钥匙。"

"谢谢。"

晚饭吃猪排、土豆泥和罐装豌豆。甜点是从面包房买来的苹果馅饼,如果他能想到把馅饼热一下,味道会好一些。

他问了我在多伦多的生活,我的大学课程,我的祖父母。他说他猜我一定是被循规蹈矩地抚养大的。

"我祖父是一个自由主义派神职人员,有点儿保罗·蒂利希[①]的风格。"

"你呢?自由主义的基督徒小孙女?"

"不是。"

"痛快[②]。你认为我粗鲁吗?"

"那要看情况。如果你是以雇主的身份面试我,那就不粗鲁。"

"那我就接着问了。你有男朋友吗?"

"有。"

"在部队里吧,我猜。"

我说,在海军。我觉得海军是个很好的选择,这可以解释我

[①] 美国德裔新教自由主义神学家,二十世纪最有影响力的神学家之一。
[②] 原文为法语。

为什么从来不知道他在哪里,也没有定期收到他的信。我可以说他没有申请到登岸假期,以此作为应付的借口。

医生站起来去端茶。

"他在什么样的船上服役?"

"小型护卫舰。"这也是一个很好的选择。过一段时间我可以让他被鱼雷炸死,小型护卫舰常常遇到这样的事情。

"勇敢的家伙。茶里要加奶加糖吗?"

"都不加,谢谢。"

"很好,我这儿都没有。你知道,撒谎是可以被看出来的,你的脸会发烫。"

如果之前我的脸没有发烫,在他说了这番话后,我的脸确实发烫了。红晕从双脚升上来,汗水从腋窝流下去。我希望裙子不会被毁了。

"我喝茶的时候脸总是发烫。"

"哦,明白了。"

事情不会变得更糟了,我决定击败他。我把话题引向他,问他怎么给病人做手术。他会不会切除病人的肺,就像我听说的那样?

他的语气本可以更逗趣,更有优越感——那很可能就是他对调情的理解。我相信如果他这么做了,我就会穿上大衣,走到外面寒冷的空气里去。也许他知道这一点。他开始谈论胸廓成形术,并解释说在病人身上做这种手术不像使肺部萎陷或抽掉肺部空气那么简单。非常有意思的是,甚至古希腊医师希波克拉底也知道这一点。当然,近年来切除肺叶的做法也流行起来。

"但你不会失去一些病人吗？"

他一定认为现在又可以开玩笑了。

"但那是当然的。跑出去躲在灌木丛里，我们不知道他们去了哪里。跳进湖里了？或者你的意思是会有病人死掉？确实有不成功的案例。是的。"

但是了不起的事情即将发生，他说。他所做的手术会像放血疗法一样被淘汰。新的药物即将投入使用。链霉素。已经在试用。还有些问题，但有问题是自然的。对神经系统有毒性。但会找到解决办法的。

"会让我这样的外科医生失业的。"

他洗碗，我擦干。他在我腰间系上一块擦碗毛巾，保护我的裙子。毛巾很快就系好了，他把手放在我的背上。手掌有力，五指分开，他几乎是在用专业人士的手法估量我的身体。那天晚上睡觉时我仍然能够感觉到来自他手掌的压力。我感到压力从小手指到硬硬的拇指渐渐增大。我喜欢那种感觉。实际上，那比后来我从他车上下来之前他落在我额头上的吻更重要。他干干的嘴唇仓促而又熟练地给了我飞快而正式的一吻。

他家的钥匙出现在我房间的地板上，是我不在的时候从门缝下面塞进来的。但我终究不能用这把钥匙。如果是任何其他人发出的邀请，我一定不会错过这个机会。尤其是还包括一台取暖器。但在这件事情上，想到他在房间中待过，将来还会出现，我将无法享受任何平常的舒适，只能体会到让人紧张和伤脑筋的而非令人开朗的快乐。即使不冷，我也会忍不住颤抖，我怀疑自己能不能读进去一个字。

我想玛丽也许会出现，责备我没有去看《围裙号》。我想到可以说我身体不舒服。我感冒了。但我又想起在这个地方感冒是一件严肃的事，感冒的人需要戴上口罩，用消毒剂消毒，还可能被赶出去。很快我就明白，不管怎样，我根本就别指望隐瞒我到医生家里做客的事。这对任何人都不是秘密，甚至对那些不曾对此说些什么的护士也绝对不是，她们要么是太不屑或太慎重，要么就是这样的八卦已经不再能引起她们的兴趣。不过，那些助理护士取笑了我。

"那天晚饭吃得好吗？"

她们的语调是友好的，似乎挺认可这事。似乎我独有的古怪和医生被人熟知且尊重的古怪产生了联系，而这是有好处的。我的声望上升了。现在，无论我还有其他什么身份，至少我可能变成一个有男人的女人。

玛丽一个星期都没有露面。

"下星期六。"他说出这几个字，就在他给我突然一吻之前。于是我再一次在前门外的门廊上等他，这一次他没有迟到。我们开车到他家，我去客厅，他去生火。我注意到那儿有一台落了灰的电暖器。

"你没有采纳我的提议，"他说，"你以为我是随口说说的吗？"

我向来说话算数。"

我说不想到镇上来是因为害怕碰到玛丽。

"因为没有去看她的表演。"

"也就是说你要为了讨玛丽喜欢而安排自己的生活喽。"他说。

菜和上次差不多。猪排,土豆泥,玉米粒取代了豌豆粒。这一次他让我在厨房帮忙,甚至让我摆放餐具。

"你不妨了解一下东西都在哪儿。都放得井井有条,我觉得。"

这意味着我可以看他在炉子旁忙碌。他从容而专注的模样,简练的动作,让我心中闪现一串串火花,也生出一阵阵寒气。

我们刚开始吃饭,就响起了敲门声。他站起来,拉开门闩,玛丽冲了进来。

她把手里抱着的纸箱放在桌上,飞快地脱掉大衣,露出里面红黄相间的演出服。

"迟到的情人节快乐,"她说,"你没到剧场来看我,所以我上门来给你表演。盒子里还有我给你的礼物。"

她极佳的平衡力让她能够单脚站立,先踢掉一只靴子,再踢掉另一只,然后把它们拨到一边,开始围着桌子蹦蹦跳跳,同时用哀怨却充满活力的年轻嗓音唱着歌。

> 我叫小小金凤仙,
> 可怜的小小金凤仙,
> 我不知道为什么。
> 但我仍叫金凤仙,

可怜的小小金凤仙，

亲爱的小小金凤仙——

医生在她开始唱歌之前就站了起来。现在他正站在炉子旁边，忙着擦洗刚才烧猪排的煎锅。

我鼓掌夸赞。我说："多美的服装啊。"

的确很美。红色的裙摆，亮黄色的衬裙，飘动的白色围裙，绣花的紧身上衣。

"我妈妈做的。"

"花也是你妈妈绣的吗？"

"当然。她一直做到凌晨四点，就为了在我演出前夜把衣服做好。"

她又开始转圈跺脚，展示身上的衣服。架子上的盘子叮叮当当地响。我又鼓起掌来。我们俩都只想做一件事：让医生转过身来，不要不理睬我们。我们想让他说句礼貌的话，哪怕说得勉强。

"看看还有什么，"玛丽说，"送给情人的。"她撕开纸箱，里面是情人节饼干，全是心形的，涂着厚厚的红色糖霜。

"太漂亮了！"我说。玛丽又开始欢蹦乱跳起来。

我是围裙号的船长。

一个真正的好船长！

你们真的非常好，要明白，

我的船员真正好。

医生终于转过身来,她向他敬了个礼。

"好了,"他说,"够了。"

她没理他。

  为他欢呼再欢呼,
  坚强的围裙号船长——

"我说,够了。"

"'勇敢的围裙号船长——'"

"玛丽。我们正在吃晚饭。你没有被邀请。你明白吗?没被邀请。"

她终于安静下来。但只安静了一会儿。

"见鬼去吧。你可不怎么友好。"

"而且你最好不要碰那些饼干。你最好从此都不要再吃饼干。你正在变得像头小猪崽子一样肥。"

玛丽的脸鼓了起来,好像快要哭了,但她只是说:"看看是谁在说话。一只眼正一只眼斜的家伙。"

"够了。"

"你就是。"

医生捡起她的靴子,放在她面前。

"穿上。"

她照做了。眼眶盈满泪水,鼻涕流了下来。她用力地吸了吸鼻子。医生拿来她的大衣，但没有帮她穿上，她使劲挥舞着胳膊穿上大衣，扣上纽扣。

"这就对了。那么，你是怎么过来的？"

她拒绝回答。

"走来的，是不是？你妈妈呢？"

"在打牌。"

"我可以开车送你回家。这样你就没有机会因为自怜自哀而扑倒在雪堆上冻死了。"

我没有说一句话。玛丽也没有看我一眼。那个时刻充满震惊，我们无法说再见。

听见汽车发动之后，我开始清理桌子。我们还没开始吃甜点，跟上次一样，甜点是苹果馅饼。也许他根本不知道还有其他甜点，也许面包房只做苹果馅饼。

我拿起一块心形饼干吃了起来。糖霜甜得要命。没有浆果或樱桃味，只能尝出糖和红色食用色素。我吃了一块又一块。

我知道至少应该说一声再见。我应该说谢谢。但那无关紧要。我告诉自己那无关紧要。她不是为我表演。或者只有一小部分是为了我。

他很冷酷。他如此冷酷，让我吃惊。对一个如此需要他的人。但某种意义上，他是为了我才这么做的。这样他和我在一起的时间才不会被剥夺。这个想法取悦了我，我因为这个想法取悦了自己而惭愧。我不知道他回来后我要对他说什么。

他没有想要我说什么。他把我领到床上。这本来就很可能发生吗,还是说和我一样,他对此也感到意外?我是处女,至少这看起来没有出乎他的意料——他准备了毛巾和避孕套,他继续下去,尽量从容自在。我的激情倒可能让我们俩都意想不到。原来想象和经验一样,都可能是很好的准备。

"我真的打算和你结婚。"他说。

送我回家之前,他把所有饼干,所有那些红心,都扔到了外面的雪地上,喂冬天的鸟。

事情就这么定了。我们的突然订婚——他用这个词时有些小心翼翼——是一件已经决定的私事。我不会写信告知祖父母。什么时候他能连续休息几天,我们就举行婚礼。极简单的婚礼,他说。我应该理解,他没打算忍受有其他人观礼的仪式,因为他并不在乎那些人的看法,而我们还得忍受他们的窃笑和傻笑。

他也不主张买钻戒。我对他说我从没想过要钻戒,这是真的,因为我从来没有想过这件事。他说那很好,他知道我不是那种落俗的白痴女孩。

最好不要再一起吃晚饭了,不仅因为会有人说闲话,还因为用一张配给卡很难买到足够两个人吃的肉。我的配给卡不在自己手上,我刚开始在疗养院餐厅搭伙的时候就把卡交给了管厨房的人——玛丽的妈妈。

最好不要引人注意。

当然,每个人都猜到了些什么。年长的护士变得热情,就连护士长都给了我一个费力的微笑。我的确表现得有一点沾沾自喜，但基本上并非有意如此。我选择把自己包裹起来，如天鹅绒般沉静，眼睛低垂。我没想到这些年长的女人正留神注视着这段亲密关系将如何发展，如果医生决定抛弃我，她们随时会变得正义凛然，毫无偏私。

全心全意站在我这一边的是那些助理，她们逗我说在我茶杯的茶渣里看出了报婚钟的形状。

在医院内部，三月份阴森而忙碌。这是一年中麻烦不断的最糟糕的月份，助理们说。在熬过冬天的种种侵袭之后，不知道为什么，人们会凭空产生死亡的想法。如果一个孩子没来上课，我会不知道这是因为情况变得非常糟糕，还是仅仅因为他被怀疑得了感冒而需要卧床。我之前弄到一块移动黑板，把孩子们的名字写在了黑板四周。我甚至从来不需要擦去那些会长期缺席的孩子的名字。其他孩子会一声不响地帮我把名字擦了。他们了解这里的成规，而我仍然需要学习。

不管怎样，医生找到了做出些安排的时间。他从门缝塞了一张纸条到我的房间，让我在四月的第一个星期做好准备。那个时候他可以设法空出几天，除非出现真正危急的情况。

我们要去亨茨维尔。

去亨茨维尔，这是我们要去结婚的委婉说法。

我们开启了我肯定会铭记终生的一天。我把绿色绉绸长裙干洗了，仔细地卷起来放进小旅行包。祖母教过我把衣服紧紧卷起来这个诀窍，比起把衣服折起来，这样做更不容易弄皱衣服。我估计我得在某个地方的女洗手间里换衣服。我要仔细观察沿途有没有早开的野花，我可以采一些，做一束捧花。他会同意我捧一束花吗？但时节还太早，甚至连沼泽金盏花都没有开。道路空寂而曲折，除了细瘦的黑云杉和一片片蔓延的刺柏和沼泽之外，路边什么都没有。路堑上有一堆乱糟糟的石块，我已经熟悉了这里的石块——血红色的铁陨石和一片片倾斜的花岗岩。

车上的收音机开着，正在播放庆祝胜利的音乐，因为盟军越来越逼近柏林。医生——阿利斯特——说他们在拖延时间，好让俄国军队先进柏林。他说他们会后悔的。

既然已经远离阿蒙森，我发现我可以叫他阿利斯特了。这是我们一起驱车旅行最远的一次，而他漠视我的那种男性态度——现在我知道，这种漠视可以迅速转向其反面——和他漫不经心的开车方式让我兴奋。我因为他是一个外科医生而激动，虽然我绝不会承认这一点。就在此刻，我相信我可以为他躺在任何沼泽地或污泥坑里，或者如果他想直着身子进来的话，我可以任由自己的脊柱被任何路边的石块挤压。我还知道我必须把这些感觉留在自己心里。

我开始想象未来。到了亨茨维尔之后，我希望我们找到一位牧师，并肩站在一间客厅里，这客厅应该朴素雅致，与祖父母的公寓或者我一生都很熟悉的那些客厅有几分相似。我回想起祖父在退休后仍然被请去主持婚礼的时候。祖母会在两颊打上一点腮红，拿出深蓝色蕾丝上衣，那是她为见证这样的时刻而准备的。

但我发现还有其他的结婚方式，我还发现了之前没能了解到的我的新郎对婚礼的另一重厌恶。他不愿意和牧师扯上任何关系。在亨茨维尔市政厅，我们填了几张表格，郑重声明自己是单身，并预约那天下午由一位治安法官为我们主持结婚仪式。

到了午饭时间。阿利斯特在一家餐馆外面停住脚步，这餐馆大概是阿蒙森那家咖啡馆的近亲。

"这家行吗？"

他审视我的表情之后改变了主意。

"不行？"他说，"好吧。"

最后我们来到一家宣称有鸡肉大餐的高档餐厅，在阴冷的前厅里吃午饭。盘子冰凉，餐厅里没有其他客人，也没有从收音机里流淌出的音乐，只有我们用刀叉切开咬不动的鸡肉时发出的叮当声。他肯定在想，如果我们去了他刚开始提议的那家餐馆兴许会好一些。

不管怎样，我鼓起勇气问了女洗手间在哪里。在比前厅更冷的洗手间里，我抖开绿色长裙穿上，重新抹了口红，整理了头发。

我出来时，阿利斯特站起来迎接我，他微笑着捏了捏我的手，说我很好看。

我们手牵着手，浑身僵硬地回到车上。他为我打开车门，自己绕到另一边上了车，在座位上坐好后，转动钥匙发动车，然后又熄了火。

车停在一家五金店前面。铲雪的铲子在半价出售。橱窗里还有一张告示，写着店里可以磨溜冰鞋的冰刀。

街对面有一座木房子，漆着油腻的黄色。房门前的台阶已经不安全了，两块木板交叉着钉在台阶上。

停在阿利斯特的车前面的卡车是战前的型号，有一块脚踏板，挡泥板上有一圈铁锈。一个穿工装裤的男人从五金店里出来，上了车。发动机突突地抱怨了一阵，车在原地嘎嘎作响，又上下晃动了几下，然后开走了。现在一辆写着商店名字的送货车试图停进卡车开走后留下的空车位。车位不够大。司机下车走了过来，敲了敲阿利斯特的车窗。阿利斯特吓了一跳，如果他刚才不是在那般郑重地说话，就会注意到这个问题了。他摇下车窗，那个男人问我们把车停在那里是不是打算去店里买东西。如果不是，能把车开走吗？

"马上就走。"阿利斯特说。这个坐在我身边的男人本来要和我结婚，现在又不打算和我结了。"我们马上就走。"

我们。他刚才说"我们"。有一瞬间我紧紧地抓住这个词不放。然后我想这是最后一次了。我最后一次被包括在他说的"我们"里。

重要的不是"我们"这个词，告诉我真相的不是这个词。是他和那个司机之间男人对男人说话的语调，他平静而通情达理的道歉。现在我希望能回到之前他说那些话的时候，那时他甚至没有注意到那辆试图停车的货车。当时他说的话太可怕了，但是他紧紧攥住方向盘的动作，他的动作、他出神的模样和他的声音都表露着痛苦。无论他说了什么，是什么意思，他的话都是出自那个深深的地方，他在床上对我说的话也出自同一个地方。但现在，在他和另一个男人说话之后，情况不一样了。他摇上车窗，把注意力转移到车上，从狭小的停车位把车倒出来，注意不碰到那辆货车。

然而一会儿之后，我甚至情愿回到他探头去查看车后情况的那个时候。那要比沿着亨茨维尔大街开车好——就像他现在做的那样，好像再也没有什么可以说或可以做的了。

我做不到，他刚才说。

他说他无法把这件事情做到底。

他无法解释。

只知道这是一个错误。

我想以后每当看到和"磨溜冰鞋冰刀"告示上一样弯曲的字母 S[①] 时，或者每当看到像商店对面黄色房子的台阶上那样交叉钉着的粗糙木板时，我就会听到他的声音响起。

"现在我开车送你去车站。我会给你买一张去多伦多的票。我相当确定傍晚有一趟开往多伦多的火车。我会想出一个非常可信的故事，并且让人把你的东西整理好。你得告诉我你在多伦多的地址，我想我没有留着你的地址。哦，我会给你写一封推荐信。你的工作很出色。不管怎样，你都教不完一个学期——我还没有告诉你，孩子们要被转到别的地方去了。有各种重大变动正在发生。"

他的声音里有一种新的语调，几乎是轻快的。一种如释重负的欢快语调。他在努力克制，不在我离开之前流露出来。

我看着街道。这有点像被赶往刑场。还没到。还有一会儿。

[①] 溜冰鞋（skate）的首字母。

还不是我最后一次听到他的声音。还没到。

他不需要问路。我大声说出自己的疑惑,他是不是也这样送过其他女孩上火车。

"别那样。"他说。

每一次拐弯都像从我剩下的人生中剪去一块。

有一趟五点钟开往多伦多的火车。他让我在车里等着,他进去核实一下。他出来时手里拿着一张票,迈着在我看来更轻快的步伐。他一定意识到了这一点,走近汽车时他的步子慢了下来。

"车站里温暖舒适。有一间女士专用的候车室。"

他为我打开车门。

"或者你更愿意我陪你等着,送你离开?也许我们可以找个地方吃一块像样的馅饼。午饭糟糕透了。"

这让我动起来。我下了车,在他前面走进车站。他把女士候车室指给我看。他对我扬起眉毛,试图最后开一次玩笑。

"也许有一天你会把今天看作你一生中最幸运的日子之一。"

我在女士候车室里挑了一张可以看见车站前门的长凳坐下。这样如果他回来的话我就能看见他。他会告诉我这一切都是一个玩笑。或者一个试验,就像在某些中世纪戏剧里那样。

或者有可能他改变了主意。他沿高速公路开着车,看到春天淡淡的阳光照在石块上,就在刚才我们还一起看过这景象。他突然意识到自己多么愚蠢,于是在路中间掉头,飞快地开了回来。

至少还有一小时,开往多伦多的火车才进站,但感觉似乎就要没有时间了。甚至此刻幻想仍在我心中萦绕。我仿佛戴着脚镣上了火车。当火车离站的哨声吹响,我把脸贴在车窗上,目光扫过月台。甚至现在跳下火车可能也不算太晚。跳下火车,穿过车站,跑到大街上,而他刚在大街上停好车,正跑上台阶,一边想着还不算太晚,但愿不算太晚。

我则奔跑着去迎接他,不算太晚。

那一阵喧闹、大喊、叫嚷是什么,不是一个而是一群迟到的乘客从座位之间冲过。是一群穿着运动服的中学女生,面对自己造成的麻烦,嘻嘻哈哈地说笑着。列车员很不高兴,在她们乱哄哄地抢夺座位时催促她们快一点。

其中一个女生,或许是嗓门最大的一个,是玛丽。

我转过头去,不再看她们。

但她看见我了,她大声叫出我的名字,想知道我去了哪里。

去看望一位朋友,我告诉她。

她重重地在我身边坐下,告诉我她们是来和亨茨维尔的篮球队比赛的。那是一场混乱的比赛。她们输了。

"我们输了,是不是?"她用显而易见的欢快语调大声说,其他人发出咕哝声和咯咯的笑声。她说出了比分,的确丢脸。

"你穿得真正式。"她说。但她并不太在意,她似乎对我的解释不是真的感兴趣。

她几乎没注意到我说我要去多伦多看望祖父母。只是说他们一定年纪很大了。没有一句话提到阿利斯特。甚至没有说他一句坏话。她不会是已经忘了。只是把那个场景收拾了起来,放到一边,和她过去的自我一起放进壁橱。又或许她是那种真的可以对羞辱毫不在意的人。

现在我很感激她，即使当时我无法感受到这一点。如果只有我一个人，车到阿蒙森时我可能做什么？跳下火车，跑到他家里，要求知道为什么，为什么。那我会永远对此感到羞耻。而实际上，火车停靠时间很短，她们几乎来不及集合，也来不及去敲打车窗引起接她们的人的注意，列车员在一边提醒，如果她们不快点，就会被带到多伦多去了。

多年来我一直在想，也许我会跟他偶遇。我以前住在多伦多，现在仍然住在那里。我感觉似乎每个人最终都会到多伦多住至少一段时间。当然，这并不意味着假如你真的想看见某个人，就一定会看见他。

事情终于发生了。当时我正穿过一条甚至无法放慢脚步的拥挤街道。我们正朝着相对的方向行走。同时毫不掩饰地惊愕地盯着对方刻满岁月痕迹的脸。

他喊道："你好吗？"我回答："很好。"然后又额外补上一句："很幸福。"

当时这句话只能说大体上是真的。我和丈夫正进行一场旷日持久的争吵，因为我们要给他的一个孩子偿还积欠的债务。那天下午我去一家画廊看展出，为了舒缓自己的心情。

他再次对我喊道：

"太好了。"

似乎我们仍然能够走出人群，转瞬之间就又在一起。但同样可以肯定的是，我们会沿着刚才的方向继续走下去。我们就是那么做的。没有上气不接下气的哭泣，当我走上人行道时没有一只手放在我的肩膀上。只有一瞬间我看到那目光一闪而过，他的一只眼睛睁大了。左眼，一直是左眼，和我记忆中一样。眼神看上去还是充满不安、警觉和疑惑，仿佛某件不可思议的事情突然发生在他身上，某件几乎让他发笑的事。

　　对我而言，那种感觉就和我离开阿蒙森时一样，火车拖着仍旧茫然无措、难以置信的我离开。

　　关于爱，其实一切都没有改变。

离开马弗里

　　过去每座小镇都有一家电影院，马弗里也不例外。它叫"首都电影院"，这样的影院通常会叫此类名字。摩根·霍利是电影院的所有者和放映员。他不喜欢和人打交道，只喜欢坐在楼上狭小的房间里控制银幕上的故事，所以当那个检票的姑娘告诉他自己因为怀孕要辞职时，他自然很恼火。他本来应该预料到这一点。她已经结婚半年了，在那个年代，在肚子大起来之前你就应该从公众视线里消失。但是他太敌视改变，太敌视人们有自己的私人生活这个想法，所以他吃了一惊。

　　幸运的是，她想到一个可以接替她的人。一个和她住同一条街的女孩说想找一份晚上的工作。她白天不能工作，要帮妈妈照看弟弟妹妹。她很聪明，足以胜任这份差事，不过她很害羞。

　　摩根说这很好，他雇检票员可不是让她和观众闲聊的。

　　于是女孩来了。她叫利亚。摩根问她的第一个也是最后一个问题是，那是个什么名字啊。她说那是《圣经》里的名字。这时他注意到她没化妆,头发梳得很光滑,难看地紧贴在头皮上,用发夹固定住。有一瞬间他有些担心她是不是真的十六岁了,出来打工合不合法,但再仔细看看,他觉得她的年龄很可能是真实的。他告诉她工作日有一场电影要检票,晚上八点开始,星期六有两场电影要检票,晚上七点开始。结束后,她要负责清点票款,把钱锁好。

只有一个问题。她说工作日的晚上她可以自己走回家,但她父亲不许她星期六晚上自己走回去,父亲又不能来接她,因为他要在磨坊上夜班。

摩根说他不知道在这样一个地方有什么好害怕的,他正准备让她别来上班了,这时他想起那个值夜班的警察,他经常在巡逻时来看一会儿电影。也许他可以负责送利亚回家。

她说要问问父亲。

她父亲同意了,但还有几个条件。利亚不可以看银幕或听电影里的对话。这个家庭信仰的宗教不允许她做这样的事。摩根说他雇检票员可不是让她免费偷看电影的。至于对话,他撒谎说电影院是隔音的。

雷·埃利奥特,就是那个值夜班的警察,接受夜班工作是为了陪妻子打发至少部分白天的时间。他只要早晨睡五个小时,傍晚再打个盹儿,就可以了。那个盹儿经常泡汤,因为有些家务事要做,或者仅仅因为他和妻子——她叫伊莎贝尔——聊起了天。他们没有孩子,可以在任何时候谈论任何事情。他告诉她镇上的新闻，常常逗得她哈哈大笑，她则给他讲自己正在读的书。

雷刚满十八岁就参军了。他选择了空军，据说空军战士冒的危险最大，死得最快。他是中炮手——伊莎贝尔永远弄不清这是个什么职务，并且活了下来。战争快结束时，他被调到另一个飞行队，而几个星期后，他原来所在的飞行队的成员，那些和他一起飞了那么多次的人，被击落后失踪。回家后他心里有一个模糊的想法，他应该用这条莫名其妙被留下来的生命做些有意义的事，但他不知道是什么事。

首先，他应该完成中学学业。他长大的那座镇子成立了一所特殊的学校，专收想要完成中学学业并希望继续去大学深造的老兵，这是心存感激的公民为他们提供的机会。教英语语言文学的是伊莎贝尔。当时她三十岁，已婚，丈夫也是个老兵，军衔比她班上的学生高很多。出于寻常的爱国心，她打算教一年书，然后就退职回家，要个孩子。她公开和学生们讨论这件事，学生们背着她说有些家伙运气真好。

雷不喜欢听那种议论，原因是他爱上她了。她也爱上了他，这似乎更让人感到惊讶万分。除了他们自己，每个人都觉得这事荒唐透顶。她离了婚。这对她的名门之家来说是个丑闻，对她的丈夫更是个打击，他们还是孩子的时候他就想娶她了。雷的日子比她好过，因为他没什么需要与之探讨这件事的家人，而仅有的几个则宣称，既然他攀了高枝，他们肯定配不上他了，今后一定离他远远的。假如他们指望他会表示挽留，或者向他们许下什么承诺，那他们就要失望了。他无所谓，他大概就是这么说的。是时候重新开始了。伊莎贝尔说她可以继续教书,直到雷读完大学,找到工作,安稳下来,无论他想做的工作是什么。

但是计划不得不改变。她身体不舒服。刚开始,他们以为是神经紧张。生活的突变。愚蠢的烦扰。

后来疼痛开始了。每次她深呼吸时都会感到疼痛。胸骨下方和左肩膀都痛。她不去管它。她开玩笑说上帝因为她在情感上的出格而惩罚她,并说他——上帝——是在浪费时间,因为她根本就不信他。

她得的是心包炎。情况很严重。她忽视病情,给自己带来了危险。她不可能被治愈,但可以勉强维持生命。她再也不能教书了。任何感染都可能引发危险,还有什么地方比教室更容易让感染蔓延呢?现在必须由雷来养活她,于是他在格雷县和布鲁斯县的交界处这座叫马弗里的小镇当起警察。他不介意这份工作,而她在过了一段时间之后也不介意自己半隐居的生活。

只有一件事他们从不谈论。他们都不知道对方是否介意他们不能有孩子。当伊莎贝尔表示想要听雷讲讲他星期六晚上护送回家的那个女孩的所有事情时,雷想到这可能和她的失望有关。

"这太糟糕了。"伊莎贝尔听到禁止看电影的事情后说。当他告诉她那个女孩的父母为了让她在家里帮忙而不让她上中学时,伊莎贝尔更难过了。

"你说她很聪明。"

雷不记得自己说过那样的话。他说过她害羞得不同寻常,他们一起走回去时,他不得不绞尽脑汁寻找聊天的话题。有些他想到的问题是不能问的。比如,你最喜欢哪门功课?要问这个问题就必须用过去时,而她过去喜欢什么,现在无关紧要。又或者,她长大后想做什么?实际上,她现在已经长大了,而且已经被安排好了工作,无论她是否喜欢。还有她是否喜欢这座镇子,她是否想念曾经住过的任何地方,这些问题都毫无意义。他们已经聊过——不是很详尽——她弟弟妹妹的名字和年龄。当他问到狗或猫时,她说她没有养。

最终她想出了一个问题问他。她问那天晚上电影里的什么内容让观众发笑。

他并不认为应该提醒她她什么都不该听到。但他想不起来什么内容让大家发笑。于是他说一定是什么愚蠢的内容——你永远都猜不到什么会让观众笑。他说他没太专心,看得断断续续。他很少跟得上情节。

"情节。"她说。

他不得不告诉她那是什么意思——就是电影说的故事。从那以后聊天变得不再困难。他也不必提醒她,在家里复述他们聊的内容可能不太明智。她明白。他被要求不要讲任何具体的故事——但无论如何他很难做到这一点,只要解释那些故事往往是关于骗子和无辜的人的就好了,骗子通常刚开始过得不错,他们犯下罪行,欺诈在夜总会(就是像舞厅的地方)唱歌的人,或者有时候,天知道为什么,那些人开始在山顶上唱歌,或者在其他某个人们不太可能去的室外场所唱歌,让电影的节奏变得拖沓。有时候电影是彩色的。如果故事发生在古代的话,演员的服装会非常华丽。盛装的演员们上演一场相互残杀的大戏。用甘油点的眼泪从女士的脸颊滑落。大概是从动物园里弄来的丛林动物被逗着做出凶猛的表演。但摄像机镜头一移开,以各种方式被杀的人就爬了起来。活蹦乱跳,虽然你刚才明明看见他们被枪杀了,或者在刽子手的垫头木上被砍了头,脑袋滚进了篮子里。

"你应该讲得温和一点,"伊莎贝尔说,"你这样讲会让她做噩梦的。"

雷说她会做噩梦才怪。毫无疑问,这女孩有一副明事理的自信神态,不会被吓住或者弄糊涂。比如,她从来没问过刽子手的垫头木是什么,似乎也不会惊讶于会有脑袋放在上面。他告诉伊莎贝尔,这女孩身上有某种东西,使她想要理解你对她说的无论什么话,而不是仅仅为此感到激动或迷惑。他认为她已经以某种方式把自己与家人区隔开来。不是说她看不起他们,或对他们态度恶劣,她只是具备最起码的思考能力。

然后他说了让自己后悔的话,他也不知道为什么。

"她没什么盼头,不管怎样。"

"嗯,我们可以把她抢走。"伊莎贝尔说。

他警告她。严肃点。

"想都别想。"

圣诞节前不久(虽然天气还没有真正变冷),周中的某天夜里,摩根在大约午夜时分来到警察局,说利亚失踪了。

她像平常一样卖了票,关上窗户,把钱放在应该放的地方,然后回家了，他就知道这些。电影放完后他亲自把门关了，但走到外面时，一个他不认识的女人出现了，问利亚怎么了。她是那位母亲——利亚的母亲。父亲还在磨坊工作，摩根表示女孩有可能突然起意到父亲工作的地方去看他。母亲似乎不知道摩根在说什么，于是他说他们可以到磨坊去看看女孩是不是在那里，而她——母亲——哭了，求他千万别做这样的事。于是摩根开车送她回家，心想也许现在女孩已经到家了，但这种好事没有发生，他想他最好去告诉雷。

他不喜欢必须得把消息告诉那个父亲的想法。

雷说他们应该马上到磨坊去，她有可能在那里，虽然可能性不大。但是，当然，他们找到了父亲，而他根本没见过她，他因为妻子未经允许就出门而大发雷霆。

雷问利亚有没有朋友，得知她一个朋友也没有，他并不感到惊讶。他让摩根回家，自己去了利亚家，母亲正如摩根所形容的那样极度心烦意乱。孩子们还没有睡觉，或者说有几个还没睡，他们也说不出话来。他们在瑟瑟发抖，也许是因为家里有陌生人而感到害怕和不安，也许是因为天气寒冷，雷注意到天气显然越来越冷，即便室内也是如此。也许父亲对开暖气的条件也有规定。

利亚穿着冬天的大衣，他只从他们嘴里得知这一点情况。他知道那件宽大的棕色格子衣服，心想那件衣服至少可以让她暖和一阵子。摩根在警局出现之后，雪开始下得很大。

雷值班结束后回到家，告诉伊莎贝尔发生的事。然后他又出门了，伊莎贝尔没有试图阻止他。

一小时后,他一无所获地回来了,只带来消息说道路很可能因今冬第一场暴风雪而封闭。

到了早晨,道路真的封闭了。小镇那年第一次被封锁,主干道是扫雪机努力保持畅通的唯一道路。几乎所有商店都关门了,利亚家所在的片区停电了,人们对此无能为力,风太猛,把树都吹弯了,仿佛树在清扫地面。

值白班的警察有了一个雷没有想到的主意。他是联合基督教会的教徒,他知道,或者说他妻子知道,利亚每个星期都为牧师太太熨烫衣服。他和雷到牧师家里去,看看那里有没有人知道女孩为什么失踪,但没有得到任何信息。短暂的希望消失之后,找到女孩的线索似乎更加无望了。

雷有些惊讶,这个女孩还有另一份工作却从未跟他提过。虽然和电影院的工作相比,在牧师家的工作几乎算不上涉足社会。

下午他想睡一觉,也的确睡着了大约一个小时。晚饭时伊莎贝尔试图和他聊聊天,但聊什么都聊不下去。雷不停地说起去牧师家的情形,牧师太太尽力帮忙,也很关心利亚的事,而他——牧师——却表现得不像一个牧师应该有的样子。他不耐烦地开了门,仿佛写布道文或者别的什么东西时受到了干扰。他把太太叫来,太太过来后不得不提醒他那个女孩是谁。记得那个来帮我们熨烫衣服的女孩吗?利亚?然后他一边说希望很快就会有消息,一边顶着风慢慢地把门关上了。

"唉,他还能做什么呢?"伊莎贝尔说,"祈祷吗?"

雷认为那样也没坏处。

"那样只会让每个人都尴尬,也会让人看到祈祷徒劳无益。"伊莎贝尔说。她补充说,也许他是一个非常现代的牧师,更主张象征性的东西。

必须展开搜索,虽然天气不好。几座屋后的棚子和一座废弃多年的旧马厩被撬开并经过彻底搜查,以防她藏在里面躲避风雪。什么也没有发现。当地电台接到通知,播出了寻人启事。

如果利亚搭了便车,雷想,她也许是在暴风雪之前上车的,这可能是好事,也可能是坏事。

广播说她比平均身高稍矮一些——但雷认为应该是稍高一些,有一头深浅适中的棕色直发。而他认为她的头发是非常深的棕色,接近黑色。

她父亲没有参加搜索;她的几个弟弟也没有参加。当然,那几个男孩都比她小,而且,不管怎样,没有父亲的同意他们不可能离开家。当雷步行搜查了一圈,最后费力地穿过雪地走到她家门口时,门几乎没有开,那位父亲开门见山地告诉他,女孩很可能是私奔了。现在对她的惩罚已经不是由他决定,而是由上帝决定。他没有请雷进去暖和一会儿。也许家里仍然没开暖气。

第二天中午时分,暴风雪停了。扫雪机清扫了镇上街道的积雪。县里的铲雪机清理了高速公路上的雪。司机们接到通知,注意看雪堆里是否有冻僵的尸体。

过了一天,送信的卡车来了,送来一封信。信不是写给利亚家里任何人的,而是写给牧师和他太太的。信是利亚写的,宣布她结婚了。新郎是牧师的儿子,他在一支爵士乐队里吹萨克斯。信的末尾他加上了"惊喜惊喜"几个字。至少人们是这么说的,尽管伊莎贝尔问怎么可能有人知道,除非人们习惯还在邮局时就用蒸汽把信封熏开。

萨克斯手小时候不住在镇上。那时他父亲在别的地方做牧师。他很少回家。大多数人甚至说不出他长什么样。他从来不去教堂。几年前他带回家一个女人。那个女人浓妆艳抹,穿戴花哨。据说是他太太,但显然不是。

女孩在牧师家熨烫衣服时碰见过几次那个萨克斯手?有人得出结论。应该只有一次。这是雷在警察局听说的,流言在警察局里和在女人堆里散布得一样快。

伊莎贝尔认为这是个了不起的故事。不是私奔者的错。不管怎么样,他们并没有预订暴风雪。

原来她本人对萨克斯手有一点了解。她在邮局偶遇过他一次,那时他碰巧回家,而她那段时间正好身体状况不错,可以出门。她邮购了一张唱片,但唱片没有寄到。他问她是什么唱片,她告诉了他。但现在她不记得是什么唱片了。然后他告诉她,他在从事另一种类型的音乐演奏。有某种东西让她确信他不是本地人。他朝她靠过来的样子,他身上浓浓的果汁口香糖的味道。他没有提到牧师家,但在他对她说再见并祝她好运之后,有人告诉她那是牧师的儿子。

只是有一点轻浮,或者确信自己一定会受人欢迎。说了些如果唱片到了就让他来听的荒唐话。她希望他没打算让她当真。

她逗雷说,是不是雷对电影里广阔世界的描述让女孩起了那个念头。

雷没有流露出也难以相信在女孩失踪期间他所体会到的悲伤。当然,弄清发生了什么之后,他大大地松了一口气。

但她还是走了。以一种并不完全不同寻常或毫无希望的方式走了。荒唐的是,他感觉受到了冒犯。仿佛她本来至少可以暗示一下,她的生活还有另一个部分。

她父母和另外几个孩子也很快离开了,似乎没有人知道他们去了哪里。

牧师退休后没有和太太离开小镇。

他们留住了原来的房子,人们仍然经常称其为牧师家,虽然已经名不副实。新牧师的年轻太太对这所住宅的外观提出一些异议,教会当局决定与其整修旧房子,不如建一所新宅,这样她就没什么可抱怨的了。于是旧的牧师住宅被低价卖给老牧师。旧宅够大,牧师的音乐家儿子和他的太太带着孩子来看望他们时,也有地方住。

他们有两个孩子,孩子们出生时报纸登了名字。先是一个男孩,然后是个女孩。他们偶尔来做客,但通常只有利亚带他们来;他们的父亲忙于跳舞或者其他什么事。雷或伊莎贝尔都没有遇到过他们。

伊莎贝尔的身体好些了;她几乎恢复了正常。她烧的菜非常好吃,她和雷都胖了,她因此不得不暂停做饭,或者至少不那么经常烧别致的菜式。她和镇上的其他女人聚在一起，阅读和讨论伟大的作品。有几个人不明白这究竟是什么意思，于是退出了，除此之外，她们的活动非常成功。想到她们在天堂和可怜的老但丁坦率交谈时可能引发怎样的争论，伊莎贝尔会笑起来。

　　后来有几次她晕倒了，或者差点儿晕倒，但她不愿意去看医生，雷生气了，她声称是他的坏脾气导致她生病的。之后她向他道歉，两人和好如初，但她的病情急转直下，他们不得不雇一个所谓的实习护士，在雷不在的时候照看她。幸运的是，他们突然有钱了——她继承了一笔遗产，而他涨了工资，尽管他仍然选择值夜班。

　　一个夏天的早晨，雷在回家的路上去邮局看看是不是可以取信了。有时候邮局一大早就把邮件分拣好；有时候没有分拣好。这天早晨就还没有。

　　此时，在人行道上，在清晨明媚的阳光下朝他走过来的，是利亚。她推着一辆婴儿车，车里坐着一个大约两岁的小女孩，女孩用腿蹬着金属脚踏板。另一个孩子更加严肃，他拽着妈妈的裙子。那其实是一条橘色的长裤。搭配长裤的是一件宽松的白色上衣，有些像背心。她的头发比以前更有光泽，她的微笑——以前他从未真正见过她微笑——似乎真切地向他播撒着快乐。

　　她几乎可能成为伊莎贝尔的一个新朋友，那些朋友大多更年轻，或者刚搬来小镇不久，不过也有几个年长一些的、过去更加谨言慎行的老居民，她们被席卷进这个光明的新时代，旧观点被抛弃，语言被改变，她们正努力变得随性爽快。

他原本为在邮局没有找到新杂志而失望。倒不是因为这现在对伊莎贝尔有多重要。她过去为那些杂志而活着。杂志内容非常严肃,富有启发性,但里面会有一些让她发笑的诙谐的卡通画。甚至皮草和珠宝广告也让她发笑,他仍然希望这些杂志能让她恢复活力。不过现在,至少,他有可以讲给她听的事了。利亚。

利亚用一种新的声音和他打招呼,假装对他认出她感到惊奇,因为她几乎变成了——用她的话说——一个老太婆。她介绍两个孩子,小女孩不愿意抬头,继续有节奏地踢着金属脚踏板,男孩则看着远处,嘴里咕哝着什么。她取笑男孩不愿放开她的衣服。

"我们已经过了马路了,宝贝儿。"

男孩叫戴维,女孩叫谢莉。雷不记得报纸上登过的名字。他只有一个印象,两个名字都很时髦。

她说他们现在和她公婆一起住。

不是来做客。是和他们一起住。他后来才想到这一点,但这也许无关紧要。

"我们正要去邮局。"

他告诉她他刚从邮局出来,他们还没有分拣好邮件。

"哦,太糟了。我们还想着可能会有爸爸的信,是不是,戴维?"

小男孩又拽住了她的衣服。

"等他们分拣好邮件,"她说,"也许会有我们的信。"

雷感觉,她不太想和他道别,雷也不想和她道别,但又想不出还有什么其他可说的。

"我要去药房。"他说。

"哦,是吗?"

"我得去给我妻子拿药。"

"哦,我希望她没有生病。"

他感到自己仿佛背叛了妻子,于是非常简短地说:"没有。没什么。"

现在她的目光越过雷,她正用刚才和他打招呼的同样欢快的语调向另一个人问好。

那个人是联合基督教会的牧师,那个新上任的,或者说任职不久的牧师,就是他的太太要了一座时新的房子。

她问两位男士是否互相认识,他们说是的,认识。两个人的语调都表明他们并不熟识,而且似乎对这个状态感到满意。雷注意到那个人没有戴牧师领。

"我还没有犯下什么让他必须把我拖进警局的事吧。"牧师说,也许他认为他应该显得更快活一些。他握了握雷的手。

"真是太幸运了,"利亚说,"我一直想咨询你几个问题,结果你就来了。"

"愿意效劳。"牧师说。

"我是想问主日学校的事,"利亚说,"我一直在想。我这两个孩子正一天天长大,我一直在想该什么时候送他们去上主日学校,需要办什么手续,诸如此类的事。"

"哦,是的。"牧师说。

雷能看出他不是特别喜欢在公共场所履行牧师职责。不想每次上街都被迫与人交谈相关话题。但是牧师尽量掩饰自己的不适,和一个像利亚这样的女孩交谈,他一定能得到某种补偿。

"我们应该好好讨论一下这个问题,"他说,"随时可以约我。"

雷说他得走了。

"很高兴遇到你。"他对利亚说,然后对牧师点点头。

他继续向前,怀揣着两个新掌握到的情况。如果她在安排孩子上主日学校,那么她一定会在这里住上一段时间。另外,她还没有完全把从小被灌输的宗教观念从她的世界里清除。

他期盼着再次遇到她,但这样的偶遇没有再发生。

回到家后,他把女孩的变化告诉伊莎贝尔,她说:"归根结底,这一切听上去都很寻常。"

她似乎有些急躁,也许因为她一直在等他煮咖啡给她。帮工九点钟才来,因为之前一次烫伤事故,她就被禁止自己煮咖啡了。

圣诞节前,伊莎贝尔的情况一直在走下坡路,还发生了几次令人害怕的状况,雷请了假。他们去城里找到几位医学专家。伊莎贝尔立即被收治入院,雷则住进了医院为外地病人家属提供的房间。突然之间,他没有了任何职责,只需要每天去看伊莎贝尔,长时间地陪着她,记下她对各种治疗的反应。刚开始,他试图分散她的注意力,轻快地与她谈论过去的事,或者他对医院的观察,以及他瞥见的其他病人的情况。他几乎每天都散步,不管天气如何。他也告诉她每一次散步的见闻。他带上报纸,读新闻给她听。终于,她说:"你太好了,亲爱的,但我可能不行了。"

"什么不行了?"他反驳说。但她说:"哦,求你了。"在那之后他就安安静静地读从医院图书馆借来的书。她说:"如果我闭上眼睛,别担心。我知道你就在那儿。"

前段时间她从急症护理病房被转到另一间病房,那里有四个女病人,病情都和她差不多,虽然有一位病人偶尔会兴奋地对着雷大叫:"给我们一个吻。"

有一天他走进病房,发现另一个女人躺在伊莎贝尔的床上。有一瞬间,他以为她死了,却没有人告诉他。但斜对角病床上那位喋喋不休的病人喊道:"在楼上。"语气中带着些许欢快和满足。

事情是这样的。那天早晨伊莎贝尔没能醒来,于是她被移到另一层楼,似乎医院把没有希望好转——比之前那间病房里的病人好转机会还要渺茫——却拒绝死亡的病人都集中在那里。

"你倒不如回家去。"他们对他说。他们说如果有任何变动,他们会和他联系。

这个建议有道理。一个原因是,医院为家属提供的房间到期了。加上马弗里警察局给他的假期也早就用完了。所有迹象都表明回去是正确的。

然而他却留在了城里。他在医院后勤部门找了份工作,打扫卫生,清理物品,擦洗地板。他找到一套带家具的公寓,里面只有基本的生活用品,离医院不远。

他回了一趟家,只稍作停留。他一回家就开始安排卖房子和房子里的所有东西。他让房产经纪人负责处理此事,自己则尽快离开;他不想向任何人解释任何事。他也不在乎那个地方发生的任何事。在镇上生活的那些年,他所了解的关于小镇的一切,似乎都从他身边溜走了。

他在镇上的时候的确听说了一些传闻,是那位联合基督教会牧师的丑闻,他想让妻子跟他离婚,理由是他通奸。和教区居民通奸已经够糟糕的了,而牧师似乎并没有尽力保守秘密,偷偷溜走,等待生活恢复正常,或者去穷乡僻壤某个被遗忘的教区任职,他选择承担犯错的后果。他不只是坦白承认。他还说,一切都是虚假的谎言。他言不由衷,宣讲自己并不完全相信的四福音书和戒条,他关于爱和性的大多数布道,他那墨守成规、胆小羞怯、闪烁其词的建议——全是虚假的谎言。现在他自由了,可以自由地告诉他们,在赞颂精神生活的同时赞颂肉体生活是多么令人欣慰啊。那个让他获得自由的女人似乎是利亚。雷听说她的丈夫,那个音乐家,曾经回来要带她走,但她不愿意跟他走。他说都怪牧师,但他——那个丈夫——是个酒鬼,没有人知道是否应该相信他。不过,他妈妈一定相信他,她把利亚赶出家门,把两个孩子留了下来。

在雷看来,这些都是令人厌恶的闲言碎语。通奸,醉酒,丑闻——谁对谁错?谁会在乎?那个女孩已经长大,像其他所有人一样学会了沾沾自喜,讨价还价。时间被浪费了,生命被浪费了,被那些争相追逐刺激却对真正重要的东西视而不见的人浪费了。

当然,过去还能和伊莎贝尔谈论这些时,一切都不一样。并不是伊莎贝尔会寻找答案,而是她会让他感到这个问题比他所考虑的要复杂得多。最后她总会笑起来。

他的工作很顺利。同事问他是否愿意参加保龄球队,他感谢了他们，但说自己没时间。其实他有很多时间，只是这些时间他要和伊莎贝尔在一起。留心任何变化，任何解释。不让任何事悄然溜走。

之前那些护士说"嗨，我的夫人"或者"好了，太太，我们到这边来"的时候，他还提醒过他们："她叫伊莎贝尔。"

后来他习惯了她们这样对她说话。不管怎样，这样看来，变化还是有的。如果在伊莎贝尔身上找不到，他还可以在自己身上找到。

有相当长的一段时间，他每天去看她一次。

后来他每隔一天去看她一次。再后来每星期去看她两次。

四年。他想这一定接近最高纪录了。他问那些照看她的人是不是这样，她们说："嗯。快了。"她们习惯于对每件事都含糊其辞。

他一度坚信她在思考，但现在已经不这么想了。他已经不再等她睁开眼睛。他只是不能离开，把她一个人留在那里。

她从一个非常瘦弱的女人变成了——不是一个孩子，而是一堆别扭的不合衬的骨头，头发像小鸟的羽冠，呼吸飘忽不定，每一分钟都可能死去。

有几间用作康复与锻炼的房间和医院相连。通常他只看见这些房间没人时的样子，所有器材都收了起来，所有的灯都关着。但是有一天晚上，不知道为什么，他穿过大楼离开时走了一条不同的路，看见有一盏灯还亮着。

他去查看，发现有人还在里面。一个女人。她跨坐在充了气的健身球上,只是在那里休息,也许是在努力回想接下来应该做什么。

是利亚。刚开始他没认出她,但他又看了一眼,认出是利亚。如果他先看清是谁,也许就不会进去了,但此刻,他在去关灯的路上已经走了一半。她看见了他。

她从坐的地方滑了下来。她穿着锻炼专用的运动服,比以前胖了很多。

"我想过也许什么时候会再遇到你,"她说,"伊莎贝尔好吗?"

听她直呼伊莎贝尔的名字,或者只是听她提到伊莎贝尔,令他感到有点惊讶,仿佛她认识她一样。

他简短地说了伊莎贝尔的情况。现在也只能简短地说说了。

"你对她说话吗?"她说。

"不再说那么多了。"

"哦,你应该对她说话。不该放弃对他们说话。"

她怎么会认为自己对每一件事都知道得很多?

"你看到我并不惊讶吧,是不是?你一定听说了吧?"她说。

他不知道怎么回答。

"呃。"他说。

"我听说你在这里,以及其他的事情,已经有一阵子了,所以我猜我只是以为你会知道我也在这里。"

他说不知道。

"我做康复工作,"她告诉他,"我是指帮助癌症病人康复。如果他们能行的话。"

83

他说他认为这是个好主意。

"非常好。对我也是。我其实还好,但有时候会有些烦心事。尤其是在吃晚饭的时候。那个时候我会有奇怪的感觉。"

她看得出他不知道她在说什么,她愿意,也许是迫切地想要解释。

"我的意思是孩子们不在我身边,这之类的事。你不知道孩子的父亲得到了抚养权?"

"不知道。"他说。

"哦,是这样。他们认为他的母亲可以照顾好孩子,真的。他参加了匿名戒酒会,但如果没有他母亲,法院不会这么判的。"

她吸了一下鼻子,匆匆抹去眼泪,没怎么在意他。

"不用尴尬,情况不像看上去那么糟。我只是会不自觉地哭起来。哭没什么坏处,只要你别以此为生。"

参加匿名戒酒会的应该是萨克斯手。但牧师和发生的那些事情是怎么回事?

她仿佛听见了他心里的疑问,说:"哦。后来。卡尔。那件事闹得满城风雨,差不多是吧?我那时真该去检查一下我的脑袋。

"卡尔又结婚了,"她接着说,"那让他感觉好点儿了。因为他可以说已经对我没有感觉了。真是有点儿滑稽。他和另一个牧师结了婚。你知道现在他们允许女人做牧师了吗?嗯,她就是一个女牧师。所以他就好像是牧师太太。我觉得这太可笑了。"

现在眼泪已经干了,她在笑。他知道她还会说更多的话,但猜不出可能说些什么。

"你一定在这儿待了很久了。你有住处吗?"

"有。"

"你自己做饭吗,什么事都自己做?"

他说是这样。

"我可以偶尔帮你做些事。你觉得怎么样?"

她的眼睛变得很亮,紧紧盯着他的眼睛。

他说也许吧,但说实话他的住处太小,多一个人都转不开身。

然后他说他已经好几天没去看伊莎贝尔了,现在得去看她。

她只是微微点头表示同意。看上去并不伤心也不沮丧。

"再见。"

"再见。"

她们在到处找他。伊莎贝尔终于走了。她们说"走了",好像她是起身离开了。大约一小时前有人去给她做检查时,她还和以前一样,现在她走了。

他常常想这会带来什么变化。

但她走后取而代之的空虚却排山倒海而来。

他茫然不解地看着护士。她以为他是在问接下来应该做什么,于是开始告诉他。向他提供信息。他完全明白她的意思,但仍然心不在焉。

他一直以为很久以前伊莎贝尔就不在了,其实不是。这之前她一直都在。

她曾经存在,而现在不再存在。完全不存在了,仿佛从未存在过。人们匆匆忙忙，仿佛合乎情理的安排可以战胜这个骇人的真相。他也遵循惯例，在人们告诉他该签字的地方签字，安顿——用她们的话说——遗体。

多好的一个词啊，"遗体"。好像某种被丢在覆满煤灰的橱柜夹层里等待风干的东西。

很快他发现自己来到了外面，假装和其他任何人一样有一个寻常而充足的理由，可以让自己一步一步地往前走。

他随身携带的，他所携带的全部，只是一种匮乏，就像缺乏空气，就像他的肺部缺乏正常运转的机制，他料想这会成为他身上永远存在的困境。

和他说话的那个女孩，他曾经认识的那个女孩——她说到自己的孩子。说到她失去了孩子。然后习惯于这种失去。只在晚饭时感到难过。

她可以被称作擅长失去的行家，相比之下他本人是个新手。现在他想不起她的名字了。他失去了她的名字，虽然他曾经很熟悉。正在失去，已经失去。这是老天对他开的一个玩笑，如果你想要一个玩笑的话。

他沿自己住处的台阶往上爬时想起了这个名字。

利亚。

强烈的如释重负，他记起了她。

沙砾

那个时候我们住在一个沙砾坑旁边。不是那种用庞大机器挖出来的大坑，是那种很多年前某农场主一定用它赚了点钱的小坑。实际上，它太浅了，会让你认为它可能有别的用处，也许是房子的地基，只是后来房子没盖成。

坚持让大家注意那个坑的是妈妈。"我们现在住在服务区那条路上的老沙砾坑旁。"她对人说，然后哈哈大笑，很高兴自己摆脱了和镇上那座房子有关的一切，街道，丈夫，过去的生活。

我几乎不记得那段生活。我是说，我清楚地记得某些部分，但无法将之拼成一幅完整的画面。我脑子里关于镇上那座房子的记忆只有我以前房间里画着玩具熊的墙纸。在这座新房子里——其实是一座拖车房——姐姐卡萝和我睡两张很窄的小床，上下铺。我们刚搬去的时候，卡萝和我说了很多以前的房子的事，努力想让我记起这个那个。我们睡觉的时候她会谈起这些，通常说到最后我什么也不记得，她就会很生气。有时候我想我其实记起来了，但因为我记得的和她说的相反,或者因为害怕记错了,我假装不记得。

我们是在夏天搬进拖车房的。我们把狗带来了。布丽兹。"布丽兹喜欢这儿。"妈妈说。这是真的。哪只狗会不喜欢把镇上的街道换成开阔的乡村呢,即便镇上有宽敞的草坪和高大的房子?它开始对每一辆开过的汽车吠叫,好像这条路是它的,还时不时叼回家一只被它杀死的松鼠或土拨鼠。刚开始,这让卡萝很苦恼,尼尔和她谈了一次,向她解释狗的天性,以及某些东西必须吃其他东西的生物链。

"可它有狗粮啊。"卡萝争辩说。但尼尔说:"假如它没有呢?假如有一天我们都消失不见了,它必须自己照顾自己呢?"

"我不会,"卡萝说,"我不会消失不见,我会永远照顾它。"

"你真这么想?"尼尔说。妈妈打断他,让他转移话题。尼尔总喜欢开启美国人和原子弹的话题,而妈妈认为我们还没到听这些的年纪。她不知道当他谈论原子弹的时候,我还以为他说的是原子蛋。我知道这个理解不太对劲,可我不愿意提问,受人嘲笑。

尼尔是个演员。镇上有一座专业的夏季剧场,这在当时是新生事物,有些人对此非常热心,另一些人则感到担心,怕它会招来一帮乌合之众。妈妈和爸爸属于赞成的一方,妈妈尤其积极,因为她有更多时间。爸爸是保险经纪人,长时间出门在外。妈妈忙于各种为剧院募款的活动,还帮剧院做引座员。她年轻漂亮,常被误认为演员。她也开始像演员一样穿着打扮,披着披肩,穿着长裙,戴着晃悠悠的项链。她任由头发变得凌乱,而且不再化妆。

当然，那时我并不明白甚至没有注意到这些变化。妈妈就是妈妈。但毫无疑问卡萝注意到了。爸爸一定也注意到了。不过，以我对爸爸的天性和他对妈妈的感情的了解，我想当他看到她这样率性的打扮是多么漂亮，她和剧院的人在一起又是多么相配，他可能会很骄傲。后来，谈到这段时光，他说他一直是赞成艺术的。现在我可以想见妈妈的尴尬，如果他当着她剧院朋友的面这么说，她一定会感到难为情，并用大笑掩饰自己的难为情。

嗯，后来出现了一个原本可以被预见，很可能也已经被预见的情况，但并不是爸爸预见到的。我不知道其他主动坦白的人身上是不是也发生了同样的事。我所知道的是——尽管我并不记得——爸爸哭了，一整天都在家里跟着妈妈，不让她走出自己的视线，拒绝相信她。她没有说些什么让他好受一点的事，而是告诉了他一件令他感觉更糟的事。

她告诉他孩子是尼尔的。

她能肯定吗？

绝对肯定。她有记录。

接下来发生了什么？

爸爸不哭了。他得回去工作。妈妈收拾好东西，带着我们去了乡下，和尼尔一起住在他找到的那座拖车房里。后来她说，她也哭过。但她还说她感到自己充满活力。也许是这辈子第一次，真正有了活力。她感到仿佛获得了一次机会；她的人生重新开始了。她告别了那些银器、瓷器、装饰布局、花园，乃至书架上的书。现在她要生活，而不是阅读。她把衣服留在壁橱里，把高跟鞋留在鞋架上，把钻戒和婚戒留在梳妆台上，把丝绸睡衣留在抽屉里。她打算至少有一部分时间要在乡下赤身裸体地四处走动，只要天气暖和。

这个想法没能付诸实践，因为她试着这么做的时候卡萝跑到小床上躲了起来，甚至尼尔也说他对这个想法并不热衷。

他对这一切是怎么想的？尼尔。他的处世哲学，正如他后来所说的那样，就是无论发生什么都欣然接受。一切都是礼物。我们给予，我们接受。

我对这样说话的人心存怀疑，但我不能说自己有权怀疑。

他不是一个真正的演员。他说，他从事表演是为了做试验。看他能在自己身上发掘出什么。大学退学之前，他在《俄狄浦斯王》里出演歌队的一员。他喜欢那样——抛下自我，与其他人融为一体。后来有一天，在多伦多的大街上，他遇到一个朋友，那个朋友想在一家新的小镇戏剧公司找份暑期工，正要去试戏。既然没有更好的事可做，他就跟着去了，结果他得到了那份工作，而那个家伙却没有。他要演《麦克白》里的班柯。有时候班柯的鬼魂能被观众看见，有时候看不见。这次他们想要一个能看见的版本，而尼尔的身材正合适。完美身材。一个实实在在的鬼魂。

在妈妈突然宣布她的惊喜之前，尼尔原本就打算在我们镇上过冬。他已经看好了这间拖车房。他有足够的木匠经验，可以得到装修剧院的工作，这份工作能让他支撑到春天。未来的事他只愿意考虑到这么远。

卡萝甚至不必转学。她在沙砾坑旁边那条短短的小巷尽头搭校车。她不得不和乡下的孩子交朋友，也许还得向以前镇子上的朋友解释一些事情，但我从没听她说过这其中的困难。

布丽兹总是在路边等她回家。

我没有上幼儿园，因为妈妈没有车。但我不在乎不能跟其他孩子一起玩。卡萝回家后，有她和我在一起就足够了。而且妈妈经常爱闹着玩。那年冬天刚下雪，她就和我堆了一个雪人，她问："我们叫它尼尔好吗？"我说好的。我们在它身上插了各种各样的东西，让它看上去很滑稽。我们决定等尼尔开车过来的时候，我就跑到房子外面去说，"尼尔来了，尼尔来了！"但要指着雪人。我这么做了，尼尔气呼呼地从车上下来，大叫着说他差点撞到我。

我难得见他表现得像个父亲，那是其中一次。

当时我一定很奇怪，那些冬天的白昼怎么会那么短暂——在镇上，黄昏时街灯就亮了。但孩子很容易适应变化。有时候我想知道我们的另一座房子怎么了。我并不完全是想念那座房子或者想再住进里面，我只是想知道它到哪儿去了。

妈妈和尼尔的快乐时光一直持续到夜里。如果我醒了，要去厕所，我就叫她。她会高高兴兴但不急不忙地过来，身上裹着一块布或一条披肩，还带着一种气味，让我联想到烛光和音乐。还有爱。

的确发生了一件不那么令人安心的事，但当时我没去试图弄明白这件事的意义。布丽兹，我们的狗，不是很大，但似乎也没有小到可以塞进卡萝的大衣里。我不知道她是怎么做到的。不是一次而是两次。她把狗藏在大衣里，带上校车，但她没有直接去学校，而是带着布丽兹去了镇上我们原来的房子，那里离学校不到一个街区。爸爸回家独自一人吃午饭的时候，在冬天寒冷的门廊上发现了它，门廊没有锁。它竟然自己跑到那里，像故事里的狗一样找到回家的路，令人大感惊奇。卡萝大吵大闹，宣称那天早晨根本没看见狗。可后来她犯了一个错误：她又试了一次，差不多在一个星期之后，这一次虽然校车上或学校里没有人怀疑她，但妈妈怀疑了。

我不记得是不是爸爸把布丽兹送了回来。我无法想象他出现在拖车房里，或者出现在屋门口，甚至出现在通往拖车房的路上。也许是尼尔到镇上的房子把它接了回来。这并不是一个更容易想象的情形。

如果我说的这些让人感觉卡萝总是不高兴或者总是在谋划什么，那不是事实。我说过，晚上躺在床上的时候，她的确想让我说一些事情，但她并不总在表达不满。闷闷不乐不是她的天性。她太渴望给人留下好印象了。她喜欢别人喜欢她；她喜欢搅动房间里的气氛，让人感到一种甚至能称得上欢乐的氛围即将到来。对此她比我考虑得更多。

现在我想，她是更像妈妈的那个。

她一定被盘问了对狗做了什么。我想我能记得一些对话。

"我这么做是为了恶作剧。"

"你想去和爸爸住在一起吗？"

我相信她被问到了这个问题,我相信她说了不。

我什么都没问她。她做的事在我看来一点儿都不奇怪。也许家里小一点的孩子都会有这种感受——异常强大的年长一些的孩子做任何事都不会显得不正常。

我们的邮件被放进拴在路边杆子上的一只锡铁盒里。除非风雨特别大,我和妈妈每天都走过去,看看里面还有什么。我们会在我午睡醒来后去看。有时候一整天我们只出那一次门。早晨,我们看儿童频道,或者我看电视她看书。(她放弃阅读的时间不长。)中午她热些罐头汤做午饭,然后我去午睡,她接着看书。现在她的肚子已经很大了,胎儿在肚子里动来动去,我能摸到。孩子会叫布朗迪——已经起好了布朗迪这个名字,无论是男孩还是女孩。

一天,我们沿着小巷去拿信,实际上我们离信箱不远了,这时妈妈停住脚步,一动不动地站着。

"别出声。"她对我说,虽然我一句话也没有说,甚至没有玩穿着靴子在雪地里拖着脚走的游戏。

"我没出声。"我说。

"嘘。转身。"

"我们还没拿信呢。"

"别管了。只管走。"

接着我注意到,原本总和我们在一起、走在我们身前或身后的布丽兹,这会儿不见了。马路对面有另一只狗,离信箱只有几英尺远。

我们回到家，把在门口等着的布丽兹放进来后，妈妈立即给剧院打了电话。没有人接听。她又打电话给学校，请人告诉校车司机，让他把卡萝送到家门口。可司机做不到，上次尼尔铲过小巷里的雪后又下过雪，不过他——那个司机——一直看着卡萝走进家门。那时狼已经不见了。

尼尔的看法是根本就没有狼。就算有，他说，也不会给我们造成危险，也许因为冬眠，它还很虚弱。

卡萝说狼不冬眠。"我们在学校学过。"

妈妈想让尼尔弄一支枪。

"你想让我弄支枪，去杀死一只该死的可怜的母狼？也许灌木丛里还有它的一群小狼崽，它只是想要保护它们，就像你想要保护自己的孩子一样。"他平静地说。

卡萝说："只会有两只小狼。它们一次只生两只。"

"好吧，好吧。我在和你妈妈说话。"

"你又不知道，"妈妈说，"你不知道它是不是有饿着肚子的小狼崽。"

我从来没想过她会那样和他说话。

他说："别紧张。别紧张。让我们稍微想一想。枪是非常可怕的东西。如果我去弄支枪，那我还能说些什么？说越南还好吧？说我也该到越南去？"

"你又不是美国人。"

"你可激怒不了我。"

他们说的差不多就是这些，结果是尼尔不必去弄支枪。我们再也没看见过那只狼,如果那是狼的话。我记得妈妈不再去取信了,但不管怎么说,也许只是因为她的肚子变得太大,她去拿信已经不轻松了。

雪奇迹般地变小了。树仍然光秃秃的没有树叶,妈妈让卡萝早晨穿着大衣去上学,但放学后她是拖着大衣回家的。

妈妈说她怀的一定是双胞胎,但医生说不是。

"太好了。太好了,"尼尔说,他完全赞同是双胞胎的想法,"医生知道什么。"

沙砾坑里积满融化的雪水和雨水,卡萝去乘校车时不得不绕着坑缘走。那里成了一汪小湖,在晴朗的天空下,湖面平静,波光粼粼。卡萝不抱什么希望地问,我们能不能在里面玩耍。

妈妈说别发疯。"水一定有二十英尺深。"她说。

尼尔说:"也许十英尺。"

卡萝说:"边上不会有那么深。"

妈妈说就有那么深。"水会突然变深,"她说,"这和海滩不一样,妈的。离那个地方远点儿。"

她开始经常说"妈的",也许比尼尔说得还多,语气更加恼怒。

"我们也该让狗远离那个地方吧?"她问尼尔。

尼尔说这不是个问题。"狗会游泳。"

一个星期六。卡萝和我一起看《友好的巨人》,边看边做出扫兴的评论。尼尔躺在沙发上,沙发展开就是他和妈妈的床。他在抽他所谓的烟,因为上班时不能抽,作为补偿,周末他要尽量多抽。卡萝有时候会去烦他,让他给她一根。有一次他让她抽了,但让她不要告诉妈妈。

不过,当时我也在,我告诉了妈妈。

妈妈非常惊恐,但并没有吵闹。

"你知道他会马上把孩子们从这儿带走的,"妈妈说,"再也别这么做了。"

"不会了,"尼尔欣然同意,"要是他给她们吃有毒的卜卜米垃圾食品呢?"

刚开始,我们根本见不到爸爸。圣诞节后,我们被安排每个星期六去见他。妈妈每次都问我们过得好不好。我每次都说好,我说的是真话,因为我认为如果你去看电影或者去参观休伦湖,或者在餐馆吃饭,那就说明你过得好。卡萝也说好,但她的语气表明那不关妈妈的事。后来爸爸在冬天去古巴度假(妈妈谈起这件事时带着些惊讶,也许还有赞许),回来后得了流感,久治不愈,见面中止了。我们本应在春天恢复见面,但一直没有。

关了电视之后,卡萝和我被打发去屋外,就像妈妈说的那样,四处跑跑,呼吸新鲜空气。我们带着狗一起。

到了外面,我们做的第一件事就是解开妈妈围在我们脖子上的围巾,拖在身后。(事实是,也许我们没有把这两件事联系在一起,随着她怀孕的时间变长,她越来越不自觉地回到以前普通妈妈的样子,至少会给我们围上不需要的围巾,或按时给我们做三顿饭。她不再像秋天时那么坚持疯狂的举动。)卡萝问我想做什么,我说不知道。她这么问只是做做样子,我说的却是实话。

总之，我们让狗在前面带路，而布丽兹的想法是去看沙砾坑。风在水面吹起细浪，很快我们就感到寒冷，于是重新围上围巾。

我不清楚我们在水边溜达了多久，心里知道拖车房里的人看不见我们。过了一会儿，我才意识到我正在接受指令。

我得回到拖车房去告诉尼尔和妈妈出事了。

告诉他们狗掉进水里了。

狗掉进水里了，卡萝担心它会淹死。

布丽兹。淹死。

淹死。

但是布丽兹并不在水里。

它有可能会在水里。卡萝有可能会跳下去救她。

我相信我还在提出一些论据，类似于：可它没在水里，你也没跳下去，这可能发生但没有发生。我还记得尼尔说过狗淹不死。

卡萝指挥我照她说的去做。

为什么？

也许我问了，也许我只是站在那里，不听她的话，试图想出另一个论据。

在我的记忆里，我能看见她抱起布丽兹，把它扔进水里，尽管布丽兹拼命地紧紧抓住她的大衣。然后卡萝后退几步，向水里跑去。奔跑，跳跃，猛地跳进水里。但我不记得她们接连落水时的扑通声。没有很轻的扑通声，也没有很响的扑通声。也许那时我已经转身朝拖车房走去——我一定已经转身走去。

每当我梦到这个场景，我总是在奔跑。在梦里，我不是在朝拖车房跑,而是往反方向朝着沙砾坑跑。我能看见布丽兹在挣扎,卡萝在朝它游过去,坚定地游过去救它。我看见她的浅棕色格子大衣和毛呢围巾,看见她带着骄傲和成功表情的脸,还有她的红头发,鬈曲的发梢因为被水打湿而颜色变深。我所需要做的就是看着她,并感到开心——毕竟,我不需要做任何事情。

实际上,我爬上了通往拖车房的斜坡。我来到房前,坐了下来。仿佛那里有一道门廊或一条长凳,但其实什么都没有。我坐下来,等着接下来要发生的事。

我知道这个,因为这是事实。然而,我不知道我的计划是什么,也不知道我在想什么。也许我在等卡萝戏剧里的下一幕。或者狗的戏剧里的下一幕。

我不知道我是不是在那里坐了五分钟。时间更长?更短?天不是太冷。

我因为这件事去见过一位专业人士,有一段时间,她说服我相信,我一定试过打开拖车房的门,但发现门是锁着的。门锁着是因为妈妈和尼尔正在做爱,他们把门锁了,以免受人打扰。如果我猛地敲门,他们会生气。咨询师为她让我得出这个结论而满意,我也很满意。但只有很短的一段时间。我不再认为那是真的。我不认为他们把门锁上了,因为我知道有一次他们没锁门,卡萝走了进去,他们看到她脸上的表情,笑了起来。

也许我记得尼尔说过狗淹不死,也就是说卡萝根本没有必要去救布丽兹。这样她就无法完成那个游戏。那么多游戏,可以和卡萝一起玩。

我是否认为她会游泳？很多九岁的孩子都会游泳。实际上，前一年夏天她上过游泳课，但是后来我们搬到拖车房，她就没再去上课了。也许她认为自己已经会游了。也许我真的认为她可以做任何想做的事。

咨询师没有暗示也许我厌烦了听从卡萝的指挥，但我的确想到了这一点。尽管这似乎不太对。如果我年龄再大一些，也许还有可能。但是那时，我仍然指望她填满我的世界。

我在那儿坐了多久？可能不太久。很可能我敲门了。过了一会儿。过了一两分钟。不管怎样，妈妈在某个时刻开了门，不知道为什么。一种不祥的预感。

接下来，我已经在屋里了。妈妈对着尼尔大喊大叫，想让他明白什么。他站起来，站在那儿对她说话，轻抚她，动作那么温和，温柔，充满慰藉。但那根本不是妈妈想要的，她挣脱开来，跑出门去。他摇摇头，低头看着自己光着的脚。他那看上去很无助的大大的脚趾。

我想他用抑扬顿挫的悲伤语调对我说了些什么。奇怪。
除此之外我不记得别的细节。

妈妈没有跳进水里。她也没有因为受此打击而早产。弟弟布伦特是在葬礼后一星期或十天才出生的，是个足月的婴儿。我不知道待产时她人在哪里。也许是在医院，在当时的情况下，服用了大量镇静剂。

我清楚地记得葬礼那天的情形。一个我不认识的友好随和的女人——她叫乔西——带我出去玩。我们荡了秋千，还参观了一个大得足以让我走进去的玩具屋，午饭她请我吃了我最喜欢的菜，但我吃得不算太多，没有感到不舒服。乔西后来成了我非常熟悉的人。她是爸爸在古巴交的朋友，爸妈离婚后她成了我的继母，他的第二任妻子。

妈妈恢复了。她不得不如此。她需要照顾布伦特，大多数时候还要照顾我。当她在她打算度过余生的房子里安顿下来时，我相信我是跟爸爸和乔西住在一起。在布伦特长大到可以坐进他的高脚椅里之前，我不记得和他在一起过。

妈妈回到剧院重操旧业。刚开始她也许和以前一样，做义务引座员，但到我上学的时候她有了一份真正的工作，可以拿工资，全年无休。她是业务经理。剧院在经历了各种起伏之后存活了下来，现在仍在经营。

尼尔不支持葬礼这类仪式，因此没有参加卡萝的葬礼。他从没见过布伦特。很久以后我才发现，他写了一封信，说他既然不打算充当父亲的角色，最好一开始就退出。我从没对布伦特提起过他，认为这会让妈妈心烦。而且布伦特太不像他了——不像尼尔——实际上，他太像爸爸了，我真不知道妈妈怀上他的时候究竟发生了什么。爸爸从未对此说过什么，也永远不会说什么。他对布伦特就像对我一样，但他是那种不管怎样都会那么做的人。

他和乔西一直没有自己的孩子，但我想他们并不为此感到烦恼。乔西是唯一会谈起卡萝的人，但甚至她也不经常提。她说爸爸不认为妈妈有责任。爸爸还说妈妈想要生活中有更多兴奋和刺激的时候,他一定有些迟钝和保守。他需要某种重组;他得到了。后悔无益。如果没有那个重组,他就不会找到乔西,他们两个人现在就不会这么幸福。

"哪两个人?"我想要干扰他。而他会坚定地说:"乔西。当然是乔西。"

没人能让妈妈回忆起过去的时光,我也不用那些过去的事烦她。我知道她曾经开车去我们住过的小巷,发现那里变了很多,时髦的房子在不毛之地上拔地而起。她提起那些房子时,语气里有一丝鄙视。我也去了那条小巷,但没有告诉任何人。如今人们总会在家人的心口捅上一刀,在我看来,这么做是不对的。

甚至原先的沙砾坑上如今也盖起了一座房子,房子下面的地被填平了。

我的女友叫露丝安,她比我年轻,但我想,比我更聪明。至少,对于她所谓的驱逐我心里的魔鬼,她表现得更加乐观。如果不是她极力主张,我不会和尼尔联系。当然,有很长一段时间我不想和他联系,也根本联系不上他。最后是他给我写了信。一封向我表示祝贺的简短便笺,他说,在《校友报》上看到了我的照片。我不知道他为什么看《校友报》。我获得了一项学术荣誉,这在一个小圈子里意义重大,但在其他任何地方都几乎毫无意义。

他的住处距离我教书也是我上大学的地方不到五十英里。我很想知道我上大学的时候他是不是也在那里。如此之近。他成了学者吗?

开始我根本不想回复那封便笺，但我告诉了露丝安，她说我应该考虑回信。结果就是我给他回了一封邮件，之后我们做了一些安排。我要去他居住的镇上见他，在安全的大学咖啡馆里。我告诉自己如果他看上去令人难以忍受——我并不清楚自己具体指的是什么，我可以径直走过他。

他比过去矮，成年人往往都会比我们儿时记忆中的矮。他的头发稀疏，修剪得很短。他给我点了一杯茶。他自己也喝茶。

他做什么工作？

他说他辅导学生考试。还帮助他们写论文。偶尔，差不多可以说，他代人写论文。当然，他收费。

"这可不是成为百万富翁的办法，我向你保证。"

他住在一个邋遢的地方。或者说一个算得上体面的邋遢的地方。他喜欢那里。他在萨莉·安二手店淘衣服。这也没什么。

"符合我的原则。"

我没有因为这其中的任何一件事向他表示祝贺，但说实话，我怀疑他希望我那么做。

"不管怎样，我想我的生活方式不那么有趣。我想也许你想知道那件事是怎么发生的。"

我想不出该怎么说。

"我当时磕了药，"他说，"而且，不仅如此，我还不会游泳。我长大的地方没有几个游泳池。我可能也会被淹死。这就是你想要知道的吗？"

我说他其实并不是那个让我感到好奇的人。

然后他成了第三个被我问这个问题的人："你认为卡萝当时在想什么？"

心理咨询师说我们不可能知道。"可能她自己也不知道自己想要什么。是关注吗？我不认为她想淹死自己。想让大家关注她糟糕的心情？"

露丝安说："让你们的妈妈做她希望的事？让你们的妈妈振作起来，明白她应该回到你们的父亲身边？"

尼尔说："那不要紧。也许她以为自己游得很好，但其实并非如此。也许她不知道冬天的衣服会变得多重。或者她不知道那里没有一个人可以帮她。"

他对我说："别浪费时间了。你不是在想如果你急忙跑回去告诉了我们会怎样吧，是吗？不是想要内疚自责吧？"

我说我想过他刚才说的那些，但不是。

"重要的是开心，"他说，"不管怎样。试试看。你可以的。会变得越来越容易。这和环境没关系。你无法相信这种感觉有多好。接受一切，悲剧就此消失。或者至少，悲剧变得不那么沉重了，而你就在那里，在这个世界无拘无束地前进。"

现在，再见。

我明白他的意思。这么做的确是对的。但在我心里，卡萝仍然不停地朝水边跑去，跳进水里，仿佛带着胜利的姿态，而我仍然困在原地，等着她向我解释，等着那哗啦一声。

庇护所

这一切发生在七十年代,不过在那座小镇和其他类似的小镇上,七十年代并不像我们今天所想象的那样,甚至不像我当时在温哥华所了解的那样。男孩子的头发比以前长,但并没有披散在背后,空气中似乎也没有不同寻常的解放和反抗的气息。

一开始姨父为饭前祷告的事取笑我。取笑我不做饭前祷告。那时我十三岁,在父母去非洲的那一年里住在他和姨妈家。我从不曾在一盘食物面前低下头。

"感谢主,赐我食,求祝福,赐我力。"贾斯珀姨父说。与此同时,我把叉子举在半空中,忍住不去咀嚼已经吃进嘴里的肉和土豆。

"奉耶稣基督之名。阿门。"之后他说:"惊讶吗?"他想知道我父母说的是不是不同的祷词,也许他们习惯在饭后祷告。

"他们什么也不说。"我告诉他。

"真的吗?"他假装用诧异的语气说道,"你不是想告诉我这个吧？不做饭前祷告的人到非洲去帮助野蛮人——想想吧！"

在加纳，也就是我父母教书的地方，他们似乎没有遇到过野蛮人。基督教在他们周围繁荣兴盛得令人难以招架，甚至公共汽车背后都有基督教的标志。

"我父母是一位论派①教徒。"我说，不知为何我把自己排除在外。

贾斯珀姨父摇摇头，让我解释这个词是什么意思。他们不相信摩西的上帝吗？也不相信亚伯拉罕的上帝？他们一定是犹太人。不对？他们不是伊斯兰教徒吧，是不是？

"大概是说每个人对上帝都有自己的看法。"我说，语气也许比他预料的更加坚定。我有两个上大学的哥哥，看起来并不会成为一位论派教徒，因此我已经习惯了餐桌上关于宗教以及无神论的激烈讨论。

"但是他们相信要做善事，过高尚的生活。"我补充说。

这是一个错误。不仅姨父的脸上出现了怀疑的表情——他扬起眉毛，惊奇地点头，甚至在我自己听来，刚刚从我嘴里说出的话都那么陌生、浮夸、缺乏说服力。

我不赞成父母去非洲。我反对被丢弃——这是我用的词，被丢给姨妈和姨父。也许我甚至对他们——我坚忍的父母——说过，他们的善行一无是处。在我们家里，人人都可以自由表达自己的观点。但我不认为我父母说过"善行"或"做善事"之类的话。

---

① 或称一神论派，强调上帝只有一位，是否认三位一体和基督的神性的新教派别。

姨父感到满意,至少暂时是。他说我们必须得停止这个话题,他需要在一点钟之前回到诊所,做他自己的善事了。

很可能就是在那个时候姨妈拿起叉子,开始吃饭。她原本会等到争论结束。这也许是出于习惯,而不是对我的鲁莽感到惊恐。她习惯于忍住不开口,直到她确定姨父说完了所有他想说的话。即使我直接对她说话,她也会先看向姨父,看他是否想回答。她一旦说话,那话语总是那么令人愉快,当她知道自己可以微笑的时候,她就立刻微笑,因此很难认为她感到压抑。也很难认为她是我妈妈的姐姐,她看上去比妈妈年轻得多,青春得多,整洁得多,而且经常露出灿烂的微笑。

妈妈如果有特别想说的话,她会直接提高嗓门,盖过爸爸的声音,这种情况经常发生。我的两个哥哥,甚至那个说为了能够给女人点厉害而要考虑改变信仰的哥哥,都总是把她当作平等的权威听她说话。

"唐将自己的人生奉献给了丈夫。"妈妈说,语气尽量显得客观中立。或者她会更加不动感情地说:"她的生活就是围着那个男人转。"

这是当时人们常说的话,并不总是意味着轻蔑。但我从未见过像唐姨妈这样对此完全身体力行的女人。

当然,如果他们有孩子,妈妈说,情形就完全不同了。

想象一下吧。孩子。那小东西会碍贾斯珀姨父的事,哭哭啼啼地要走妈妈的一份关心。生病,生气,把家里弄得一团糟,还想要姨父不喜欢的食物。

那不可能。房子是他的，菜单要由他来定，广播和电视节目要由他来选。即使他在隔壁坐诊，或者在出诊，一切也必须时刻准备着得到他的许可。

我慢慢意识到，这样的生活规则可能令人非常惬意。闪亮的银勺和银叉、擦亮的深色地板、舒适的亚麻床单——姨妈掌管着所有这些家务的神圣性，女佣伯妮斯则负责达成。伯妮斯亲手做每一道菜，熨烫擦碗布。镇上所有其他医生都把日用织品送到中国人开的洗衣店去洗，而伯妮斯和姨妈却把我们的织品晾在外面的晾衣绳上。所有的床单和绷带都被太阳晒得泛白，由风吹得干爽，远胜别家，并散发出香甜的味道。姨父认为那些中国佬上浆太多。

"中国人。"姨妈用轻柔而逗趣的声音说，好像她要同时向姨父和洗衣工人道歉。

"中国佬。"姨父大声吵嚷着。

伯妮斯是唯一可以非常自然地说出这个词的人。

渐渐地，我不再那么忠于自己的家，那个在智力方面十分严肃，在家务方面却非常混乱的地方。当然，一个女人必须用尽全部精力，才能打造这样一个庇护所。你不能在打字机上敲出一位论教派宣言，或者跑到非洲去。（起初，每次这个家里有人说起他们跑到非洲去的时候，我会说："我父母是去非洲工作了。"后来我厌烦了纠正他们。）

庇护所就是那个恰当的词。"一个女人最重要的工作就是为她的男人提供一个庇护所。"

唐姨妈真的那么说过吗？我想没有。她会回避发表声明。我可能是从那个家里的某本家政杂志上看到这句话的。这是那种会让妈妈感到恶心的话。

一开始我在镇上四处闲逛。我在车库最里面找到一辆笨重的旧自行车，于是把车推出来骑，根本没想过应该事先征得同意。沿着港口上面一条用砾石新铺的路往下冲时，我失去了控制。我的一只膝盖严重擦伤，不得不去姨父与家相连的诊所。他非常熟练地处理了伤口，一副公事公办和就事论事的样子，动作温柔但不掺杂任何私人感情。没开玩笑。他说他想不起来那辆自行车是从哪儿来的了，那是头危险的老怪兽，如果我对骑车有兴趣，可以考虑给我弄一辆像样的自行车。我对新学校和学校里的女生到了十几岁以后可以做什么的规矩更加了解之后，意识到骑车根本不可能，因此这件事没有任何结果。让我惊讶的是姨父并没有提出任何关于规矩或女孩应该或不应该做什么的问题。在他的诊所里，他似乎忘记了我需要在很多方面被扳回正轨，或者需要被敦促模仿唐姨妈的行为举止，尤其是在饭桌上。

"你一个人在那儿骑车？"这就是她听说这件事时说的话，"你在找什么？别担心，很快你就会有朋友的。"

她是对的，我后来交了几个朋友，交朋友也的确限制了我能做的事。

贾斯珀姨父不仅是一个医生；他是那位医生。他推动了镇医院大楼的建设，却拒绝以自己的名字为那栋楼命名。他年轻时很贫穷，但很聪明，一直教书挣钱，攒够了学医的费用。他曾经在暴风雪中开车去农舍，在厨房里为产妇接生，为病人切除阑尾。甚至在五十年代和六十年代，这样的事情就已经发生。你可以相信他永远不会放弃，他可以在人们还没有听说过新药的年代治疗败血病和肺炎，让病人起死回生。

然而，和他在家里的态度相比，他在诊所里看上去那么随和。仿佛在家里需要时刻保持警惕，而在诊所里任何监督都毫无必要，虽然你也许认为情况应该恰恰相反。那名在那里工作的护士对他甚至没有特别的尊重——她和唐姨妈截然不同。姨父为我治疗擦伤时，她从房门边伸进头来，说她要早些回家。

"你得去接电话，卡斯尔医生。记得吗，我告诉过你的？"

"嗯嗯。"他说。

当然她年纪大了，也许五十多岁了，那个年纪的女人可能习惯于表现出有权威的样子。

但我无法想象唐姨妈会像她那样。姨妈似乎停留在美好而羞怯的青春年华。我刚来时，以为自己可以去任何地方，曾经走进姨父和姨妈的卧室，看到她的一张照片放在姨父那一边的床头柜上。

她现在仍和照片上一样有一头柔顺的深色鬈发。但照片上的她戴了一顶不相配的红帽子，遮住了部分头发，还披了一条紫色披肩。下楼后，我问她那是什么服装，她说："什么服装？哦。那是我学护理时穿的学生装。"

"你以前是个护士？"

"哦，不是。"她大笑起来，仿佛要是她那么说就太厚脸皮了，"我退学了。"

"你就是在学习护理的时候遇到贾斯珀姨父的吗？"

"哦，不是。在那之前他已经做了很多年医生。我是在阑尾破裂的时候遇到他的。当时我和一个朋友住，我是说我住在这里的一个朋友家里，我病得厉害，但不知道是什么病。他做出诊断，把阑尾切除了。"说到这儿她的脸红得比平常更厉害了，她说也许我不应该到卧室去，除非事先征得同意。即使是我也能明白这是说再也不要进去了。

"那你的朋友还住在这里吗？"

"哦，你知道。一旦结了婚，你和朋友的关系就和以前不一样了。"

大约就在我探听出这些事情的时候，我还发现贾斯珀姨父并不像我以为的那样没有一个亲人。他有一个姐姐，事业也非常成功，至少在我看来是如此。她是个音乐家，一个小提琴家，名字叫莫娜。或者人们是这么叫她的，虽然她受洗时用的真正的名字是莫德。莫娜·卡斯尔。我第一次知道她的存在，是我在镇上住了大约半学年的时候。一天，我从学校走回家时，看到报社的窗户里有一张海报，上面登着几周后会在市政厅举办的音乐会的广告。三位来自多伦多的音乐家。莫娜·卡斯尔是那位拿着小提琴的一头白发的高个子女士。回家后，我告诉唐姨妈两个名字之间的巧合，她说："哦，是的。那是你姨父的姐姐。"

然后她说："在这里绝不要提这件事。"

过了一会儿,她似乎感到应该再多说一些。

"你姨父对那种音乐没兴趣,你知道的。交响乐。"

她又多说了一些。

她说那个姐姐比贾斯珀姨父大几岁,在他们还小的时候发生了一些事情。有几个亲戚认为这个小姑娘非常有音乐天赋,应该被带走,给她更好的机会。于是她以不同的方式被抚养长大,姐弟之间没有任何共同之处,这就是她——唐姨妈——所了解的全部。只是姨父不会喜欢她告诉我这些,虽然她说得很少。

"他不喜欢那种音乐?"我说,"那他喜欢什么样的音乐呢?"

"可以说是某种更加老派的音乐。但肯定不是古典音乐。"

"披头士?"

"哦,天哪。"

"不会是劳伦斯·韦尔克①吧?"

"我们讨论这个不合适,是不是?我不该开始这个话题的。"

我没有理会她。

"那你喜欢什么呢?"

"我几乎什么都喜欢。"

"总有最喜欢的吧?"

除了给我一个甜美的笑,她什么都不愿意再说了。这是那种紧张的笑容,和她问贾斯珀姨父晚饭怎么样时的笑容相似,但更加不安。他几乎总是说好,但也指出不足之处。不错,但有点太

---

① 美国知名流行音乐人、手风琴演奏家,代表节目《劳伦斯·韦尔克秀》使其成为众多人的音乐偶像。

辣或有点太淡。也许有点煮过头，或者可能还欠点火候。有一次，他说："我不喜欢。"并且拒绝详细说明，她的笑容消失了，取而代之的是紧抿的嘴唇和英勇的自我控制。

那顿晚饭是什么？我想说是咖喱，但也许那是因为我爸爸不喜欢咖喱，虽然他并不会为此抱怨。姨父站起来，给自己做了一个花生酱三明治，他对整个过程的着意强调，等于是在大加抱怨。无论唐姨妈端上的是什么菜，都不可能是为了故意激怒他。也许只是杂志里某道看上去不错的新奇菜式。而且，我记得，他把菜都吃完之后才做出裁定。因此他并非受到饥饿的驱使，而是感到有必要做出纯粹而强有力的反对声明。

现在我想，也许那天医院里出了什么事，一个本来不该死的病人死了——也许问题完全与饭菜无关。但我不认为唐姨妈会这么想。或者，即使是这么想的，她也没有表现出来。她痛悔不已。

那时，唐姨妈还面临一个问题，一个直到后来我才明白的问题。她的问题是住在隔壁的那对夫妇。他们差不多和我同时搬来。男的是县里学校的督导，女的是音乐老师。他们和唐姨妈年纪相仿，比贾斯珀姨父年轻。他们也没有孩子，因此有时间社交。他们刚进入一个新的社区，到处看上去都有光明轻快的前景。他们就是以这样的心情邀请唐姨妈和贾斯珀姨父去家里喝茶的。姨妈和姨父的社交生活非常少，镇上所有人都知道这点，因而姨妈连拒绝的经验都没有。于是他们只好去邻居家拜访，边喝茶边聊天，我能想象贾斯珀姨父表现得很起劲儿，但并没有原谅姨妈接受邀请这个莽撞的错误。

现在她左右为难。她明白，如果有人邀请你去他们家里，而你也去了，那么你应该回请他们。他们请你喝茶，你就请他们喝茶；他们请你喝咖啡，你就请他们喝咖啡。没有必要请吃饭。但即使面对这么简单的需求，她也不知道该如何是好。姨父不是不喜欢这对邻居，他只是不喜欢有人来他家，无论如何都不喜欢。

后来，因为我带来的消息，她有了一个可能解决问题的办法。多伦多的三重奏乐团——当然包括莫娜——只在市政厅演出一个晚上。恰巧那天晚上贾斯珀姨父必须出门，而且要很晚才能回家。当晚将举办县医生年度大会和晚餐活动。不是晚宴，因为太太们没有受到邀请。

邻居打算去听音乐会。他们肯定得去，考虑到邻居太太的职业。但他们答应音乐会一结束就来顺便拜访，喝咖啡，吃点心。姨妈还要——在这一点上她过于雄心勃勃了——和三重奏乐团的成员见面，他们也会顺道来家里小坐。

我不知道姨妈对邻居透露了多少他们和莫娜·卡斯尔的关系。如果她有理智，一定什么都没说。而大多数时候她都非常有理智。我肯定她向他们解释了那天晚上医生不在家，但她不至于告诉他们那天的聚会是个秘密，不能让医生知道。伯妮斯晚饭时回自己家，一定觉察到了准备聚会的迹象，有没有对她保守秘密呢？我不知道。最重要的是，我不清楚唐姨妈是怎么邀请演出者的。她一直都和莫娜有联系吗？应该不会。她肯定没有能力长期欺瞒姨父。

我猜想她只是头脑发昏，写了一张便条，送到三重奏乐团下榻的旅馆。她不会有他们在多伦多的地址。

即便是去旅馆，她一定想过会有什么人看见她，并祈祷接待她的不是经理（他认识她丈夫），而是那个新来的年轻女人（她可以说是初来乍到，甚至可能不知道她是那个医生的太太）。

她一定有向几位音乐家暗示，她并不指望他们待多长时间。音乐会就够累人了，他们第二天一大早还要动身去另一座镇子。

为什么她要冒这样的险？为什么不自己招待邻居？很难说。也许她觉得自己没办法独自一人和他们聊那么久。也许她想在邻居面前炫耀一下。也许，尽管我很难相信这一条，她想对那个据我所知她从未见过的大姑子表示出一点友好和欢迎。

她一定因为自我纵容而不知所措。尤其是在那之前的几天里，她可没少祈求好运。因为贾斯珀姨父很可能会偶然发现，比如说他会在大街上遇到那位音乐老师，而她会滔滔不绝地向他表达感激之情和对会面的期待。

几位音乐家在音乐会结束之后并没有像你以为的那样疲倦。也没有因为市政厅里稀少的观众而沮丧，也许这并不出乎意料。两位邻居的热情和客厅里的温暖（市政厅里很阴冷），以及白天呈暗淡的褐红色但夜晚降临后看上去非常喜庆的樱桃红丝绒窗帘的光泽——这一切一定让他们振奋了起来。屋外阴沉的天气和屋内的氛围形成对比，咖啡温暖了这几位来自异乡又饱经风霜的陌生人。之后的雪利酒则更胜咖啡。形状和大小都恰到好处的水晶杯里倒入了雪利酒或者波尔图葡萄酒,还有表面撒上了碎可可的小蛋糕,菱形或月牙形的黄油甜酥饼,巧克力薄脆饼。我自己从来没有见过这些。在我父母办的聚会上,客人们就抱着陶罐吃干辣椒。

唐姨妈穿着一条裁剪端庄的肉色绸绸长裙。那是年纪稍大的女人会选择的裙子,可以让她看上去讲究而得体,但是姨妈看上去却不免像是在参加某个略伤风化的庆典。邻居太太也盛装出席,就当时的场合而言也许有些过度了。身材矮胖的大提琴手穿着黑色西装,要不是系了一个蝴蝶结领结,他看上去就像个殡仪员。弹钢琴的是他太太,黑色的长裙套在她宽胖的身体上,显得褶边太多了。但是莫娜·卡斯尔穿着一条裁剪利落、银色面料的长礼服裙,像月亮一样光彩照人。她有一副大骨架,长着一个大鼻子,同她弟弟一样。

唐姨妈一定请人给钢琴调过音了,否则他们不会弹了一支又一支。(考虑到姨父即将表明的对音乐的看法,这个家里竟然会有一架钢琴,真是太奇怪了。我只能说在某个时期,每个有一定品位的家里都有一架钢琴。)

邻居太太想听莫扎特G大调弦乐小夜曲,我表示赞成——只为卖弄自己。事实上我并不了解那支乐曲,只知道曲名,是我以前在城里的学校学德语时知道的。

邻居先生请求弹另一支曲子,他们弹了,弹奏结束之后他请唐姨妈原谅他如此无礼,女主人还没有点她喜欢的曲子,他就抢在前面点了自己的最爱。

115

唐姨妈说，哦不，不用管她，她什么都喜欢。一阵红晕涌上她的脸。我不知道她是否真的喜欢那种音乐，但看上去她似乎在为某件事感到兴奋。也许只是因为眼下的这些时刻，这种快乐的散播，是她的功劳？

她忘了吗——她怎么可能忘了？县医生会议，年度晚餐和干事选举通常在十点半结束。现在已经十一点了。

太迟了，太迟了，我们俩都注意到了时间。

现在防风门正在打开，接着前厅的门也开了，姨父没有像往常一样在门口停下，脱下靴子、冬季大衣或围巾，而是大踏步走进客厅。

音乐家们正在弹奏一支曲子，他们没有停下来。两位邻居高兴地和姨父打招呼，但为了不影响演奏而压低了声音。他的大衣扣子还没有解开，围巾松了开来，靴子还穿在脚上，看上去比平常高大一倍。他怒目而视，但并没有盯着某个特定的人，甚至没有盯着他的太太。

她也没有看他。她开始收身边桌上的盘子，把它们一个个地摞起来，甚至没有注意到有几只盘子上还放着小蛋糕，这些蛋糕会被压碎。

他并不着急，但也没有停顿，径直穿过双客厅，穿过餐厅和对开弹簧门，走进厨房。

钢琴家坐着，双手静静停在琴键上，大提琴家停止了演奏。小提琴家独自继续。即使现在我也不知道那支曲子本来就该如此，还是她在故意藐视他。根据我的记忆,她从没有抬起头来面对这个满脸怒容的人。她满头白发的大脑袋和他的很像,但更加饱经风霜,此刻正在微微颤抖,也许一直都在颤抖。

他回来了,端了满满一盘猪肉和豆子。他一定刚刚打开一听罐头,把里面的冷菜倒在了盘子上。他没有费神脱下大衣,仍然没有看任何人,但是用叉子制造出很响的叮当声,吃得旁若无人,狼吞虎咽。你可能会以为年度会议和晚餐活动没有提供一口吃的。

我从没见过他像这样吃东西。他吃饭时总是一副不可一世的样子,但举止得体。

他姐姐演奏的音乐停止了,大概曲子就是如此吧。先于他吃完猪肉和豆子。两位邻居已经来到前厅,裹上出门的衣服,在迫不及待离开这里的中途,还把头伸进来一次,不吝道谢。

现在音乐家们也准备离开了,不过他们并不那么匆忙。毕竟,乐器必须放好;你不能把它们胡乱塞进盒子里。音乐家们一定在以平时的方式井井有条地收拾一切,然后他们也消失了。我不记得有谁说了什么话,也不记得唐姨妈是否振作起来,向他们表示感谢或送他们走到门口。我无法注意他们,因为贾斯珀姨父开始说话,声音非常大,而他说话的对象就是我。我想我记得就在他开始说话的时候,小提琴家看了他一眼。他完全没有理会那一眼,或者甚至没有看见。不是那种你预料之中的愤怒的眼神,甚至也不是惊愕的眼神。她只是筋疲力尽,她的脸比你能想象到的任何一张脸都要更为苍白。

"喂,告诉我,"姨父在对着我说话,好像周围没有其他人一样,

"告诉我，你父母喜欢这种东西吗？我是说，这种音乐？音乐会之类的？他们有没有花钱坐上几个小时，磨破屁股，就为了听一些半天以后就没法再认出来的东西？付钱就为了让骗子横行吗？你知道他们做过这样的事吗？"

我说没有，这是真的。我从来不知道他们去听过音乐会，虽然他们总的来说赞成音乐表演。

"瞧！他们太理智了，你的父母。理智到不会和这些人一起大惊小怪，拼命鼓掌，欢呼吵闹，好像那是世界奇迹。你知道我说的那种人吗？他们在撒谎。一堆马粪。都是为了让自己看上去是上等人。或者更可能是屈从于他们的太太希望自己看上去像上等人的愿望。你将来走上社会的时候，记住这一点。好吗？"

我答应记住。我并没有真的因他的话而吃惊。很多人都那么想。尤其是男人。有很多东西是男人痛恨的。它们毫无用处，用他们的话说。这非常正确。他们用不上这些东西，于是痛恨这些东西。也许这和我对代数的感觉是一样的——我非常怀疑代数对我会有任何用处。

但我还不至于因为这个就希望代数从地球上消失。

早晨我下楼时，贾斯珀姨父已经出门了。伯妮斯正在厨房洗碗，唐姨妈在把水晶杯放进瓷器柜里。她对我微微一笑，但她的手不太稳，杯子发出带有警告性的叮当声。

"男人的家就是他的城堡。"她说。

"一语双关啊，"我说，想逗她开心，"卡斯尔——城堡①。"她又笑了笑，但我想她甚至不知道我在说什么。

"你写信到加纳给你妈妈的时候，"她说，"你写信给她的时候，我想你不应该提起——我的意思是，我在想你是否应该提起昨晚我们这里那件令人心烦的小事。她眼前有那么多真正的麻烦，忍饥挨饿的人，诸如此类，我的意思是，昨晚的事会看起来太微不足道，提起它会显得我们太以自我为中心。"

我懂。我没有费神告诉她，到目前为止还没有关于加纳有饥荒的报道。

而且我只在第一个月给父母写过充满冷嘲热讽的描述和抱怨的信。现在一切都变得过于复杂，难以分说。

在关于音乐的谈话之后，贾斯珀姨父对我的关注中多了一些尊重。他仔细听我对医疗保健社会化的看法，仿佛那是我自己的观点，而不是从父母那里听来的。有一次，他还说可以在饭桌上和一个聪明人聊天是一件令人高兴的事。姨妈说是的，没错。她这么说只是为了讨人喜欢，而当姨父以一种特别的方式哈哈大笑时，她的脸红了。生活于她而言是艰难的，但是她在情人节时得到了原谅，她收到一只血石吊坠，这让她在露出微笑的同时转过身去，流下了几滴如释重负的眼泪。

莫娜烛光般苍白的脸色和银色长裙没能完全掩饰的突出骨架

---

① 卡斯尔（Cassel）与城堡（castle）发音相近。

也许是疾病的征兆。那年春天,当地报纸登出她的死讯,同时提到市政厅的音乐会。该报还转载了多伦多报纸上的讣告,附上了她职业生涯的大致情况,即使描写得不那么辉煌,也充足显示了她的成就。贾斯珀姨父表示惊讶——不是因为她去世,而是因为她不会被葬在多伦多。葬礼和安葬仪式都将在和撒那教堂举行,教堂在小镇以北几英里的乡下。那是贾斯珀姨父和莫娜(或莫德)小时候去的家庭教会,属于圣公会。如今贾斯珀姨父和唐姨妈同镇上大多数有钱人一样,去联合教会。联合教会的信徒信仰坚定,但不认为每个星期天必须去教堂,也不相信上帝会反对人们偶尔饮酒。(女佣伯妮斯去另一个教堂,并在那里弹管风琴。那里信众很少,而且很奇怪——他们把宣传册放在镇上每户人家的台阶上,册子里写着会下地狱的人的名单。不是当地人,而是一些著名人物,比如皮埃尔·特鲁多[①]。)

"和撒那教堂甚至没有礼拜仪式了,"贾斯珀姨父说,"把她一路送过来有什么意义?我甚至认为他们不会被准许这么做。"

结果教堂实际上会定期开放。青年时代常去那座教堂的人喜欢将葬礼安排在那里,有时他们的孩子也在那里举行婚礼。由于得到一大笔遗赠,教堂内部维护得很好,取暖设备也很现代化。

唐姨妈和我开她的车前往那里。贾斯珀姨父一直忙到最后一分钟。

[①] 于一九六八年至一九七九年、一九八〇年至一九八四年两度出任加拿大总理。

我没有参加过葬礼。我父母认为小孩子没有必要经历这样的事,虽然在他们那个圈子——我记得似乎是这样——葬礼被称作生命庆典。

唐姨妈没有像我预想的那样穿黑色衣服。她穿着柔和的丁香色套装和波斯羔羊皮短上衣,戴一顶和上衣相配的波斯羔羊皮"药盒帽"。她看上去非常漂亮,而且似乎难以抑制她的好心情。

一根刺被拔掉了。贾斯珀姨父那边的一根刺被拔掉了。这让她忍不住高兴。

在我和姨妈姨父一起住的这段时间,我的一些想法改变了。比如,我不再不加鉴别地认同像莫娜那样的人。对她本人、她的音乐和她的事业。我不相信她曾经是,或者说一直是一个怪人,但我能理解有些人可能会那么想。不仅是她的大骨架和苍白的大鼻子,小提琴和那傻乎乎的握琴方式——还有音乐本身和她对音乐的献身。如果你是女性,献身任何东西都会让你变得荒谬可笑。

我不是说我已经完全被争取到贾斯珀姨父一边,毫无保留地赞同他的想法,只是他的想法不再像以前一样让我感到如此无法相容。一个星期天的早晨,为了吃唐姨妈每个星期六晚上都会做的肉桂司康,我蹑手蹑脚地走过姨妈和姨父紧闭的卧室门,听见一些我从没有从父母或任何其他人那里听到过的声音——一种快乐的低吼声和尖叫声,其中共谋和放纵的意味令我不安,隐隐地伤害了我。

"我觉得不会有很多多伦多人开车赶那么远的路来这儿,"唐姨妈说,"甚至吉布森夫妇也来不了。先生要开会,太太没法调课。"

吉布森夫妇就是隔壁邻居。他们的友谊维持了下去,但变得更低调,比如两家人不再相互拜访。

学校的一个女生对我说:"等着他们让你去看最后一眼。当时我得看我奶奶最后一眼,之后就晕了过去。"

我没听说过什么最后一眼,但猜出了是什么意思。我决定眯起眼睛,假装在看。

"但愿教堂里没有那种霉味,"唐姨妈说,"你姨父会犯鼻窦炎的。"

没有霉味。没有从石头墙壁和地面渗透出来的令人沮丧的潮气。一定有人一大早起来把暖气打开了。

长椅上几乎坐满了人。

"你姨父的不少病人都来了,"唐姨妈轻声说,"真好。镇上任何其他医生都不会有这样的待遇。"

风琴手正在弹奏一支我非常熟悉的曲子。我在温哥华时,一个女生朋友在复活节音乐会上弹过它。名字叫《耶稣,吾民仰望的喜悦》。

弹风琴的女人就是家里那场夭折的小音乐会上的钢琴家。大提琴家坐在旁边唱诗班的座位上。也许他过会儿会演奏。

我们坐下来听了一会儿之后,教堂后面传来一阵小小的骚动。我没有回头看,我刚刚注意到圣坛下面竖放着的磨光的深色木头盒子。棺椁。也有人叫它棺材。它是盖着的。除非他们在某个时刻打开它,否则我就不用担心看最后一眼的事。即使如此,我还是想象出了莫娜躺在里面的模样。她骨感的大鼻子竖着,肌肉塌陷，双眼紧闭。我强迫自己牢牢记住这个形象，直到感到自己变得强大，不再犯恶心。

唐姨妈和我一样，没有回头看后面正在发生什么。

小小骚动的源头正沿着过道走过来，原来那是贾斯珀姨父。唐姨妈和我在这排长椅上给他留了座位，但他没有在长椅边停下。他径直走了过去，迈着恭敬有礼但公事公办的脚步，他身边还有一个人。

是女佣伯妮斯。她穿着盛装。海军蓝套装和与之相配的帽子，帽子上插着一小簇花。她没有看我们，也没看任何人。她的脸红红的，嘴唇紧抿着。

唐姨妈也没看任何人。她正忙着翻看从前面座椅背后的口袋里拿出来的赞美诗集。

贾斯珀姨父没有在棺椁边停下；他领着伯妮斯朝风琴走去。乐曲中突然出现了一个奇怪的、某种因为惊讶而猛力敲键的声音。接着是持续的低音，一些缺音，一阵静默，长椅上的人躁动不安，伸长脖子想看清发生了什么。

负责弹风琴的钢琴家和大提琴家现在都不见了。一定有扇边门让他们可以逃走。贾斯珀姨父让伯妮斯坐在那个女人的位置上。

伯妮斯开始弹琴时，姨父走上前向大家做了个手势。这个手势的意思是，起立，唱歌。先有几个人站了起来。然后是更多的人。再然后是所有人。

他们哗啦哗啦地翻着赞美诗集，但大多数人还没有找到歌词就能够开始唱了。那首赞美歌是《古老的十字架》。

贾斯珀姨父的工作完成了。他可以回来坐在我们给他留的座位上了。

不过有一个问题。发生了一件他始料未及的事。

这是圣公会教堂。在贾斯珀姨父常去的联合教会教堂，唱诗班在牧师出场之前就从讲坛后面的门进来站好，用一种令人舒适的方式看着会众，让人感到我们大家集结在一起。然后牧师进来，表明流程可以开始了。但是在圣公会教堂，唱诗班从我们身后沿着过道走进来，严肃而不分彼此地唱着赞美诗。他们从赞美诗集上抬起眼睛，却只盯着前方的圣坛，他们看上去发生了一点变化，脱离了日常的身份，也不太能注意到会众当中的亲戚、邻居或者其他任何人。

现在他们正从过道走过来，唱着《古老的十字架》，和所有其他人一样。贾斯珀姨父一定在开始之前和他们谈过了。他可能编造说这是死者生前最喜欢的赞美诗。

问题在于空间和身体。因为唱诗班站在过道上，姨父没有办法回到我们这一排长椅。他被困住了。

现在只能做一件事，而且要快，他也就这么做了。唱诗班还没有走到第一排，于是他挤进了第一排座位。站在他身边的人非常吃惊，但他们还是给他让出了位置。情况是，他们尽量让出些位置。碰巧这些人的体格都很健壮，而他虽然身材瘦长，却同样很魁梧。

我珍爱古老的十字架

直到我放下那奖赏

我紧握古老的十字架

等有天我将它换冠冕

这就是姨父在别人给他让出的位置上尽量精神饱满地唱出的歌词。他无法转身面向圣坛，只能面对向前走动的唱诗班的侧面。他看上去不免像是陷入了困境。一切都顺利，但并不完全符合他的设想。甚至在唱诗结束之后，他仍然待在那里，和那些人紧紧地挤坐在一起。大概他认为此刻如果站起来，沿着过道走回我们身边，这样做会太扫兴。

唐姨妈没有和大家一起唱，她一直没在赞美诗集里找到正确的页码。似乎她没办法仅仅跟着哼唱，而我就是那么做的。

也许她在贾斯珀姨父自己都还没有意识到的时候就留意到了他脸上失意的阴影。

也许她第一次意识到她不在乎。完完全全，一点儿都不在乎。

"让我们祷告吧。"牧师说。

骄傲

　　有些人把一切都弄错了。该怎么解释呢？我的意思是，有些人可以让一切都对自己不利，比如说，经受三次打击，或二十次打击，结果安然无恙。他们会在早年犯点小错，比方在二年级时弄脏了裤子，然后一辈子都住在一个任何事都不会被忘记的地方，就像我们的小镇（任何小镇，实际上，任何小镇都是这样的地方），却能应对自如，表现得热情欢快，还能发自真心地宣称自己根本不想住在除此之外的任何地方。

　　另一些人则不一样。他们不搬走，但你希望他们搬走。那是为了他们好，你可能会说。无论年轻时为自己挖了一个什么坑——绝不像弄脏裤子这么明显，他们都会继续下去，一直不停地挖，要是别人注意不到，他们甚至会挖得更加卖力夸张。

　　当然，现在时代不同了。有咨询师可以随时求助。充满善意和理解。我们被告知，生活对某些人来说更为艰难。那不是他们的错，即使打击只存在于他们的想象之中。受到打击的人，又或者没有受到打击的人，对真实和想象的打击感受同样强烈。

但如果你愿意，一切都有可能变成好事。

不管怎样，奥奈达不和我们其他人一起上学。我的意思是，我们那所学校不可能为她将来的生活做任何准备。她上了一所女校，一所私立学校，以前我可能知道学校的名字，但现在不记得了。即使夏天她也不经常住在镇上。我相信她家在锡姆科湖边另有住处。他们很有钱，事实上，是非常有钱，他们和镇上其他任何人，甚至那些富人，都不是一类人。

奥奈达在那时是个不同寻常的名字——现在仍然是，在我们这儿并不时兴。后来我发现，那是印第安人的名字。可能是她妈妈取的。奥奈达的妈妈在她十几岁时就去世了。我相信她爸爸叫她艾达。

我曾经有所有的文件，当时为了研究小镇历史我找来许多文件。但即使在这些文件里也有无法填补的空白。关于财富是如何消失的，没有令人满意的解释。不过，也没有这个必要。当时人们的口耳相传完全达到了这个目的。倒是没人去想，随着时间流逝，传言又是如何消失不见的。

艾达的父亲经营银行。即便是那个时候银行家也经常更换，我猜是为了不让他们和客户走得太近。但是詹特森家族在镇上随心所欲的时间太长了，长到任何规则都显得不再重要，或者说看上去是这样。贺拉斯·詹特森无疑天生一副掌权者的模样。浓密的白色胡须——虽然从照片资料上看，一战之前就不时兴留胡子了——身材高大，大腹便便，表情严肃。

在艰难的三十年代，人们的点子依然层出不穷。监狱被用来收容沿着铁轨闲荡的流浪汉，但可以肯定，甚至在他们当中也有人怀揣着一定会让自己变成百万富翁的奇想。

那个时候一百万就是一百万。

然而，那天走进银行去和贺拉斯·詹特森谈的并不是什么铁路上的流浪汉。没人知道是一个人还是一伙人。也许是一个陌生人或者几个朋友的朋友。穿着讲究，看上去挺可靠。一定是这样。贺拉斯重视外表，人也不傻，只是也许他发觉情况不妙的速度没那么快。

那个项目是复兴十九世纪末、二十世纪初流行的蒸汽动力汽车。贺拉斯·詹特森本人也许就有一辆，而且他喜欢这种汽车。当然，新型号的汽车经过改良，优点是经济合算，噪音较小。

我不太清楚具体细节，当时我还在上中学。但我能想象，消息传了出去，有人嘲笑，有人热心，传闻说一些从多伦多或温莎或基奇纳来的企业家在当地筹备建厂。都是些能人，人们说。其他人则会问他们是否有资金支持。

他们确实有，因为银行提供了贷款。这是詹特森的决定。大家不太清楚他是否把自己的钱也投了进去。他也许这么做了，但后来他被揭发非法动用银行储备金，他本以为自己一定能神不知鬼不觉地把钱还回去。也许那时法律规定并不那么严格。他们确实雇用了工人，车马出租所也被清理干净，作为他们的经营场所。这一段我记得不太清楚，当时我中学毕业，必须考虑工作挣钱，如果有可能的话。我有些口吃，即使兔唇已经缝合，我也不可能从事需要说很多话的工作，因此我勉强做了会计，这意味着要离家去戈德里奇镇的一所机构实习。等我回到家，曾经反对蒸汽动力汽车计划的人已经在用蔑视的口吻谈论这件事了，而那些一度支持的人则缄口不言。从外面来的全力促成此事的人不见踪影。

银行损失了一大笔钱。

人们认为这不是欺诈，而是经营不善。有人必须受到惩罚。任何普通经理都会被解雇，可那是贺拉斯·詹特森，他没有被打发走。他的结果几乎更糟糕。他被调到高速公路以北大约六英里处一座叫霍克斯伯格的小村子担任银行经理。在此之前那里根本没有经理，因为没有这个必要。那里只有一个主管出纳和一个普通出纳，都是女人。

当然，他可以拒绝，但人们认为，骄傲让他做出了相反的选择。骄傲让他选择每天早晨乘车去往六英里以外，坐在用廉价涂漆木板搭的半截隔墙后面，那里根本就没有真正的办公室。他坐在那里，无所事事，直到下班被接回家。

接送他上下班的是他的女儿。在开车接送他的这些年里，她从艾达变成了奥奈达。她终于有事可做了。但她并不管家务，因为他们不能让伯奇太太走。这是一种说法。另一种可能是他们付给伯奇太太的工资一向太少，如果他们确曾考虑过让她走的话，她离开之后只能去贫民院。

如果让我想象奥奈达和她父亲往返于家里和霍克斯伯格村的情景，我能看见他坐在后排座位，而她坐在前面，像一个私人司

129

机。也许因为他体形过于庞大，不能坐在她身边。也许因为他的胡须需要空间。我没觉得这样的安排会让奥奈达看上去像是受了委屈或不高兴，也没觉得她爸爸会看上去不高兴。他拥有的是尊严，许许多多的尊严。而她拥有的是不同的东西。当她走进一家商店，甚至只是在大街上走过，她身边似乎都会清理出一小块空间，随时准备容纳她可能想要的东西或她可能表达的问候。她看上去会有些紧张慌乱，但同时又优雅谦逊，做好了嘲笑自己或当时情境的准备。当然，她有匀称的身形、伶俐的相貌、令人赞叹的白皙皮肤和金色头发。而我竟然为她感到遗憾，为她总是停留在事物表面，总是轻信一切而感到遗憾，这似乎有些奇怪。

想象一下，我，感到遗憾。

战争开始了，一夜之间一切似乎都发生了改变。流浪汉不再跟着火车走。工作机会开始涌现，年轻人不再四处寻找工作或搭顺风车，而是穿着灰蓝色或卡其色的军装出现在各个地方。妈妈说我的情况让我很走运，我相信她是对的，但告诉她别在外面这么说。我完成了实习，从戈德里奇镇回到家里，并且立即在克雷布斯百货公司找到一份会计工作。当然可以说，事实也可能确实如此，我能得到这份工作是因为我妈妈在那里的纺织品部工作，但也因为正巧年轻的经理肯尼·克雷布斯离开岗位参加了空军，在飞行训练中牺牲了。

类似的令人震惊的事时有发生，但到处都充满令人愉悦的活力，人们的口袋里都有钱。我感到自己与同龄人之间的隔绝，但这并不是什么新鲜事。还有其他人和我处境相同。农民的儿子被免除了服兵役的义务，他们需要照料庄稼和牲畜。我知道有些人尽管家中有雇工干活，还是接受了豁免。我也知道要是有人问我为什么不服兵役，那就是在拿我开玩笑。我准备回答我得照料账簿。先是克雷布斯百货公司的账，很快还有其他公司的账。得照料着那些数字。当时人们还不太能接受女人做这个工作。即使到战争结束时还是这样，那时女人做会计已经有一段时间了，人们仍然相信，真正可靠的工作需要男人来做。

有时候我问自己，为什么兔唇——已经收拾得很像样，虽然不是很巧妙——和有些怪但能听得懂的发音足以让人们认为我可以待在家里？我一定收到了通知，我一定到医生那里开了豁免证明。只不过我不记得了。是不是我太习惯于被排除在这样或那样的事情之外，所以我以为接受豁免完全是理所当然的事，就像在其他许多事情上一样？

我可能会让妈妈在某些事情上保持沉默，但她的话通常对我没什么影响。她总是看着光明的一面。我知道一些其他事情，但不是从她那里知道的。我知道因为我，她不敢再要其他孩子，因此她还失去了一个对她感兴趣的男人。但是我没有想过要为我们自己感到遗憾。我并不想念我还没有见面就死去的父亲，或者如果我不是这副样子可能会有的女友，或者走向战场时短暂的昂首阔步。

妈妈和我有晚饭时喜欢吃的菜，有喜欢听的广播节目，我们睡觉前总是听BBC海外新闻。国王或温斯顿·丘吉尔发表演讲时，妈妈的眼睛总是会亮起来。我带妈妈去看《忠勇之家》，她也被这部电影打动。我们的生活之中充满戏剧，虚构的和真实的。敦刻尔克大撤退，王室成员的勇敢表现，夜复一夜对伦敦的轰炸，仍然敲响的大本钟宣布着阴郁的消息。船只在海上失踪，最糟糕的是，一只民用船，一艘轮渡，在加拿大和纽芬兰之间沉没，在如此靠近我们海岸的地方。

那天晚上，我无法入睡，于是在镇上的街道散步。我无法不去想那些沉到海底的人们。老女人，像妈妈一样上了年纪的妇女，手中紧紧抓着编织物。某个因为牙疼而烦恼的孩子。其他在沉船前半小时还在抱怨晕船的人。我有一种非常奇怪的感觉，半是恐惧半是——我所能找到的最贴近的描述是——一种冷漠的兴奋。一切都被吹走了，所有人都变得平等——我不得不说——突然之间，和我一样的人，比我更艰难的人，以及那些普通人，大家都变得平等。

当然，到战争后期，当我已经习惯于看到一些事情的时候，这种感觉消失了。健康的光屁股，又老又瘦的光屁股，所有人都被赶进了毒气室。

或者，如果那种感觉并没有完全消失，我也学会了如何把它压下去。

那些年里我一定遇见过奥奈达，也一直了解她过得怎样。不可能不如此。她父亲在欧洲胜利日前去世，葬礼和庆典尴尬地混在一起。我妈妈的情况也是如此，她在接下来的那个夏天去世，就在投原子弹的消息传来的时候,妈妈死亡的方式更令人惊愕,她是在公共场合,在工作的时候去世的,此前她刚说了一句:"我得坐下了。"

在奥奈达父亲生命的最后一年,很少有人看见他或者听说他的消息。霍克斯伯格村装模作样的工作已经结束,但奥奈达似乎比以前更忙了。或许那时你就是会感觉碰到的每个人都很忙,要弄清各种配给票证簿的使用情况,寄信去前线,告诉别人他们从前线收到的回信中写了些什么。

而奥奈达需要照看那座现在由她一个人操持的大房子。

一天,她在大街上截住我,说她想听听我关于卖房子的意见。那座房子。我说我真不是她应该商量这件事的人。她说也许不是,但是她了解我。当然,她对我的了解并不比对镇上其他任何人的了解更多,但她仍然坚持,并且到我家里来进一步商量这件事。她很欣赏我刷漆的成果,还有对家具的重新摆放,她说这些改变一定可以帮助我摆脱对妈妈的思念。

没错,但大多数人都不会这么直截了当地说出来。

我不习惯招待客人,因此没有请她吃茶点,只给她提了一些关于卖房子的严肃的告诫性建议,并且不断提醒她我不是专家。

她急不可待地行动起来,把我说的全都抛在脑后。她把房子卖给了第一个出价的人,主要是因为那个买家不停地说他多么喜欢这个地方,盼望在里面组建家庭,生儿育女。他是镇上我最不信任的人,有没有孩子都一样,而且他的出价低得可怜。我得告诉她这个情况。我说孩子会把房子弄得乱七八糟,她说孩子就应该这样。咚咚咚地到处乱跑,和她小时候截然相反。事实上,孩子们没有机会这么做,那个买家把房子拆了,盖起一栋公寓楼,四层楼高,带电梯,庭院被改成停车场。这是这座小镇盖起来的第一座真正的公寓楼。这一切开始的时候,她在惊愕之中来看我,想知道她能否做些什么——让有关部门宣布这是文物建筑,或者起诉买家,告他没有遵守口头协定,或者别的什么。她非常惊讶,一个人竟能做出这样的事情。一个定期去教堂的人。

"我都不会那么做,"她说,"而我只在圣诞节时去教堂。"

然后她摇摇头,突然哈哈大笑起来。

"真是个傻瓜,"她说,"我应该听你的话的,是不是?"

此时她住在租来的半栋体面的房子里,抱怨说只能看见街对面的那栋房子。

就好像大多数人所能看见的不是那栋房子似的,但我没有说。

后来所有公寓套房都完工之后,她却搬了回去,住进其中一套公寓房,在顶楼。我知道她并没有得到房租优惠,甚至都没有要求优惠。她不再对房主抱有不满,反而对窗外的风景和地下室的洗衣房赞叹不已,她每次去那里洗衣服都用硬币付钱。

"我正在学着节约,"她说,"不再想洗点儿什么就随时扔进洗衣机里。"

"毕竟,让这个世界运转的正是像他这样的人。"她这样说那个不择手段的家伙。她邀请我去她家看风景,但我找借口没有去。

无论如何,这之后我们常常见面。她养成了顺道来看我的习惯，诉说她有关房子的苦恼和决定，即使对房子感到满意的时候她也保持着这个习惯。我买了一台电视机，她没有买，说她害怕看电视上瘾。

我不担心这个，我大部分时间都不在家。那个年代有很多好节目。她喜欢的大多数节目碰巧和我一致。我们都非常喜欢公共电视台的节目，特别是英国喜剧。有些节目我们看了一遍又一遍。吸引我们的是情境，而不仅仅是所讲的笑话。刚开始，我为英国人的坦率乃至猥琐感到尴尬，但奥奈达像欣赏节目的其他特点一样欣赏这些。一个系列节目又从头开始播放时我们会发牢骚，但每次我们都会被吸引着再看一遍。我们甚至看那些色彩已经模糊的老节目。现在，我有时会偶然看到一个那时看过的老节目，修复后的颜色亮丽如新，这让我非常伤心，于是我会换一个频道。

我很早就学会做一手好菜，有些最好的电视节目在晚饭不久后播出，我会给我们两个人做晚饭，而她会从面包房买甜点带过来。我买了一张折叠餐桌，我们边吃饭边看新闻，然后看喜欢的节目。妈妈总是坚持我们要坐在餐桌上吃饭，她认为那是唯一得体的用餐方式，但是奥奈达似乎没有这方面的讲究。

她离开时可能是十点以后了。她不介意走回去，但我不喜欢这个主意，我会把车开出来，送她回家。她处理了那辆接送她父亲的车之后就没再买过车。她从不介意被人看见在镇上步行，虽然人们都拿这个笑话她。那是在步行和锻炼变得时髦之前。

我们从没一起去过什么地方。有时候我见不到她，因为她不

135

在镇上，或者也许她哪儿也没去，就在家里招待从外面来的人。我没有去见那些人。

没有。这让我看上去好似遭到了冷落。其实没有。和不认识的人见面对我来说是一种折磨，而她一定了解这一点。我们一起吃饭，一起在电视机前打发晚上的时光，这个习惯如此轻松，如此灵活，似乎永远不会有什么困难。一定有很多人知道这件事，但因为是我，他们几乎没有在意。他们也知道我还为她报所得税，但为什么不呢？我是这方面的行家，而任何人都不会指望她知道该怎么做。

我不知道他们是否知道她并不付给我报酬。我本来可以要求她象征性地付一点钱，只是为了令事情变得比较合适，但是这个话题一直没有被提起。并不是她小气。她只是没有想过。

如果出于某种原因我需要提到她的名字，有时候我会无意中把她叫作艾达。如果我当着她的面这样叫，她会取笑我一番。她会指出我只要有机会就总是喜欢用以前上学时候的外号叫别人。我自己倒没有注意到这一点。

"没有人放在心上，"她说，"只有你。"

这让我有一点气恼，尽管我竭力不表现出来。她有什么权利从我做了或者没做什么来评说我是怎么想的？她的言外之意是，我不知为何更愿意紧紧抓住童年不放，我想停留在那个时代，也让其他人和我一起停留在那个时代。

那让事情显得太简单了。在我看来，整个学生时代我一直在适应自己的相貌，即自己的脸，以及其他人的相貌。我想我设法应付了这个问题，知道自己能在这里生存下去，赚钱过活，不必不断闯入新环境，这是一个小小的胜利。但是至于想让我们都回到四年级，不，谢谢。

而且奥奈达怎么会有自己的见解？在我看来她似乎还没有安定下来。事实上，既然现在大房子不存在了，一大部分的她也随之不存在了。小镇在变化，她在其中的位置在变化，而她几乎毫无知觉。当然，变化一直都在发生，在战前，变化是有人离开小镇，去别的地方寻找更好的东西。而在五十、六十和七十年代，小镇被新搬来的人改变了。你会以为奥奈达在搬到公寓楼去住的时候就承认了这一点。但是她完全没有认识到。她身上仍然有那种奇怪的犹豫和轻松，仿佛她还在等待生活重新开始。

当然，她会去旅行，也许她认为生活会在那里开始。没有这般运气。

小镇南郊盖起新的购物中心，克雷布斯百货公司关门停业（这对我不是问题，没有他们我也有足够的工作可以做），镇上似乎有越来越多的人在冬天去度假，我是指他们会去墨西哥或西印度群岛或某个和我们从未有过什么关系的地方度假。在我看来，这么做的结果是带回了和我们从未有过什么关系的疾病。有一段时间，这样的事时有发生。会有一种"年度疾病"被冠上某个特别的名字。也许这样的事仍在发生，只不过不再有人像过去那么关注。也有可能是我这个年龄的人已经不会再去关注什么。你能肯定自己不会被什么戏剧化的事件夺去生命，要发生早就发生了。

一天晚上，电视节目快播完了，在奥奈达回家之前，我起身去泡茶。我朝厨房走去，突然感觉非常不舒服。我摇晃了一下，跪了下来，然后倒在地上。奥奈达抓住我，扶我到椅子上坐下，那一阵昏黑过去了。我告诉她我有时会头晕，不必担心。这是谎话，我不知道为什么要说谎，但反正她不相信我。她把我扶到楼下我睡觉的房间，帮我脱了鞋。然后莫名其妙地，我们一起——我稍微反抗了一下——把我的衣服脱了，换上睡衣。我只是断断续续地恢复意识。我让她叫一辆出租车送她回家，她根本没听。

那天夜里她就睡在客厅的沙发上，第二天，在我家里探查一番后，她住进了我妈妈的卧室。她一定在白天回自己的公寓拿了需要的东西，也许还去购物中心买了她认为可以补给我日常用度的东西。她还去找了医生，按药方从药店买了药，只要她把药放到我嘴边，我就吞下去。

那一个星期的大部分时间我都时而昏迷时而清醒，身体不适，还发着烧。我偶尔告诉她我感觉康复了，可以自己照顾自己，但那是胡扯。大多数时候我只是遵照她的指令，变得依赖她，而且非常自然，就像在医院里会依赖护士一样。她照顾发烧病人不像护士那么熟练，有时候如果我有力气，就会像个六岁的孩子一样发牢骚。而她会道歉，并不生气。有时我会告诉她我好些了，她应该考虑回自己家去，但不这么说的时候，我会自私地毫无缘由地大叫她的名字，就是为了确认她在身旁，让自己安心。

我好些了，开始担心她会不会染上我得的谁知道什么病。

"你应该戴口罩。"

"别担心,"她说,"要得的话,我想现在已经得了。"

第一次真正感觉好些的时候,我又懒劲发作,不愿意承认自己正放纵自己做个小孩子。

但是,当然,她不是我妈妈,我不得不在一天早晨醒来时意识到这一点。我不得不想到她为我做的所有事,这让我感到非常尴尬。任何一个男人都会尴尬,但我尤甚,因为我记起了自己的相貌。我几乎忘记了这一点,而在我看来,似乎她并没有感到尴尬,她可以如此平静自然,因为我在她眼中是一个中性人,或者一个不幸的孩子。

我变得十分客气,在对她表示感激的同时,也表达了我现在十分真诚地想让她回家的愿望。

她听懂了我的意思,她没有生气。她只能断断续续地睡觉,又不习惯照顾人,一定累垮了。她最后一次为我买了我会需要的东西,最后一次为我量了体温,然后,我想,她带着圆满完成工作的满足心情走了。走之前她在前厅待了一会儿,看我能不能在没人帮忙的情况下穿上衣服,看到我能做到,她很满意。她刚走出去,我就把账簿拿出来,开始做我生病那天在做的工作。

我的大脑比以前迟钝,但还很精确,这让我大大松了一口气。

她只让我一个人待到那天——或者应该说那天晚上——我们习惯一起看电视的时间。她带着一罐汤来了。那罐汤不够做一顿饭,而且也不是她自己做的,但不管怎么说也算给晚饭加了一道菜。她来早了,留出了热汤的时间。她打开那罐汤,还是没有先问问我。她熟悉我的厨房。她热了汤,拿出汤碗,我们一起喝汤。

139

她的行为似乎在提醒我，我是一个病人，眼下正需要营养。在某种程度上，的确如此。那天中午我还因为虚弱颤抖，没法用开罐器开罐头。

从前我们会接连看两个节目。但那天晚上我们没看成第二个节目。没等到第二个节目开始，她就谈起让我非常不安的话题。

谈话的要点是她准备搬来和我一起住。

首先，她说，她住在公寓里不开心。那是一个巨大的错误。她喜欢独立屋。但这并不意味着她后悔离开自己出生的房子。她一个人住在那栋房子里会神经错乱的。错误完全在于她以为公寓是解决问题的答案。她在那里从来没有开心过，而且永远也不会开心。住在我家里的这段时间让她意识到这一点。在我生病的时候。她本来应该很久以前就意识到的。很久以前，当她还是个小姑娘的时候，她看着某些房子，希望自己住在里面。

她的另一个理由是我们做不到完全自理。如果我一个人的时候生病了怎么办？如果这样的事情再次发生怎么办？如果这样的事情发生在她身上怎么办？

我们相互之间有某种感觉，她说。我们有一种不同寻常的感觉。我们可以像兄妹一样住在一起，像兄妹一样相互照顾，这会是世界上最自然的事。每个人都会接受这样的事。他们怎么会不接受呢？

她说话的时候我一直感到非常不舒服。气愤，害怕，惊恐。最糟糕的是最后，当她说到没有人会对这件事有什么看法的时候。同时，我能明白她的意思，也许还同意她关于人们会习惯这件事的说法。也许有一两个我们甚至不会听到的下流笑话。

她也许是对的。这也许是合情合理的。

想到这一点,我感觉自己仿佛被扔进地窖,地板上的活动门在我的头顶上砰地关上了。

无论如何我都不会让她知道我有那样的感觉。

我说这是个很有意思的主意,但有一件事让这变得不可能。

什么事?

我疏忽了,忘了告诉她。因为生病忙乱等等的事情。我已经把这座房子挂牌出售了。这座房子已经被卖掉了。

哦。哦。为什么我没有告诉她呢?

我一无所知,当时我说,这是真话。我对她头脑里有这样的计划一无所知。

"所以就是这个主意来得不够早,"她说,"就像我人生中的很多事情一样。我一定有什么问题。我没有尽早做打算。我总以为还有很多时间。"

我拯救了自己,但并非没有付出代价。我不得不把房子——这座房子——挂牌出售,尽快卖掉。几乎和她当时卖房子一样。

而且我也几乎和她一样迅速地把房子卖掉了,尽管我没有像她一样被迫接受一个荒唐的出价。然后我不得不处理掉所有那些自我父母在蜜月(他们没有钱去任何地方旅行)搬进来之后就不断积攒下来的东西。

邻居们非常吃惊。他们和我做邻居的时间不长,不认识我妈妈,但他们说已经非常习惯我的进进出出,我有规律的生活。

他们想知道我的计划是什么,我这才意识到我没有任何计划。除了做我一直在做的工作——我已经减少了工作量,就只剩等待需要小心谨慎的老年的到来。

我开始在镇上四处找地方住,结果在所有差不多合我意的地方,只有一处有空房子。那就是在奥奈达老房子的旧址上盖起来的那座楼里的一套公寓。不像她那套在顶层且有好风景,我的这套在底层。反正我一向对风景不太在意,就把那套公寓租了下来。我不知道自己还能怎么办。

当然,我是想告诉她的。但我还没来得及说服自己告诉她,她就听说了。不管怎样,她有自己的计划。这时已经到了夏天,我们看的那些电视节目已经停播。那段时间我们没有经常见面。归根结底,我不认为我应该道歉或者先请求她的许可。我上去看房子和签租约的时候,她根本不见人影。

那次去看房子,我明白了一件事。或者是后来想起来时我才明白,一个我没太认出来的人对我说话,一分钟后我意识到他是一个我认识了很多年,而且在街上打了半辈子招呼的人。如果在街上碰见也许我会认出他,就算有岁月的痕迹。但在这里我却没有,我们因此笑了起来,他想知道我是否要搬进埋骨之地。

我说我不知道人们把那里叫作埋骨之地,但是,是的,我想我是要搬进来。

他问我会不会玩尤卡牌,我说我会,会一点儿。

"那就好。"他说。

然后我想，只要活得足够长就可以消除所有问题。你等于加入了一家精英俱乐部。无论你有过怎样的残疾，只要活到现在就可以在很大程度上将那些缺陷抹去。每个人的脸都会遭受岁月的侵蚀，绝不仅仅是你的脸。

这让我想起奥奈达，想起她对我说要搬到我那里时她的模样。她不再苗条，而是变得瘦削、疲惫，毫无疑问，这是因为她夜里要起来照顾我，除此之外，她的年龄也显露出来。她一直有一种精致的美。金发碧眼，容易脸红，身上奇特地混杂着歉意和上流社会的自信，而此刻这些都消失不见了。当她对我提出那个建议的时候，她看上去不太自然，脸上的表情有些古怪。

当然，如果我有权选择，我自然会根据自己的身高选一个更加娇小的女孩。就像那个女大学生，玲珑优雅，秀发乌黑，和克雷布斯家有亲戚关系，在百货公司做暑期工。

一天，那个女孩友好地对我说，现在我可以给自己的脸做更好的整形手术。我会感到惊奇的，她说。而且不需要花钱，因为有安大略省医疗保险。

她是对的。但是该怎么解释，我就是没法做到走进某个医生的诊所，承认希望得到某样自己没有的东西？

奥奈达在我打包和丢弃东西的时候现身了，她看上去比以前好一些。头发做过，颜色也有些改变，也许是比以前更深的棕色。

"你可不能一下子就把所有东西都扔了，"她说，"所有你为研究小镇历史搜集的东西。"

我说我是有选择的，虽然这并不完全是真话。在我看来，我们两个人都在假装在意陈年旧史，其实我们并不那么在意。现在想起小镇历史，我觉得似乎一座小镇终归和另一座小镇非常相似。

我们没有提我要搬去公寓楼的事。仿佛我们在很久以前就讨论过这件事，仿佛这是理所当然的。

她说她要去旅游，这次她说出了要去的地方。萨瓦里岛，好像说到这儿就够了。

我礼貌地问那个岛在哪里，她说："哦，在离海岸不远的地方。"好像这就回答了我的问题。

"我的一个老朋友住在那里。"她说。

当然，那可能是真的。

"她用电子邮箱。她说我也应该用。不知道为什么我对那个东西不太感兴趣。但也许我不妨试试。"

"我想只有试了才知道。"

我感到似乎我应该再说些什么。问问她去的那个地方天气怎么样，或者别的什么。但在我想出来要说什么之前，她发出一声极其不同寻常的低声尖叫或者说喊叫，然后用手捂住嘴，小心翼翼地大步朝我的窗户走去。

"小心，小心，"她说，"快看。快看。"

她几乎在无声地大笑，一种甚至可能表明她很痛苦的笑。我站起来时，她在背后朝我摆了摆手，让我不要出声。

我家老房子的后院里有一只鸟澡盆。很多年前我把它放在那里，这样妈妈就可以看鸟了。她非常喜欢鸟，可以根据鸟儿的叫声和模样认出它们的种类。我有好长时间没有管那只鸟澡盆了,那天早晨才刚刚给里面注满水。

现在怎么了?

那里面挤满了鸟。黑白相间的鸟,它们弄得水花四溅,像是下起一场暴雨。

不是鸟。是某种比知更鸟大但比乌鸦小的动物。

她说:"臭鼬。小臭鼬。它们皮毛上的白色多于黑色。"

但是多漂亮啊。匆匆跑过,上下跳动,从不互相挡道,你不会知道一共有几只,也无法把它们彼此区分开来。

就在我们看着的时候,它们一个接一个地从水里冒出来,离开澡盆,穿过院子,跑得很快,但始终沿着笔直的对角线前进。仿佛它们很为自己骄傲,同时又保持着谨慎。一共五只。

"我的天啊,"奥奈达说,"在镇上。"

她的脸上满是赞叹。

"你见过这样的景象吗?"

我说没有。从来没有。

我以为她会再说些什么,毁了这个瞬间,但是没有,我们俩都没再说什么。

我们不可能比这会儿更高兴了。

科莉

"在我们这种地方，所有财富都集中在一个家庭可不是一件好事，"卡尔顿先生说，"我的意思是，对像我女儿科莉这样的女孩而言。比如，我的意思是，像她，这不好。没有门当户对的人。"

科莉就坐在桌子对面，直视着客人的眼睛。她似乎在想这很有趣。

"她会和谁结婚？"她父亲接着说，"她二十五岁了。"

科莉扬起眉毛，做了个鬼脸。

"你少说了一岁，"她说，"是二十六岁。"

"接着说，"她父亲说，"随便笑。"

她大声笑了出来。说到底，她还能做什么呢？客人想。他叫霍华德·里奇，只比她大几岁，却已娶妻生子，正如她父亲很快就了解到的那样。

她的表情变化很快。她有一口光亮洁白的牙齿，一头接近黑色的鬈曲短发。高高的颧骨在灯光下闪闪发亮。不是一个线条柔和的女人。太瘦了,这是她父亲接下来也许会说的。霍华德·里奇把她想象成那种花很多时间打高尔夫和网球的女孩。尽管她有一张能说会道的嘴巴,他仍然猜想她的思维方式是传统的。

他是个建筑师,事业刚刚起步。卡尔顿先生坚持称他为教堂建筑师,因为他正在修复镇上圣公会教堂的塔楼。塔楼已经摇摇欲坠,这时卡尔顿先生来拯救它了。卡尔顿先生并不是圣公会信徒,他好几次指出这一点。他的教派是卫理公会,他是地道的卫理公会信徒,这就是他家里没有藏酒的原因。但是像这样精美的圣公会教堂,不应该任由它破败。别指望那些圣公会教徒能做些什么,他们都是贫穷的爱尔兰新教徒,他们会把塔楼拆了,再盖起一个将成为镇上瑕疵的什么东西。当然,他们没钱,也不会明白他们需要的是建筑师,而不是木匠。教堂建筑师。

餐厅十分丑陋,至少在霍华德看来是如此。现在是五十年代中期,但每样东西看上去似乎在上世纪末就放在那里了。饭菜不够好。坐在桌首的男人一直说个不停。你以为那个女孩会为此而筋疲力尽,可她似乎大多数时候都是快要笑出来的样子。吃完甜点之前,她点了一根烟。她也递给霍华德一根,用大家都听得见的声音说:"别管爸爸。"他接过烟,但对她的印象并没有改观。

被宠坏的富家小姐。缺乏教养。

她出其不意地问他,怎么看待萨斯喀彻温的省长汤米·道格拉斯。

他说他太太支持他。事实上,他太太认为道格拉斯还不够左,但他不打算谈这个。

"爸爸喜欢他。爸爸是共产主义者。"

卡尔顿先生哼了一声,但她并没有因此闭嘴。

"至少,他说的笑话会让你发笑。"她对父亲说。

过后不久,她带霍华德出去看庭院。街对面就是生产男靴和工作鞋的工厂。而房子后面则是宽阔的草坪,蜿蜒绕过半个镇子的小河也从房后流过。有一条被人踩出来的小路通向河岸。她在前面带路,他这才看出之前不太确定的情形。她有一条腿是瘸的。

"回来时要爬的坡会不会有些陡?"他问。

"我不是残疾人。"

"我看到你有一艘划艇。"他说,算是道歉。

"我会带你去划船的,但不是现在。现在我们要去看日落。"她指着一把旧餐椅,说那是看日落时坐的,请他坐在上面。她自己坐在草地上。他想问她站起来会不会有困难,但认为还是不问比较好。

"我得过脊髓灰质炎,"她说,"就是这样。妈妈也得了,她死了。"

"太糟糕了。"

"我想是的。我不记得她。下星期我要去埃及。我曾经非常想去,但现在似乎不那么在意了。你觉得会好玩吗?"

"我得工作挣钱。"

他对自己说的话感到惊讶,当然,这句话让她咯咯笑了起来。

"我刚才只是随口说说。"笑过之后她郑重地说。

"我也是。"

某个怪异的专追富家女的猎艳者一定会抓住她，某个埃及人或者随便什么人。她似乎既大胆又孩子气。刚开始，男人可能会对她着迷，但接下来，她的鲁莽冒失，她的自鸣得意——如果那是自鸣得意的话——会令人厌倦。当然，她有钱，在某些男人看来，钱永远不会令人厌倦。

"你绝对不要在我爸爸面前提到我的腿，否则他会勃然大怒的，"她说，"有一次他不仅解雇了一个取笑我的孩子，还解雇了他全家。我的意思是，甚至表亲。"

从埃及寄来了几张特别的明信片，是寄到他公司的，不是他家。好吧，当然，她怎么会知道他家的地址呢？

明信片上没有一座金字塔。也没有狮身人面像。

一张明信片上是直布罗陀巨岩，附上的说明称它为濒临倒塌的金字塔。另一张是平坦的深棕色田野，谁知道那是什么地方，说明写的是："忧郁之海。"还有一行小字："放大镜有售请寄钱。"幸运的是，办公室里没人拿过这两张明信片。

他本来不打算回复，却还是回复了："放大镜有问题请退款。"

他开车到她住的镇上去检查教堂塔楼，原本没有这个必要。因为他知道她一定从金字塔回来了，只是不知道她是在家里，还是又去别处游玩了。

她在家，而且要在家里待一段时间。她父亲中风了。

其实她没什么事可做。每隔一天会有一个护士到家里来。还有一个叫莉莲·沃尔夫的女孩照看炉火，霍华德来的时候火总是生着。当然，女孩也做其他家务。科莉自己没办法生好火或者做好饭；她不会打字，不会开车，甚至穿上垫高的鞋也不会开。霍华德来的时候就把这些事接管过来。他照看炉火，料理家里的各种杂事，甚至被带去看望科莉的父亲，如果老人能见客的话。

他不确定在床上他会对那只脚有何反应。但在某种程度上，那只脚似乎比她身体的其他部分更加动人，更加独特。

她告诉过他她不是处女。结果发现这不完全是真的，事实有些复杂，一切要归因于她十五岁时一个钢琴老师做的下流事。她配合钢琴老师的意愿，因为她为那些迫切渴望某些东西的人难过。

"不要把这当成侮辱。"她说。她解释说她不再为那样的人难过了。

"但愿如此。"他说。

他也有关于自己的事情要告诉她。他拿出一只避孕套，这并不意味着他常常诱惑女人。事实上，她是第二个和他上床的女人，第一个是他的妻子。他在一个极度虔诚的家庭长大，现在依然在某种程度上相信上帝。他的妻子不知道这件事，不然她会拿它开玩笑，因为她非常左倾。

科莉说她很高兴他们正在做的事——刚刚做的事——似乎并没有令他困扰，尽管他相信上帝。她说她本人从来没有时间去信仰上帝，因为她父亲已经够她应付的了。

这对他们并不困难。霍华德的工作常常需要他白天出门去做检查，或者去见客户。从基奇纳开车过来不需要很长时间。而且现在只有科莉一个人在家。她父亲去世了，那个以前为她工作的女孩到城里去找工作了。科莉同意了她的决定，甚至还给她钱去学习打字，让她提升自己。

"你很聪明，不应该靠做家务混日子，"她说，"记得告诉我你进展如何。"

她没能得知莉莲·沃尔夫是把那笔钱用来学习打字还是做别的事了，但这女孩确实在继续给人做家务。之所以知道这件事，是因为有一次霍华德和妻子跟其他人一起受邀到基奇纳的某个新贵家里做客。莉莲在桌边招待客人，与她在科莉家里见到的那个男人打了个照面。她进屋收走盘子或者照料炉火时见过这个男人搂着科莉。人们的交谈让事实一目了然，这个餐桌边以妻子身份出现的女人过去是他的妻子，现在依然是。

霍华德说他没有马上告诉科莉晚宴的事，因为他希望这件事最后会变得不重要。那天晚上的男女主人不是他的密友，也不是他妻子的密友。肯定不是他妻子的密友，晚宴后她还出于政治立场嘲弄了他们。那是一次商业社交活动。而且那不像那种女佣会和女主人说长道短的人家。

的确不是。莉莲说她根本就没有说长道短。她在一封信里写了这件事。如果她要谈论的话，女主人也并不是她想要谈论这件事的对象。对象会是他的妻子。他妻子会有兴趣了解这个消息吗？她在信里这样写道。信寄到了他的办公室，她聪明地找到了这个地址。但她也同样知道他家的地址。她一直在暗中调查。她提到了这一点，还提到了他妻子那件有银狐领的大衣。他的妻子讨厌这件大衣，常常感到必须告诉别人大衣是她继承来的，不是自己买的。这是真的。尽管如此，她仍然喜欢在某些场合穿着这件大衣，比如那次晚宴，似乎是为了与那些她甚至看不上的人比个高低。

"我不愿意让这样一位穿银狐领大衣的女士心碎。"莉莲写道。

"莉莲怎么可能知道银狐领呢？"科莉说，在他感到有必要把这个消息告诉她时，"你确定她是这么说的吗？"

"我确定。"

他当时立刻就把信烧了，感觉被那封信玷污了。

"看来她学会了一些东西，"科莉说，"我一直都认为她很狡猾。我猜把她杀了不是一个可选项吧？"

他甚至没有笑，于是她非常严肃地说："我是在开玩笑。"

四月了，但依然很冷，冷到你想要生上火。吃晚饭时她一直在打算请他去生火，但他奇怪的严肃态度让她没有把话说出口。

他告诉她他妻子本来没想去参加晚宴。"这完全是运气太糟。"

"你应该听她的。"她说。

"这是最糟糕的事，"他说，"这是所能发生的最糟糕的事。"

他们都盯着黑色的炉栅。他只碰了她一次，向她打招呼。

"哦，不是，"科莉说，"不是最糟糕的事。不是。"

"不是吗？"

"不是，"她说，"我们可以给她钱。不算多，真的。"

"我没有——"

"不是你。我可以给。"

"哦，不。"

"是的。"

她尽量用轻松的语气说话，心里却变得冰凉。要是他拒绝怎么办？不，我不能让你这么做。不，这是一个征兆。我们必须停止的征兆。她确定他的声音里和他的脸上会透露出这样的意思。所有那些老套的原罪之类的东西。罪恶。

"这对我来说不算什么，"她说，"而且，即使你能轻松地拿出这笔钱，你也不能那么做。你会觉得你剥夺了家里的钱——你怎么能那么做呢？"

家。她绝不该说出那个字。永远不说出那个字。

但实际上他脸上的表情正雨过天青。他说，不，不，但他的声音犹疑不定。于是她知道这个方案可行。过了一会儿，他开始很务实地说话，他想起了信里的另一件事。必须付现钞，他说。她不喜欢用支票。

他说话时没有抬头，仿佛在谈交易。付现钞对于科莉也是最好的选择。不会让人对她有所怀疑。

"可以，"她说，"不管怎样，数额并不吓人。"

"但是她不应该知道我们这么认为。"他告诫说。

用莉莲的名字租一个邮政信箱。把钞票放在信封里，写上她的地址，放在信箱里，每年两次。日期由她定。一天都不能晚。否则，用她的话说，她可能会开始担心。

他仍然没有碰科莉，只是感激地，几乎是正式地和她说了再见。这个问题必须和我们之间的关系完全分开，他似乎在这么说。

我们要重新开始。我们会重新感到自己没有伤害任何人。没有做错任何事。他没有说出口的话大概就是这样。她自己半开玩笑的话没有逗笑他。

"我们对莉莲的教育做出了贡献——她以前可没这么聪明。"

"我们可不希望她变得更聪明。要的更多。"

"船到桥头自然直。不管怎样,我们可以威胁她要报警。现在甚至都可以。"

"那样你和我就结束了。"他说。他已经说了再见,并转过了头。他们正站在有风的门廊上。

他说:"我不能忍受你和我就那样结束。"

"我很高兴听你这么说。"科莉说。

很快,他们甚至不再谈论这件事。她把装了钱的信封递给他。刚开始他会轻轻地、厌恶地咕哝一声,但后来咕哝声变成默认的叹息,仿佛有人提醒他要去做一件讨厌的工作。

"时间过得真快啊。"

"可不是吗?"

"莉莲的不当获利。"科莉可能会说,一开始他不喜欢这个说法,但是后来他自己也习惯这么说了。刚开始,她会问他有没有再见过莉莲,有没有再参加过晚宴。

"他们不是那种朋友。"他提醒她。他几乎见不到他们,不知道莉莲是否还在为他们工作。

科莉也没有见过她。莉莲的亲戚都住在乡下,如果她来找他们，他们也不太可能在正急剧走下坡路的本镇购物。现在主街上什么都没有，只有一家便利店，人们到那里买彩票和用完的日用品，还有一家家具店，同样的桌子和沙发一成不变地摆在橱窗里，店门似乎从未开过——也许不会开了，直到店主死在佛罗里达。

科莉的父亲去世后，鞋厂被一家大公司接管，那家公司承诺——她相信是这样——会让工厂继续运转。然而，不到一年厂房就空了，必需的设备被运到另一个镇子，除了几件曾经和做鞋子有关的过时的工具，什么也没留下。科莉想到成立一家展览奇特物品的博物馆，陈列这些东西。她可以自己建起博物馆，给游客做讲解，描述从前鞋子是怎么做出来的。令人惊讶的是，她的知识变得非常丰富。为她提供帮助的是一些照片，那是她父亲拍下来给一场演讲做图示的，主讲人也许就是他自己——字打得很不清楚，听众是女子学院的学生，她们在学习本地工业的情况。夏天快要过去的时候，科莉已经领好几个人参观了博物馆。她确信等她明年在高速公路上竖一个标识牌，再为旅游手册写一段介绍之后，博物馆肯定会有起色。

早春的一天清晨，她从窗户望出去，看见几个陌生人正开始拆房子。原来，她以为她签订的合同是，只要支付一定数额的租金，就可以使用那座厂房，但其实合同并没有允许她展览或占用厂房里的东西，尽管很久之前这些东西就被认定毫无价值。这些古老的五金器件不可能属于她，事实上，她已经很幸运了，公司——以前看上去多与人为善啊——在发现她所做的事之后并没有把她告上法庭。

如果去年夏天她启动这项计划的时候霍华德没有带家人去欧洲，他就可以帮她看看协议，让她免去很多麻烦。

没关系，她平静下来之后说，很快她就找到了新的兴趣。

开始是她确定自己厌烦了这栋又大又空的房子。她想走出去，于是把目光投向了街那头的公共图书馆。

图书馆是一座漂亮且完好的红砖建筑，因为是卡内基基金会赞助的图书馆，所以很难倒闭关停，即使几乎没有人来图书馆看书——人数少到不值得为之雇一个带薪的管理员。

科莉每星期去图书馆两次，打开门，坐在管理员的桌子后面。她高兴时就掸掸书架上的灰尘，给记录簿里借书多年不还的人打电话。有时候她联系到的人声称从未听说过那本书——那是某个喜欢读书的姨妈或者祖母借的，现在借书人已经去世。然后她就谈起图书馆的财产权问题，有时候书还真的出现在了还书篮里。

坐在图书馆里，唯一令人不适的是噪音。噪音是吉米·卡曾斯制造的，他负责修剪图书馆四周的草坪，每修剪完一遍几乎就立即重来一遍，因为他没有别的事可做。于是她雇他修剪她家的草坪，以前她为了锻炼身体一直自己修剪，但她的身材其实并不需要这种锻炼，而且因为腿瘸，她修剪得很慢，没完没了。

她生活中的变化让霍华德有些诧异。现在他比以前来的次数少，但来之后可以待的时间变长了。他住到了多伦多，虽然还在同一家公司工作。他的几个孩子不是十几岁，就是读大学了。几个女儿成绩很好，几个儿子则不像他希望的那么好，但男孩子就是那样。他妻子在一个外省政治家的办公室做全职工作，有时候还得加班。工资很低,近乎没有,但她很开心。比他所知道的过去任何时候都开心。

去年春天他带妻子去了西班牙,算作给她的生日惊喜。科莉有一段时间没有他的消息。在那个作为生日礼物的假期给她写信会显得他不够得体。他永远不会那么做,她也不会喜欢他那么做。

"你偷情的方式让人觉得你把我这里当成了一个圣地。"他回来后科莉说。他说:"正是如此。"他现在喜欢那些大房间里的一切,装饰华丽的天花板和暗沉的深色镶板。这些东西表现出一种气派十足的荒诞。但是他能看出,这些在她眼里不一样,她需要时常从这里走出去。他们开始短途旅行,后来旅行的时间变得更长,他们在汽车旅馆里过夜——虽然每次都不超过一夜,在不是特别昂贵的餐厅吃饭。

他们从来没有遇到过认识的人。从前可能会,他们确信这一点。现在情况不一样了,尽管他们不知道为什么。是不是因为即使遇到熟人,他们也不会有危险?事实是,那些他们可能遇到但从未遇到的人不会怀疑他们之间存在不道德的关系,虽然他们仍然是那种关系。他可以介绍说她是一个表亲,一个他想起来顺道看望的瘸腿亲戚,而不会给人留下任何印象。他确实有几个他妻子不想费心交往的亲戚。谁会追求一个拖着一只脚走路的中年情妇呢?没有人会记住这样的信息,等着在危险的时候泄露出来。

我们在布鲁斯海滩遇到了霍华德和他妹妹,是不是?他看上去气色不错。那可能是他的表妹吧。是个跛子?

似乎不值得费事谈起。

当然,他们仍然做爱。有时候小心翼翼,不碰某个疼痛的肩膀,某只敏感的膝盖。他们一向很保守,现在仍然如此,庆幸他们彼此不需要任何花哨的刺激。夫妻之间才需要那个。

有时候科莉会热泪盈眶,把脸埋在他怀里。

"我们太幸运了。"她说。

她从没有问过他是否幸福,但他婉转地表明他很幸福。他说他在工作中形成了更加保守的想法,或者只是不那么满怀希望的想法。(他其实一直都相当保守,但她没有把这个想法说出口。)他在上钢琴课,这让他的妻子和家人都非常吃惊。在婚姻生活中有那样一种自己的兴趣爱好,是好事。

"我相信是这样。"科莉说。

"我的意思不是——"

"我知道。"

九月份的一天,吉米·卡曾斯到图书馆来告诉她那天他不能为她割草了。他要到墓地去挖一个坟墓。是为一个以前住在这附近的人挖的,他说。

科莉把手指夹在《了不起的盖茨比》里她正在读的那一页,问那个人叫什么名字。她说这真有意思,那么多人——或者说他们的遗体——出现在这里,这是他们向亲人提出的最后请求,也是他们给亲人带来的最后麻烦。也许他们一辈子都住在附近或远方的城市里,而且似乎对那些地方非常满意,却不愿意在死后待在那里。老人常会有这样的念头。

吉米说那个人不是这样的老人。她姓沃尔夫。名字他想不起来了。

"不是莉莲吧？不是莉莲·沃尔夫吧？"

他相信就是。

结果她的名字就在那里，在科莉从来不读的图书馆订阅的本地报纸上。莉莲在基奇纳去世，享年四十六岁。她的遗体将在耶和华的受膏者教堂举行葬礼后安葬，葬礼定于下午两点举行。

好吧。

那天正好是图书馆需要开门的日子，图书馆每周开放两天。科莉不能去参加葬礼。

耶和华的受膏者教会是镇上的一所新教会。这里什么都不再兴旺，除了她父亲所说的"怪异的宗教"。她可以透过图书馆的一扇窗户看见那座教堂。

两点钟之前她就站在了窗前，看着相当多的一群人走进去。

现在似乎不需要戴帽子了，无论女人或男人。

她要怎么告诉他呢？写信寄到他的办公室，只能是这样。她也可以打电话到他的办公室，但他的回答会非常谨慎，非常平静，那样那种如释重负的奇妙感受就会失去一半。

她继续读《了不起的盖茨比》，但只是在读一个个的单词，她太心神不定了。她锁上图书馆的门，在镇上四处闲逛。

人们总是说这座镇子就像一场葬礼，但是当真正的葬礼举行时，它却表现出最生气勃勃的一面。她之所以想起这个说法，是因为她看到从一个街区之外赶来参加葬礼的人们从教堂的门走出来，停下脚步互相闲聊，从庄严的气氛中松弛下来。接着，让她惊讶的是，其中很多人绕过教堂，从一扇侧门重新走了进去。

当然。她忘了。葬礼之后，在棺椁被盖上并抬上灵车之后，除了那些和死者非常亲近的人要随灵车走，看着她在墓地下葬，其他人都要去吃仪式之后的茶点。这些人会在教堂里的另一个地方等着，那里有一间主日学校的教室，还有一间殷勤好客的厨房。

她没有理由不加入他们。

但是在最后一刻她几乎要过而不入。

太迟了。在其他人进去的那扇门边，一个女人用挑衅的声音叫住了她，至少，那种声音肯定不适合葬礼。

这个女人走近后对她说："我们没在葬礼上看见你。"

科莉不知道这个女人是谁。她说她很抱歉没能参加葬礼，她得看着图书馆。

"哦，当然。"那个女人说，但这时她已经转过身去和一个拿着馅饼的人说话了。

"冰箱里有地方放这个吗？"

"不知道，亲爱的，你去看看吧。"

科莉看到和她打招呼的女人穿着花裙子，她猜想里面的人一定都穿着类似的衣服。就算不是出席葬礼穿的最漂亮的衣服，也是星期天去教堂做礼拜时穿的最漂亮的衣服。但也许她关于星期天穿的最漂亮衣服的看法已经过时了。这里有些女人就穿着裤子，像她一样。

另一个女人拿给她一块放在塑料盘子上的香料蛋糕。

"你一定饿了,"她说,"每个人都饿了。"

一个给科莉剪过头发的女人说:"我跟每个人都说你可能会顺道过来。我告诉他们图书馆关门之前你来不了。我说你不得不错过葬礼仪式,真是太可惜了。我是这么说的。"

"仪式非常好,"另一个女人说,"你吃完那块蛋糕之后会想喝茶的。"

诸如此类。她想不起任何人的名字。联合教会和长老会还在勉强支撑;圣公会的教堂很多年前就关门了。这里是每个人都去的教堂吗?

招待会上只有另外一个女人受到了和科莉同样的关注,她有着科莉认为参加葬礼的人应该有的穿戴。漂亮的紫灰色长裙和色彩柔和的灰色凉帽。

那个女人正被人带来见她。她脖子上戴着一串端庄的天然珍珠项链。

"哦,是的。"她轻柔地说道,语气在这种场合所允许的限度内尽可能愉快,"你一定是科莉。那个我听说过很多次的科莉。我们从来没有见过面,我却感觉认识你。你一定在想我是谁。"她说了一个引不起科莉任何联想的名字。接着她摇摇头,轻轻地、抱歉地笑了笑。

"莉莲来基奇纳后就一直在我们家工作,"她说,"我的孩子都喜欢她。后来孙子们也喜欢她。他们真的非常喜欢她。天哪。她休息时,我就成了最不能令人满意的替代者。我们都非常喜欢她,真的。"

她说这些的时候有些出神，但很高兴。像她那种女人就是那样，表现出可爱的自我贬抑。她应该发现科莉是房间里唯一可以说她的语言而且不把她的场面话当真的人。

科莉说："我不知道她病了。"

"她走得太快了。"端着茶壶的女人一边说，一边问戴珍珠项链的女士要不要再加一点茶，那位女士拒绝了。

"她那个年纪的人得了那种病，比真正上了年纪的人走得更快，"端茶的女士说，"她在医院里住了多久？"她用略带威胁的语气问戴珍珠项链的人。

"我想想。十天？"

"不到十天，我听说。短到她家里人都没来得及得知病情。"

"她对外一直隐瞒病情。"这是雇主在说话，语气平静，但立场坚定，"她绝不是一个大惊小怪的人。"

"不，她不是那样的人。"科莉说。

就在这时，一个身材结实、面带微笑的年轻女人走过来，自我介绍说她是牧师。

"我们是在说莉莲吗？"她问。她带着不可思议的神情摇了摇头。"莉莲受到了上帝的赐福。莉莲是一个品质出众的人。"

所有人都同意。包括科莉在内。

"我怀疑那个女牧师。"回家路上科莉为写给霍华德的一封长信打腹稿。

那天傍晚，她坐下来，开始写信，尽管她现在还不能把信寄出去——霍华德正和家人在马斯科卡的别墅度假,他们要在那里住几个星期。如他事前所说,每个人都有些不满——妻子离开了政治,他没有了钢琴,但又都不愿意放弃老规矩。

"当然,认为莉莲用不当获利盖了一座教堂,这么想太荒唐了,"她写道,"但我敢打赌她盖了教堂的尖塔。不管怎样,那尖塔看上去很可笑。我以前从未想过那些倒置的冰激凌筒状的尖塔会显得有多廉价。信仰的破灭就在那里,是不是?他们不知道这一点,却在宣布这一点。"

她把信揉成一团,重新开始写,语气更加欣喜。

"敲诈勒索的日子过去了。象征新开始的布谷鸟之歌已经飘扬在田野上。"

她从未意识到这件事曾让她感到多么沉重,她写道,但现在她明白了。不是钱的问题,他对这一点也非常了解,她不在乎钱,而且无论如何,随着一年一年过去,这笔钱按实际价值计算已经变得很少,虽然莉莲似乎从来没有意识到这一点。是那种令人不安的感觉,那种总是不完全安全的感觉,那种压在他们长期的情爱之上的重负,让她无法幸福。她每次经过邮政信箱时都会有那种感觉。

她很好奇,他有没有可能在收到她的信之前听到这个消息。不可能。他还没有到翻查讣告的年龄。

每年二月和八月她把那笔特殊的钱放进信封里,而他把信封塞进口袋。这之后,也许他会检查一下那笔钱,在信封上打上莉莲的名字,再把信封放进她的信箱。

163

问题是，他有没有去看看信箱里今年夏天的钱是否被取走了？科莉交钱的时候莉莲还活着，但肯定不能去开信箱了。肯定不能。

科莉是在霍华德去别墅之前不久最后一次看见他并把信封交给他的。她试图想起来确切的日子，他把钱放进去之后是否还有时间再去查看信箱，还是直接去了别墅。过去他在别墅时偶尔会找时间给科莉写信。但这一次没有。

信还没有写完，她就上床睡觉了。

她很早就醒了，天刚放亮，太阳还没有升起。

总会有一天早晨你发觉所有的小鸟都飞走了。

她懂了一件事。她是在睡着的时候发现的。

没有需要告诉他的消息。没有，因为从来就不曾有过。

没必要告诉他关于莉莲的消息，因为莉莲不重要，从来都不重要。没有什么邮政信箱，因为那笔钱直接进了某个账户或者某只钱包。用于一般花销。或者不算高的养老金。西班牙的旅行。谁在乎？那些有家人、有消夏别墅、有孩子需要教育、有账单需要支付的人，他们不必去想怎样花掉这样一笔钱。这甚至不能叫意外之财。没有必要解释。

她起了床，迅速穿好衣服，从每一个房间走过，把这个新的想法说给墙壁和家具听。每一个地方都有一个洞，而最明显的那个在她的胸口。她煮了咖啡，却没有喝。她又回到卧室，发现不得不把目前的现实重新再介绍一遍。

她写了一张最简短的便条，信被扔在一边。

"莉莲死了，昨日已安葬。"

她把便条寄到他的办公室，这无所谓了。特快专递，谁管呢？

她切断电话，这样就不必忍受等待的折磨。一片寂静。也许电话再也不会响起。

但是很快她收到一封信，比她的便条多不了几个字。

"现在一切都好了，高兴点。不久后见。"

那么就这样到此为止。再做什么都太晚了。本来可能会更糟，糟糕得多。

火车

不管怎样,这是一趟慢车,而且因为正在沿弧线行驶,车速更慢了。杰克逊是车上剩下的唯一乘客,车距下一站克洛弗还有二十英里。之后是里普利、金卡丁和湖边。这会儿他运气不错,不该浪费了。他已经把票根从插票槽拿了出来。

他把包扔了出去,看着它恰好落在两段铁轨之间。现在别无选择——火车速度不会再慢了。

他抓住了机会。一个身强体壮的年轻人,正处于身手最为敏捷的时候。但跳跃和落地的动作让他失望。他比自己以为的要僵硬,身体的僵直使他向前摔倒,手掌重重地擦在枕木之间的沙砾上,破了皮。他太紧张了。

火车已经在他的视线之外,他听见它在开过弧形轨道之后稍稍加快了速度。他朝疼痛的手掌吐了口唾沫,拍掉沙砾。然后捡起包,开始朝相反的方向走在他刚刚乘火车行经的路上。如果他还跟着火车往前走,就会在天黑之后很久到达克洛弗站。他还可以抱怨说他睡着了,醒来时糊里糊涂,以为睡过了站,实际上还没到。稀里糊涂地跳下了车,然后不得不步行过来。

人们会相信他的话。从那么远的地方回家,从战场上回家,他很可能变得迷糊。现在还不太晚,他可以在午夜之前到达该去的地方。

但是就在想着这些的时候,他正朝相反的方向走去。

很多树的名字他都不知道。枫树,这个人人都知道。松树。没别的了。他以为自己跳车的地方是一片树林,其实不是。树只是沿着铁轨生长,在路堤上十分茂密,但他能看见树丛后面闪过的一片片田野。绿色或赭色或黄色的田野。牧草,庄稼,残茬。他只知道那么多。现在还是八月。

火车的声音彻底消失后,他发现四周并不像他以为的那样一片寂静。四处发出各种响动,八月干燥的树叶摇动的沙沙声(并不是风声),还有某些看不见的鸟呵斥他的喧闹声。

从火车上跳下来应该意味着某种取消。让身体振奋起来,让膝盖做好准备,进入一团不同的空气之中。你期待着虚无。却得到了什么?立刻被一堆新事物包围,它们向你索求着关注,而你坐在火车上看着窗外时它们从来不会这样。你在这里做什么?你要到哪里去?某种被未知的东西监视的感觉。成为干扰分子的感觉。周围的生命正在从你看不见的有利位置得出关于你的结论。

他在过去几年遇见的人似乎都认为,如果你不是城里人,就必然是乡下人。这是不对的。乡村和小镇结合的地带与别处不同,但只有住在那里,你才会注意到。杰克逊本人是管道工的儿子。

他一辈子没进过马厩,没放过牛,没堆过稻堆。也从未像现在这样迈着沉重的脚步沿着铁轨步行,铁轨似乎从它运送乘客和货物的正常目标偏离开去,开始变成野生的苹果树、多刺的浆果灌木、蔓延的葡萄藤和在你看不见的栖处骂骂咧咧的乌鸦——至少他还认识那种鸟。就在现在,一条束带蛇正在两条铁轨之间蜿蜒滑行,一副十分确信他走得不够快,不会踩到它或杀死它的样子。以他对蛇的了解,他知道那不是条毒蛇,但它的自信激怒了他。

那头叫玛格丽特·罗斯的泽西小奶牛通常会在每天早晨和傍晚两次准时出现在牛棚门口,等着挤奶。通常贝尔不用唤它。但今天早晨它对牧场低洼处或者栅栏另一侧遮住铁轨的树丛里的什么东西太感兴趣了。它听见了贝尔的哨声和呼唤,开始不情愿地走过来。但接着它又决定回去再看一眼。

贝尔放下挤奶桶和小凳子,踩着被清晨的露水打湿的草地朝奶牛走过去。

"哞。哞。"

语气半是哄骗,半是责骂。

树丛里有什么东西动了一下。一个男人的声音大喊道"不要紧"。

当然不要紧。他以为她怕他吗?他最好还是怕那头长着角的牛吧。

他一边爬过栅栏,一边用他可能觉得让人放心的手势挥着手。

这让玛格丽特·罗斯受不了,它得展示一番。先这样跳一下,再那样跳一下。扬起淘气的小牛角。这没什么，但是泽西奶牛总是可以用速度和突然迸发的脾气以令人不快的方式让你大吃一惊。贝尔大叫起来，责骂它的同时又安慰他。

"它不会伤害你的。别动就行。它只是紧张。"

这时她注意到他拿着的包。就是那个惹了麻烦。她原本以为他只是出来沿铁轨走走，但他其实是要去什么地方。

"你的包让它心烦。你能不能暂时把包放下。我得把它赶回牛棚去挤奶。"

他照她说的做了，然后站在那里看着，一寸也不想移动。

她让玛格丽特·罗斯走回到牛棚放着挤奶桶和小凳子的地方。

"现在你可以把包拿起来了。"她喊道。他走近后，她语气和善地对他说话。"只要别对着它挥舞那只包就行了。你是个士兵，对吧？如果你能等到我给它挤完奶，我可以拿些早餐给你。当你得冲它大吼大叫的时候，这可真是个蠢名字。玛格丽特·罗斯。"

她身材矮壮，留着直发和孩子气的刘海，金色的头发里掺杂着几缕白发。

"我负责照顾它。"她边坐下边说，"我是个保皇党。或者说以前是。我熬了粥，在炉子后面。挤奶花不了多长时间。你不介意的话可以在牛棚四处看看，在它看不见你的地方等着。我没有鸡蛋给你吃，这太糟了。我们养过鸡，但狐狸老是来抓鸡，让我们烦透了。"

我们。我们养过鸡。这意味着这儿有个男人。

"粥就很好。我很乐意付给你钱。"

"不用。只要别碍事就行了。它兴奋过头,奶都下不来了。"

他走开了,在牛棚四周转悠。牛棚的状况很糟糕。他透过木板缝隙朝里张望,想看看她有一辆什么汽车,却只看见一辆旧的轻便马车,还有一些坏掉的机器。

这个地方还算整洁,但看不出主人的勤劳。房子的白色涂料全都在剥落,渐渐变成灰色。一扇窗户上钉了木板,原先的玻璃一定是破了。还有一座荒废失修的鸡舍,刚才她提过的狐狸来抓鸡的地方。以及堆成一堆的木瓦板。

如果这地方有个男人,他一定是个残废,或者懒得像个瘫子。

牛棚边有一条小路。房前有一小块栅栏围着的田和一条土路。田里有一匹看上去脾气温和的斑点马。他可以明白养奶牛的理由,但马呢?农场的人甚至在战前就不养马了,拖拉机已经开始流行。而且她看上去不像是那种喜欢骑着马四处晃悠的人。

他突然明白了。牛棚里的那辆轻便马车。那不是存留的旧物,那是她所拥有的一切。

他一直听见一种奇怪的声音,已经好一会儿了。小路前方是一座山丘,山丘那边传来嘚嘚、嘚嘚的声音。伴随着嘚嘚声的还有细微的叮当声或哨声。

看,从山那边过来一个带轮子的箱子,由两匹小马驹拉着。比田里的那匹马小,却有活力得多。箱子里坐着大约六个小小人。每个人都穿着黑色衣服,戴着得体的黑帽子。

声音就是他们发出来的。他们在唱歌。朴素的童高音,甜美极了。他们从他身边经过时看都没看他一眼。

这让他心生寒意。牛棚里的马车和田里的那匹马根本无法与之相比。

他还站在那里东张西望,这时他听见她在喊:"做完了。"她正站在房前。

"从这里进出,"她指的是后门,"前门从去年冬天开始卡住了,怎么都打不开,你会以为门还冻着呢。"

他们从铺在坑坑洼洼的泥地上的木板上走过。由于窗户被木板挡住,四周一片黑暗。那里跟他过去睡觉的洞里一样寒冷。他曾一次又一次醒来,试图蜷缩起来,好让自己保持温暖。而在这里,那个女人并没有冷得发抖。她身上散发出健康的劳动气味,以及可能是牛皮的气味。

她把新鲜的牛奶倒进盆里,用她放在旁边的一块薄纱棉布盖上,然后领他走进主屋。那里的窗户没挂窗帘,光线从窗外照了进来。柴炉也生着火。有一个带手压水泵的水池,一张铺着油布的桌子,油布有几处已经很破了,还有一张沙发,上面铺着一床打了很多补丁的旧被子。

还有一只露出了羽毛芯的枕头。

虽然破旧,到目前为止还不算太糟。你能看到的每样东西都自有用处。然而,抬起头就能看到架子上一摞一摞的报纸、杂志或者某种纸张,一直堆到天花板。

他忍不住问她,她不怕着火吗?柴炉就在边上。

"哦,我人一直在这儿。我是说,我睡在这儿。没有其他地方可以避开穿堂风。我很警惕。我的烟囱从没有着过火。有几次炉子太热了，我就撒了几把发酵粉。不要紧。

"不管怎样，妈妈得待在这儿，"她说，"在其他地方她都会感觉不舒服。我把她的折叠床放在这儿。我留神所有一切。我的确想过把那些报纸都搬到前厅去，但那里真的太潮湿了，它们都会被毁掉的。"

她说她应该解释一下。"我妈妈已经死了。她是五月份去世的。那时天气刚开始好起来。她活着听到了收音机里播报战争结束的消息。她听得懂。很久以前她就不能说话了，但她心里明白。我早就习惯她不说话了，以至于有时候我以为她还在这儿，但是，当然，她不在了。"

杰克逊感到该由他说抱歉了。

"哦。该来的总会来的。很幸运没有发生在冬天。"

她给他端来燕麦粥，倒了茶。

"不会太浓吧？这茶？"

他嘴里塞得满满的，摇了摇头。

"我从来不省茶叶。如果要省，干吗不直接喝白开水呢？去年冬天，天气变得特别糟糕的那段时间，我们的茶叶喝完了。停电了，收音机不响了，茶叶也吃光了。我在后门和牛棚之间拴了一根绳子，出去挤奶的时候我就抓着绳子走。我本来想让玛格丽特·罗斯到后面厨房里来，但我想暴风雪一定会让它心烦意乱，我会控制不住它的。不管怎样，它挺过来了。我们都挺过来了。"

他在她停顿的时候插进来问街坊四邻中有没有侏儒。

"据我所知没有。"

"乘着运货马车?"

"哦。他们唱着歌吗?一定是门诺派①的小男孩。他们赶着马车去教堂,一路唱着歌。女孩必须和家长一起乘轻便马车,但他们让男孩驾运货马车。"

"他们看上去好像根本没看见我。"

"他们不会看见的。我曾经对妈妈说,我们住在这条路上是对的,因为我们就像门诺派教徒一样。有马和轻便马车,直接喝下未经巴氏消毒的牛奶。唯一不同的是,我们俩都不会唱歌。

"妈妈死的时候,他们送来了非常多的食物,我吃了好几个星期。他们一定以为会有守灵夜什么的。有他们做邻居,我很幸运。但我又对自己说,他们也很幸运。因为他们需要行善,而我几乎就在他们家门口,看见我这样的人就是看见了行善的时机。"

他吃完饭后提出付给她钱,但她拼命对着他的钱摆手。

有一件事,她说,他走之前能不能修好马的食槽。

所谓的修理工作实际上相当于做一个新的食槽。为了做这个食槽,他四处寻找能够找到的材料和工具。这花了他一整天的时间,晚上她请他吃薄煎饼和门诺派教徒做的枫糖。她说如果他晚来一个星期,她也许可以请他吃新鲜的果酱。她摘了长在铁轨边上的野浆果。

他们坐在后门外的餐椅上,直到太阳下山。她向他讲述自己

---

① 由荷兰人门诺·西蒙斯创立的基督新教宗教团体,随后多数教徒分布在美国、加拿大等地。团体内部联系紧密,教徒穿着独特的服装,鼓励节俭、勤奋、虔诚和互助的宗派美德。

是怎么到这里来的,他在听,但不是全神贯注,他还在环顾四周,想着这个地方虽是摇摇欲坠,但并非完全无可救药,只要有人愿意安顿下来,把东西修好。需要花些钱,但更需要时间和精力。这可能是个挑战。他几乎因为自己要继续赶路而感到遗憾。

他之所以没有全神贯注地听贝尔——她的名字叫贝尔——一直在讲的事,另一个原因是她在谈她自己的生活,而他不太能想象那样的生活。

她父亲——她叫他爸爸——当初买下这个地方只是为了消夏,她说,后来他决定他们也许应该一整年都住在这儿。他在哪里都可以工作,因为他靠给《多伦多每晚电讯报》写专栏来维持生计。邮递员来取走他写的文章,火车把他的文章送走。他写身边发生的各种各样的事情。他甚至把贝尔写进了文章里,叫她小猫咪。有时候也提及贝尔的妈妈,叫她卡萨玛西玛公主,名字出自一本书,她说,书的名字早已不重要了。她妈妈也许是他们一整年都住在这里的原因。她患了可怕的一九一八年流感,那次流感让很多人丧命,而她痊愈后变得很怪。并不是真的变成了哑巴——因为她可以费劲地说出几个词,而是失去了对很多单词的记忆。或者说它们抛弃了她。她不得不重新开始学习吃饭和上厕所。除了学说话,她还要学会在天气热的时候也穿着衣服。你不会希望她四处闲逛,在城市的街道上成为笑柄。

冬天贝尔离开家去上学。学校的名字叫斯特罗恩主教学校。她很吃惊,他竟然没有听说过这所学校。她把名字拼了出来。学校在多伦多,学生都是些有钱的女孩,但也有像她一样因为从亲戚那里获赠一笔钱或者继承了遗产才到那里去上学的女孩。学校教会了她目中无人,她说,却没有教会她以后应该做什么来维持生计。

但是一次意外事故解决了这个问题。她父亲经常喜欢在夏天的夜晚沿着铁轨散步,那天他散步时被一列火车撞了。事故发生之前她和妈妈已经上床睡觉,贝尔以为一定是农场上没拴住的牲畜跑到了铁轨上,但她妈妈却发出凄切的呜咽,似乎立刻就知道发生了什么。

有时候她在学校的一个朋友会给她写信,问她在那种地方究竟能做什么,她们根本不了解。她要挤奶,烧饭,照顾妈妈,而且那时还要养鸡。她学会了把土豆切成块,让每一块上都有一个芽眼,然后把它们种进地里,第二年夏天再挖出来。她还没有学过开车,战争开始后她就把爸爸的车卖了。门诺派教徒给了她一匹已经不能干农活的马,其中一个人教会了她怎么给马套轭,怎么赶马车。

一个叫罗宾的老朋友来看过她,认为她的生活方式太过可笑。她希望她回多伦多,但是她妈妈怎么办?她妈妈现在安静多了,也一直穿着衣服,还喜欢听收音机,每星期六下午听歌剧。当然,她在多伦多也能做这些事,但是贝尔不愿意让她离开已经习惯的地方。罗宾说她说的其实是她自己,她害怕离开已经习惯的地方。她——罗宾——走了,加入了被称作妇女军团的某个组织。

眼见天气渐渐变冷,他要做的第一件事是在厨房以外开辟出其他适合睡觉的房间。他得赶走一些老鼠甚至还有田鼠，都是因为天气转凉跑到家里来的。他问她为什么从来不养猫，然后听到了她的独特逻辑。她说猫会不停地杀死一些小动物，拖出来让她看，而她不想看到这些。他竖起耳朵听捕鼠夹的动静，在她知道发生了什么之前就把老鼠扔掉。后来他又针对厨房堆满报纸以及房子没有防火设施的问题发表了长篇大论，她同意如果前厅能不再潮湿，就把那些报纸都搬出去。那成了他的主要工作。他花钱买了一台取暖器，修整了墙壁，说服她花大半个月的时间爬上去把那些报纸都拿下来，重读一遍，整理好，放到他做的架子上。

她告诉他那堆报纸里有她父亲的书。有时她管那叫一本小说。对此他没想过要问什么，但有一天她告诉他，那本书写的是马蒂尔达和斯蒂芬这两个人。一本历史小说。

"你记得历史课上学的内容吗？"

他读完了五年中学，成绩优异，在三角学和地理课上表现出色，但历史课的内容记住得不多。不管怎样，中学的最后一年，他满脑子想的都是自己就要去上战场了。

他说："不全记得。"

"如果你上的是斯特罗恩主教学校就会全部记得。他们会把这些内容硬灌给你的。至少是英国历史。"

她说斯蒂芬是个英雄。一个品德高尚的人。他生活的时代配不上他的优秀。他是那种非常难得的人，不会一心只为自己着想，或者只要有好处就违背承诺。也因为如此，最后他没能成功。

还有马蒂尔达。她是征服者威廉的直系后代，要多残忍傲慢就有多残忍傲慢。虽然可能有些蠢人只因她是女人就为她辩护。

"如果他能完成那本书,那一定是一本非常好的小说。"

杰克逊当然知道有书存在是因为有人坐下来把它们写了出来。书不是凭空出现的。但为什么要出现,这才是问题。我们已经有书了,很多书。其中有两本是他在上学时必读的。《双城记》和《哈克贝利·费恩历险记》。两本书都充斥着以不同方式让人生厌的语言。这可以理解。这两本书都是过去写的。

让他不解的是——虽然他不想透露这个想法——为什么有人会愿意坐下来再写一本书,在当代。现在。

真是个悲剧,贝尔干脆地说,杰克逊不知道她指的是她父亲,还是那本没有写完的书里的人物。

不管怎样,既然这个房间可以住人了,他的心思转到了屋顶上。只修好房间没有用,屋顶的情况太糟,过一两年房间就又没法住人了。他设法修补了屋顶,可以帮她多度过几个冬天,除此之外他什么也不能保证。他仍然打算圣诞节前动身离开。

隔壁农场的几家门诺派教徒家里年纪大一点的多是女孩,他见过的那几个小男孩还不够健壮有力,不能干重活。杰克逊在秋天收割庄稼时受雇于他们。他被带到家里和其他人一起吃饭,吃惊地发现女孩子们给他上菜时表现轻佻,一点儿都不像他以为的那样沉默。他发现几位母亲在留心注意着她们,几位父亲则留心注意着他。知道自己让女孩们的父母双方都感到满意,他很高兴。他们看得出他完全没有心动。一切都很安全。

当然，和贝尔也不用说什么。他发现她比他大十六岁。提到这个，甚至开个玩笑，都会把一切弄糟。她是某种女人，而他是某种男人。

他们需要时会去镇上买东西，小镇叫奥里奥尔，和他长大的那个小镇正好在相反的方向。他把马拴在联合教会的马棚里，自然是因为大街上已经没有拴马的木桩了。刚开始他对五金店和理发店心怀顾虑。但很快他就明白了小城镇里的一些事，他是在小镇长大的，这些事他早该明白。镇和镇之间没有什么来往，除非在棒球场或冰球场上决一死战，赛场和观众席上的人都处于激烈的人为制造的对抗之中。他们需要买本地商店没有的东西时，就到城里去。需要看镇上没有的医生时也到城里去。他没有遇到任何熟人，没有人对他表示好奇，虽然他们可能会多看马一眼。在冬天的那几个月里，他们甚至都不会多看马一眼，因为小路上的雪没有铲掉，送牛奶去乳制品厂或者送鸡蛋去食品杂货店的人只能凑合着赶马车，就像他和贝尔一样。

贝尔总是停下来看电影院在放什么电影，虽然她根本不打算看。她对电影和电影明星了解甚多，但基本上都是陈年旧事了，就像马蒂尔达和斯蒂芬。比如，她可以告诉你克拉克·盖博演白瑞德之前在现实生活里和谁结了婚。

很快，杰克逊需要剪头发了，烟也抽完了，需要买烟草。现在他像个农夫一样抽烟，自己卷烟，并且从来不在家里点烟。

有一段时间市面上没有二手车，后来，新车型终于出现了，一些在战争时期赚了钱的农场主准备把旧车处理掉，二手车开始在市场上出现。他和贝尔谈了一次话。天知道那匹叫斑点的马有多老，在爬坡时有多倔。

他发现汽车经销商一直在注意他，虽然并没有指望他会来买。

"我一直以为你和你姐姐是门诺派教徒，只不过穿着不同的服装。"经销商说。

杰克逊有点吃惊，但这至少比以为他们是夫妻要好。这让杰克逊意识到，这些年来他一定老了，变了，身上已经没了那个跳下火车的瘦削而紧张的士兵的影子。然而，在他看来，贝尔在人生的某个时段停止了变化，一直是一个大孩子。她说话时总是在过去和现在之间来回跳跃，这更强化了这种印象，好像他们上一次去镇上，她和爸爸妈妈上一次一起看电影，或者玛格丽特·罗斯——已经死了——那天用角对着发愁的杰克逊的可笑场景，这些在她看来没有什么不一样。

一九六二年夏天，把他们带到多伦多去的是他们的第二辆车，当然，还是一辆二手车。这不是一次早有准备的行程，而且对杰克逊来说，时间很不凑巧。首先，他正在为门诺派教徒盖一座新马棚，他们正忙着收割庄稼；其次，他自己种的蔬菜很快也该收割了，他已经把这些蔬菜卖给了奥里奥尔镇上的杂货店。但是贝尔长了一个肿块，医生终于说服她注意这个肿块，现在她要去多伦多做手术。

变化多大啊，贝尔不停地说。你肯定我们还在加拿大吗？

这是在他们开出基奇纳之前。上了新修的高速公路之后,她真的吓坏了,恳求他找一条小道,不然就掉头回家。他发现自己回应她时言辞尖锐——路上的滚滚车流也令他意外。在那之后她一路上都很安静,他不知道她闭上眼睛是因为她放弃了挣扎,还是她在祷告。他从来不知道她是否祷告。

甚至这天早晨她还在试图让他改变主意,不去多伦多。她说肿块正在变小,而不是变大。自从每个人都有了免费医疗保险之后,大家什么都不干,全跑去看医生了,把自己的生活变成由医院和手术组成的一出长剧,这除了延长他们在生命最后阶段讨人嫌的时间之外,没有任何益处。

他们开上岔道,来到城里之后,她平静下来,也高兴起来。他们发现自己来到了阿梵奴路,她惊叹一切都变了,却似乎能在每一个街区都认出些什么。看,那是斯特罗恩主教学校的一个老师以前住过的公寓楼,那里的地下室里有一家商店,卖牛奶、香烟和报纸。她说,如果你现在走进去,还能找到《电讯报》,报纸上不仅有她父亲的名字,还有他没有脱发之前拍的模糊照片,岂不会很奇怪?

接着她发出一声轻呼,在一条小巷里她看见了父母结婚的那座教堂——她发誓就是那座教堂。他们曾经把她带到那里指给她看,虽然那并不是他们去做礼拜的教堂。他们不去任何教堂做礼拜,根本不去。那是个玩笑。她父亲说他们是在地下室结的婚,但她母亲说是在祭衣室。

那时她母亲还可以轻松地说话,就和所有其他人一样。

也许当时有法律规定必须在教堂结婚，否则婚姻就不合法。

在埃格林顿路上她看见了地铁标志。

"想想吧，我从来没有坐过地铁。"

她说这话时语气中夹杂着痛苦和骄傲。

"想象一个人一直这么无知。"

医院已经为她做好了准备。她保持着那份热情与活力，告诉他们她在车流中的恐惧和城里的变化，说她不知道伊顿商店是否仍然在圣诞节时赞助一场演出。还有人读《电讯报》吗？

"你们应该开车穿过唐人街，"一个护士说，"那才有意思呢。"

"我期盼着回家路上能看看唐人街。"她大笑起来，然后说，"如果我还能回家的话。"

"别说傻话了。"

另一个护士在和杰克逊说话，问他把车停在哪里了，告诉他应该把车挪到哪儿才不会被罚款。还告诉他医院为从外地来的病人亲属准备了住处，比住旅馆便宜得多。

现在贝尔得上床了，他们说。医生会来看她，杰克逊过一会儿可以来和她说晚安。到时候，他也许会发现她因为吃了药有些迷迷糊糊。

她听见了，说她总是迷迷糊糊，他不会惊讶的。周围的人一阵嬉笑。

他离开之前护士带他去签一些文件。在填"与病人关系"一栏时他犹豫了片刻。然后他写下了"朋友"。

晚上他回来时，的确发现了变化，虽然那时贝尔还不能算是迷迷糊糊。他们给她套上了某种绿色的布袋子，只露出脖子和光着的胳膊。他很少看见她这样暴露，也没有注意到在她锁骨和下巴之间拉着的那几根看上去十分质朴的细绳。

她因为嘴巴发干而气呼呼的。

"他们什么都不让我吃，只让我抿那么一小口水。"

她想让他去给她买一瓶可乐，据他所知，那是她一辈子都没喝过的东西。

"走廊那头有一台自动售货机——一定有一台。我看见有人走过去时手里拿着一瓶可乐，这让我感觉特别渴。"

他说他不能违反规定。

泪水涌进她的眼眶，她一气之下转过头去。

"我想回家。"

"很快你就可以回家了。"

"你去帮我把衣服找来。"

"我不能那么做。"

"如果你不找，我就自己找。我会自己去火车站。"

"现在已经没有开往我们那里的客运火车了。"

突然之间，她似乎放弃了逃跑计划。过了一会儿她开始回忆房子和他们——主要是他——对房子做的各种修缮。外墙的涂料白得耀眼，甚至后面的厨房也被粉刷一新，铺上了木地板。屋顶重新铺了木瓦板，窗户恢复了原先的朴素风格，最让人自豪的是，水暖装置在冬天真让人高兴。

"如果你没有出现，我很快就会陷入悲惨的境地。"

他没有说出自己的看法，其实当时她已经生活在悲惨的境地。

"我康复之后要写一份遗嘱，"她说，"所有东西都留给你。你的辛苦不会白费。"

他当然想过这个，也许拥有那一切会让他感到适度的满足，即使他真诚友好地希望这种事不要发生得太快。但现在不是想这些的时候。这似乎和他没有什么关系，离他很遥远。

她又变得烦躁起来。

"哦，我真希望自己在那里，而不是这里。"

"手术后醒来时你会感觉好很多。"

虽然据他目前所听到的，这是一个巨大的谎言。

突然他感到非常疲倦。

他的话比他的猜想更接近事实。肿块被切除两天之后，贝尔在另一间病房里坐了起来，急切地要和他打招呼，一点儿也没有因为隔壁病床上躺在帘子后面的那个女人发出的呻吟而感到心烦。昨天她——贝尔——和这个病人的情形差不多，他根本没能让她睁开眼睛或注意到他。

"别管她，"贝尔说，"她还迷糊着呢。可能什么都感觉不到。明天她就会苏醒过来，变得光彩照人。要不她就再也醒不过来了。"

她的语气里带着些许满足和刻板的权威，一种过来人的冷漠。她正坐在床上，从便于饮用的弯折吸管里大口喝着一种鲜艳的橙色饮料。她看上去比他不久之前送到医院来的那个女人年轻很多。

她想知道他的睡眠够不够，有没有找到他喜欢的吃饭的地方，在这样的天气里散步会不会太热，有没有挤出时间去参观安大略皇家博物馆，她认为她曾经建议他去。

但是她无法专心听他回答。她似乎非常惊奇。克制的惊奇。

"哦，我一定要告诉你，"当他解释为什么他没有去博物馆时，她打断了他，"哦，别这么吃惊。你那个表情会让我发笑的，我一笑伤口就会疼。我究竟为什么要想到笑呢？这其实是件非常悲哀的事情，是一个悲剧。你知道我父亲，我对你说过我父亲——"

他注意到她说的是父亲，而不是爸爸。

"我父亲和我母亲——"

她似乎必须搜寻一番，重新开始。

"房子的状况曾经比你第一次看见的样子好很多。嗯，应该是的。我们把楼上的那个房间用作浴室。当然，我们得把水提上提下。只是到了后来，我才在楼下洗澡，你来的那会儿就是。你知道的，就在里面有架子、以前还当过餐具室的那间？"

她怎么能不记得他才是那个把架子拿出来并放进楼上浴室的人？

"哦好吧，这有什么要紧的？"她说，仿佛她明白他在想什么，"我烧了水，提到楼上，用海绵擦浴。我脱了衣服。嗯，当然要脱。浴池上方有一面大镜子，你看，那里有一个浴池，就像真正的浴室一样，只不过用完之后你要把塞子拔了，让水流回桶里。马桶在别的地方。你知道是什么样子。于是我开始擦洗，身上一丝不挂，这很自然。那时一定是晚上九点左右,光线还很充足。那是在夏天,我刚才说了吗?那个小房间朝西呢?

"然后我听到有脚步声,当然,那是爸爸的脚步声。我父亲。他一定已经照顾妈妈睡下了。我听见他走上楼,我注意到脚步声很沉重。跟平常不太一样。非常沉着,不慌不忙。或者那也许只是我后来的印象。你很容易在事后将事情戏剧化。脚步就在浴室门外停住了,如果当时我想了什么,我想的是,哦,他一定累了。门没有上闩,因为,当然是因为,没有门闩。但如果门是关着的,你就假定里面有人。

"于是,他站在门外,我没多想,但后来他把门推开了,就站在那里看着我。我得说说我指的是什么意思。他打量着我的全身上下,不只是我的脸。我看着镜子,他看镜子里的我,还有我背后的东西,我看不见。那绝对不是正常的眼神。

"我告诉你我当时的想法。我想,他是在梦游。我不知道该怎么办,因为你不应该惊扰到梦游的人。

"但是接着他说:'对不起。'于是我知道他没有睡着。但他是用一种滑稽的语调在说话,我的意思是,一种奇怪的语调,仿佛他对我感到厌恶。或者恼怒,我不知道。他让门开着,就这么沿着走廊离开了。我擦干身体,穿上睡衣,上了床,立刻就睡着了。早晨我起来时,浴室里还有没排掉的水,我不想走近那些水,但还是去了。

"不过,一切看上去都很正常,他已经起来打字了。他大声说早上好,然后问我某个单词怎么拼。他经常问这个,因为我的拼写更好。我告诉他拼法，我说如果他要当一个作家就应该学好拼写，他简直是没救了。但是那天晚些时候，我洗碗时，他走到我身后，我僵住了。他只是说：'贝尔，对不起。'我想，哦，我希望他没那么说。这句话吓着我了。我知道他是真的感到抱歉，但是他就这么公开说了出来，让我无法不予理睬。我只是说：'没关系。'但我无法用从容的语气说出来，或者说得仿佛真的没有关系。

"我不能。我必须让他知道他改变了我们俩。我出去把洗碗水倒掉，然后回去做刚才在做的什么事，没再说一个字。后来我把午睡的妈妈叫醒，做了晚饭，又叫他来吃饭，但他没来。我对妈妈说他一定是去散步了。他写作卡住时经常去散步。我帮妈妈切开食物，但我忍不住想到一些恶心的事。主要是想到我有时候听见的从他们房里传来的声音，我把自己裹起来，这样就听不见了。我对坐在那里吃晚饭的妈妈感到好奇，我不知道她怎么看待这件事，或者她究竟是否明白。

"我不知道他会去哪里。我照顾妈妈上了床，即便那是他的事。后来我听见火车开过来，突然传来一阵喧闹，还有尖锐刺耳的声音，那是火车的刹车声，我一定知道发生了什么，虽然我不知道自己究竟是什么时候知道的。

"我告诉过你。我告诉过你他被火车撞了。

"但现在我把这个讲给你听。我告诉你不是为了让你苦恼。刚开始我受不了，有很长时间我实际上在强迫自己想，他沿着铁轨走的时候满脑子都是工作的事，根本没有听见火车开过来。那是一个可以让人接受的故事。我不会觉得那和我有关，甚至不会去想那到底主要和什么有关。

"性。

"现在我明白了。现在我真正明白了这件事,那不是任何人的错。那是在悲惨情境中人类性欲的错。我在那里渐渐长大,而母亲又是那个样子,父亲自然会那样。不是我的错也不是他的错。

"我的意思是,应该感谢那种如果人们陷入某种境况就可以去的地方。不必感到羞耻或负疚。如果你认为我指的是妓院,没错。如果你认为我指的是妓女,还是没错。你明白吗?"

杰克逊将目光越过她的头顶,说明白。

"我感到如释重负。并不是说我没有感受到其中的不幸,我已经从悲剧中走了出来,我是这个意思。这就是人性的错。你一定不要因为我在笑就认为我没有怜悯心。我很有怜悯心。但我得说我感到轻松。我得说我有些高兴。你听我说这些没觉得尴尬吧?"

"没有。"

"你察觉到我的状态不正常。我知道。一切都很清楚。我非常感激。"

在她说这些的时候,隔壁床上那个女人有节奏的呻吟声一直没有减弱。杰克逊感到那种重复的声音已经刻入他的大脑。

他听见护士穿着松软的鞋在走廊上走过,他希望她走进这间病房。她进来了。

护士说她来给病人送睡前服用的药。他害怕护士要他给贝尔一个晚安吻。他注意到医院里人们常常相互亲吻。他很高兴他站起来的时候护士没有这么说。

"明天见。"

他醒得很早,决定在早饭前散散步。他睡得不错,只是他告诉自己应该呼吸一些医院外面的空气。并不是说他很担心贝尔的变化。他认为她可能,甚至很可能,恢复正常,不是在今天,就是在几天之后。甚至她也许不会记得她告诉他的事情。那会是件好事。

太阳已经升高了,这个季节就是如此,街上的公共汽车和有轨电车上挤满了人。他朝南走了一会儿,然后向西,走上登打士街,过了一会儿就发现自己到了他听说过的唐人街。很多他认识的和不大认识的蔬菜正被推车推进店铺,显然是供食用的剥了皮的小动物已经被挂起来售卖。大街上到处是违章停放的卡车,充斥着喧闹的、听上去令人绝望的一串串中文对话。中文。所有这些高音调的喊叫听上去仿佛在论战一样,但也许这对他们来说就是日常。不管怎样,他仍然想要离开这里,于是走进一家中国人开的却宣称卖鸡蛋加培根这类普通早餐的餐馆。从餐馆出来后,他打算转个方向,沿着来时的路走回去。

实际上他却继续朝南走去。他走上一条居民街,街道两边整齐排列着又高又窄的砖石房子。建这些房子的时候,住在这里的人们一定还没有意识到有留出车道的必要,或者很可能他们那时还没有车。那时汽车还没有出现。他一直走,直到看见皇后街的标识,他听说过这条街。他再次拐向西边,走了几个街区之后,他遇到了障碍。在一家卖甜甜圈的店铺前,他遇到一小群人。

他们被一辆救护车挡住了去路，救护车就停在人行道上，人们无法通过。有人在抱怨耽搁了时间，大声质疑把救护车停在人行道上是否合规，其他人看上去还算平静，相互间聊着可能出了什么事。有人提到可能死了人，有些旁观者说起死去的可能是什么人，另一些人说救护车停在这里的唯一合规理由就是有人死了。

终于有个人被固定在担架上抬了出来，他显然没有死，否则他们会盖上他的脸。但是他已经神志不清，皮肤变成水泥一样的灰色。他不是从甜甜圈店被抬出来的——有人开玩笑这么猜测，只是为了挖苦一下甜甜圈的品质，而是从那幢楼的大门被抬出来。那是一栋看上去还不错的五层砖砌楼房，底层有一家洗衣房和那家甜甜圈店。大门上方镌刻的楼房名字说明了它过去的骄傲和某种愚蠢。

美丽邓迪①。

一个没有穿救护人员制服的人最后走出来。他站在那里，恼怒地看着正打算散开的人群。现在只需要等救护车一边鸣叫一边开上大街，迅速开走。

有些人不急于走开，杰克逊就是其中之一。他不会说自己对此感到好奇，他更像是在等着他一直期待着的那个不可避免的转角，将他带回他出发的地方。那个从大楼里出来的人走过来，问他赶不赶时间。

---

①Bonnie Dundee 为十七世纪苏格兰士兵约翰·格雷厄姆（John Graham），即邓迪子爵的昵称。

不。不是特别赶。"

这个人是大楼的主人。被救护车带走的那个是大楼的看门人和管理员。

"我得到医院去看看他是怎么回事。昨天还活蹦乱跳的呢。他从来没抱怨过身体不舒服。据我所知,没有可以叫来的亲近的人。最糟糕的是,我找不到钥匙了。他身上没有,平常保管钥匙的地方也没有。所以我得回家去拿备用钥匙,我在想,这段时间你能不能帮我看着点儿?我得回趟家,还得去医院。我可以找房客帮我看着,但我宁愿不那么做,你知道我的意思。我不想让他们烦我,问我发生了什么事,我知道得不比他们多。"

他又问了一遍杰克逊是否真的不介意,杰克逊说不介意,没问题。

"只要留心所有进来和出去的人,请他们出示钥匙。告诉他们有个紧急情况,不会太久。"

他正准备离开,又转过身来。

"你还是坐下吧。"

杰克逊之前没看到那儿有一把椅子。椅子被折叠起来,放在一边,好让救护车停车。只是一把寻常的帆布椅,但很舒服,很结实。杰克逊谢了他,把椅子放在一个不会妨碍过路行人和楼里住户的地方。没人注意他。他正要提到医院,说自己很快也要回医院去。但是那个人匆匆忙忙,他已经有太多事情要想,而且强调他会尽快办完事情。

杰克逊坐下后才发现自己已经走了多长时间。

那个人告诉他，如果需要，他可以在甜甜圈店要一杯咖啡或一些吃的。

"告诉他们我的名字就行。"

但杰克逊甚至不知道他的名字。

大楼主人回来时，抱歉说自己回来迟了。事实是那个被救护车拉走的人死了。必须做一些安排。有必要再配一套钥匙。现在配好了。要举行葬礼，在这栋楼里住了很长时间的人都会去参加。报纸登出葬礼消息后也许还会有更多人来。会心烦意乱一阵子，直到事情安排妥当。

如果杰克逊可以的话，问题就将解决。暂时的。只是暂时的。

杰克逊听见自己说，可以，他没问题。

如果他需要一点时间做准备，也完全可以。他听见这个人——他的新老板——这么说。在葬礼结束和物品被处置之后。他可以有几天时间处理个人事务，再正式搬进来。

没有必要，杰克逊说。他的个人事务已经处理好了，他的财产全都随身带着。

自然这引起了一点怀疑。几天后，杰克逊听说他的新雇主去了一趟警察局，他一点儿都不惊讶。显然情况良好。他只是一个孤僻的人，以这样或那样的方式把自己深藏起来，但不曾触犯任何法律。

不管怎样，似乎没有人在寻找他。

一般来说，杰克逊喜欢楼里住年纪大一些的人。一般来说，他更喜欢其中那些单身的人。不是那种你会称之为行尸走肉的人。而是那种有兴趣爱好的人。有时候也可以说是才能。那种才能被注意过，或被用来谋生，但还不足以让人一辈子赖以为生。很多年前，在战争期间，一个播音员的声音被听众所熟悉，但是后来他的声带坏了。大多数人也许认为他已经死了。但他住在这里的单人套间里，及时跟进新闻，订阅《环球邮报》，他会把报纸拿给杰克逊看，认为也许报纸上有他感兴趣的东西。

确实有过一次。

玛乔丽·伊莎贝拉·特里斯，《多伦多每晚电讯报》长期专栏撰稿人威拉德·特里斯和妻子海伦娜·特里斯（娘家姓氏阿博特）之女，罗宾·福特（娘家姓氏希林厄姆）之终身好友，与癌症顽强斗争后去世。奥里奥尔报纸请转载。一九六五年七月十八日。

没有提她去世之前住在哪里。也许在多伦多，因为罗宾占了很大篇幅。她拖了很长时间，也许比你以为的时间还要长，甚至可能身体和精神状况都还不错，当然，那是在最后的时刻到来之前。她表现出了天生的适应环境的能力。也许比他适应环境的能力更强。

他并没有花时间回想和她共同居住的那些房间或者他在她那里干过的活。他不需要去想——他常常在梦中回忆起这些事情，在梦中他更多地感觉到恼怒，而不是渴望，仿佛他必须立刻去做一件没有做完的事情。

在美丽邓迪，房客通常对任何可能被称作装修的改变感到不安，认为这些改变可能会导致房租涨价。他劝说他们，举止恭敬，颇有财务头脑。大楼被装修一新，申请入住的人需要排队等候。大楼的主人抱怨说这里成了疯子的避难所。但杰克逊说他们通常比一般人更加整洁，而且年纪大了，不会有不良行为。有一个曾经在多伦多交响乐团演奏的女人，一个到目前为止一直错失发明良机却充满希望的发明家，还有一个从匈牙利来避难的演员——他的口音泄露了他的来历，不过，他仍然在世界上的某个地方有商业演出。他们全都举止得体，不知怎的总能凑够钱去饕餮之家餐馆，用整个下午讲自己的故事。而且他们有几个真正有名的朋友，没准就会在某个太阳打西边出来的日子来看望他们。不能小看的是，美丽邓迪住了一个牧师，他和教会——不管是什么教会——的关系很不稳固，但每次收到住客邀请时都会出来主持仪式。

人们的确养成了在这里一直住到举办最终仪式的习惯，但这总比不交房租就跑掉要好。

一对叫坎达丝和昆西的年轻人是例外，他们一直没付房租，还在某天半夜悄悄溜走了。他们来找房子时接待他们的是大楼主人，他为自己的错误选择找借口，说这个地方需要新鲜面孔。这指的是坎达丝的面孔，不是她男朋友的面孔。那个男朋友是个浑蛋。

一个炎热的夏日，杰克逊打开双道后门和上下货的门，好在他给一张桌子上清漆的时候透透气。这张桌子很漂亮，但因为漆都磨光了，他没花钱就弄到了。他想这张桌子可以放在大楼的入口通道，用来放邮件一定很不错。

大楼主人正在办公室里确认房租缴纳情况,他因此得以离开。

有人轻轻按了一下门铃。杰克逊还在清理刷子,打算吃力地站起来,想着大楼主人正在看那些数字,可能不希望被打扰。但没事了,他听见门被打开,传来一个女人的声音。那个声音几乎在崩溃的边缘,却仍然保持着某种魅力,流露出十足的信心,仿佛无论她说什么,都会赢得声音所及范围内所有人的赞同。

很可能她是从传道士父亲那里遗传了这种本领。杰克逊这样想着,突然意识到整件事的冲击力。

这是她女儿的最后一个地址,她说。她在寻找女儿。坎达丝,她女儿。她可能和一个朋友在一起旅行。她是坎达丝的妈妈,从不列颠哥伦比亚省来。她和女孩的爸爸住在基洛纳市。

艾琳。毫无疑问是她的声音。那个女人是艾琳。

他听见她问,能不能坐下来。接着大楼主人拖出了他——杰克逊——的椅子。

她没有想到多伦多这么热,虽然她了解安大略省,她是在这里长大的。

她不知道能不能要一杯水。

她一定用双手捧住了头,因为她的声音变得低沉。大楼主人走到门厅,往自动售货机里丢了几枚硬币,买了一瓶七喜。他可能以为七喜比可乐更适合女士。

他看见杰克逊在拐角听他们说话,于是打手势让他——杰克逊——过来接替自己,因为他可能更习惯应付心烦意乱的房客。但杰克逊拼命摇头。

不。

她心烦意乱的时间不长。

她请大楼主人原谅,他说这可能是今天天气太热的缘故。

现在说说坎达丝。他们住了不到一个月就走了,可能是在三个星期之前。没有转递地址。

"这种情况下通常都没有转递地址。"

她明白了这一暗示。

"哦当然我可以付——"

付钱时传来咕哝声和沙沙声。

然后,"我想你可能不会让我看看他们以前住过的——"

"房客现在不在家。即使在,我想他也不会同意的。"

"当然。这样做很荒唐。"

"有什么你特别想了解的事吗?"

"哦没有。没有。你是个好人。我耽误你时间了。"

现在她站了起来,他们在往外走。走出办公室,走下几级台阶,朝前门走去。接着门开了,大街上的喧闹声淹没了她最后的告别,如果她告别了的话。

无论多么失望,她都会心甘情愿地忍耐。

大楼主人回到办公室时杰克逊从躲藏的地方走了出来。

"意外之喜,"这是大楼主人唯一说的话,"我们拿到钱了。"

他基本上是一个没有好奇心的人,至少对别人的私事没有好奇心。杰克逊非常看重他的这个品质。

当然,杰克逊希望自己刚才见到了她。既然她已经离开,他几乎后悔自己没有抓住机会。他绝不会屈尊去问大楼主人她的头发颜色是不是仍然很深,几乎是黑色,她的身材是不是高挑苗条,胸部平平。他对那个女儿的印象不深。她的头发是金色的,但很可能是染过的。年龄不到二十岁,但现在有时候很难看出一个人的年龄。那女孩完全受制于男友。从家里逃出来,不付房租就跑掉,伤了父母的心,所有这一切就为了像她男友那样的讨厌家伙。

基洛纳在哪里? 在西部某个地方。艾伯塔,不列颠哥伦比亚。从那么远来到这里寻找女儿。当然,那位母亲是个锲而不舍的人。一个乐观主义者。也许现在仍然如此。她结婚了。除非那个女孩是非婚生,但他觉得不可能。她会确定,会自信在下一次,不沦为悲剧人物。那个女孩也不会。她受够了就会回家。也许带回家一个孩子,这是现在流行的做法。

一九四〇年圣诞节前不久,学校里发生了骚乱。骚动声甚至传到了三楼,通常那里打字机和算术计算机的嘈杂声会压过楼下所有的声音。学校最高年级的女生在三楼,她们去年学了拉丁语、生物和欧洲历史,现在正在学习打字。

其中一个女生就是艾琳·毕晓普。她是牧师的女儿,这真够奇怪的,她父亲的联合教会里并没有主教[①]。她上九年级时和家人一起来到这里,出于按照姓名字母顺序安排座位的习惯做法,五年来她一直坐在杰克逊·亚当斯后面。那时班上每个人都习惯了

---

① 毕晓普(Bishop)在英语里有"主教"之意。

杰克逊的极度害羞与沉默,但她对此感到很新奇,之后的五年里,她一直无视他的特殊,从而使他的情况有所改善。她向他借橡皮、钢笔尖和画几何图形的工具,这样做并不完全是为了打破僵局,更多是因为她生来就丢三落四。他们交换题目答案,互相批改试卷。在大街上相遇时,他们互相问好,而在她看来,他的问候实际上只比一句咕哝好一点儿——有两个音节,还有一个重音。除此之外没有别的什么,不过两人会分享一些笑话。艾琳不是一个害羞的女孩,但她聪明,孤傲,不是特别受同学欢迎,这一点可能适合他。

人人都出来看这场骚乱时,艾琳站在楼梯上,惊讶地发现造成骚乱的两个男生之一竟然是杰克逊。另一个是比利·沃茨。一年前这些男生还弓着背坐在那里看书,顺从地、拖拖沓沓地从一间教室走到另一间教室,现在却发生了转变。他们穿着军装,看上去比以前高大一倍,飞跑而过时靴子发出响亮的声音。他们正大声叫嚷,说今天不用上课,因为每个人都要去参战。他们四处散发香烟,把烟扔在地上,好让那些甚至不用刮胡子的男生捡起来。

漫不经心的勇士,大喊大叫的入侵者。醉得无法控制自己。

"我不是胆小鬼。"他们大叫着。

校长正试图命令他们出去。但是因为战争刚刚开始,人们对报名参军的年轻人仍然有一些敬畏和特别的尊敬,所以他不能表现得太不留情面——一年以后他会这么做。

"好了好了。"他说。

"我不是胆小鬼。"比利·沃茨对他说。

杰克逊张开嘴巴,也许要说同样的话,但就在那一瞬间,他的眼神遇到了艾琳·毕晓普的眼神,他们之间传递了某种信息。

艾琳·毕晓普明白,杰克逊确实喝醉了,但只是醉到让他可以假装醉了,因此表现出来的醉意是可以控制的。(而比利·沃茨就只是醉了,完全彻底地醉了。)明白了这一点,艾琳·毕晓普面带微笑地走下楼梯,她接过一根香烟,夹在手指之间,但没有点燃。她挽起两位英雄,带他们走出学校。

一来到外面,他们就点燃了香烟。

后来在艾琳父亲的教堂会众之中出现了关于这件事的两种相互矛盾的说法。有些人说艾琳并没有真的抽烟,只是为了安抚那两个男生才假装抽了,而另一些人则说她肯定抽了。抽烟。他们的牧师的女儿。抽烟。

比利的确搂住了艾琳,想要吻她,但他绊了一下,跌坐在学校的台阶上,像公鸡一样叫唤起来。

不到两年他就死了。

而当时,有人得把他送回家,于是杰克逊把他拉起来,让他的两只胳膊分别搭在他们两人的肩膀上,他们拖着他往前走。幸运的是他家离学校不远。他们把他丢在那里,让他醉倒在他家的台阶上。然后他们开始交谈。

杰克逊不想回家。为什么?因为他继母在家,他说。他讨厌继母。为什么?没有原因。

艾琳知道他很小的时候他的母亲死于一场车祸,有时候这件事被用来解释他的害羞。她想也许酒精让他夸大其词了,但她没有怂恿他继续往下说。

"好吧,"她说,"你可以去我家。"

正巧艾琳的妈妈不在家,她去照顾艾琳生病的外婆了。当时艾琳正在以一种杂乱无章的方式打理家务,照顾父亲和两个弟弟。有人会说这太不合适了。倒不是说她母亲会为此大惊小怪,但她会想知道事情的来龙去脉,这个男孩是谁?至少她会让艾琳像往常一样去上学。

一个士兵和一个女孩,突然如此亲近。长久以来他们之间只有对数和变格。

艾琳的父亲没太注意他们。他对战争的兴趣超出了教区里有些居民认为牧师应该有的样子,这让他为家里来了一位士兵而骄傲。他也因为不能送女儿去上大学而感到不快。他得存钱,将来送她的两个弟弟去上大学,他们得谋生。出于这个原因,无论艾琳做什么,他都对她很宽容。

杰克逊和艾琳没有去看电影。没有去舞厅。他们去散步,通常在天黑之后,无论天气如何。有时候他们到餐馆去喝咖啡,但并不试图对任何人表示友好。他们怎么了,他们相爱了吗?散步时他们可能会轻轻碰到对方的手,他让自己习惯了这一点。后来她不再只是凑巧碰到他的手,而是故意去碰,他克服了一点点惊愕,发现自己也可以适应。

他变得更加平静,甚至做好了接吻的准备。

艾琳独自去杰克逊家拿来了他的旅行袋。他的继母对她露出白亮的假牙，努力摆出一副准备好听点趣事的样子。

她问他们要做什么。

"你最好留心那个玩意儿。"她说。

大家都知道她说话粗鄙。嘴巴不干不净。

"问问他还记不记得我给他洗过屁股。"她说。

艾琳回来后说起这些时，说她自己一直特别有礼有节，甚至有点傲慢，因为她受不了那个女人。

但是杰克逊红了脸，变得窘迫而绝望，以前他在学校被问到问题时就会这样。

"我不该提她的，"艾琳说，"住在牧师家里，会养成嘲讽人的习惯。"

他说没关系。

结果那成了杰克逊最后一次离营假期。他们互相通信。艾琳在信里写她完成了打字和速记课程，在镇政委员会办公室找到一份工作。她打定主意嘲讽一切，比起在学校时更为变本加厉，也许她认为打仗的人需要玩笑。她坚持要了解一切内幕。当镇政委员会办公室安排奉子成婚的婚礼时，她会用童贞新娘称呼女方。

她提到几位牧师来家里拜访并留宿客房，说她想知道那张床垫会不会让他们做奇怪的梦。

他在信里描写法兰西岛上的人群和他们闪避德国潜艇的情形。到英国之后，他买了一辆自行车，在不是禁区的地方骑车四处转悠，写信告诉她自己看到的地方。

虽然他写的信比她的乏味,但每封信的末尾都签上了"爱你"。盟军在诺曼底登陆的那一天终于到来时,他没有写信。用她的话说,那是一段令人痛苦难忍的沉默,但她理解其中的原因。他再次写信时,说一切都很好,不过他不可以描写任何细节。

在这封信里,他谈到了她一直在谈的话题,结婚。

欧洲胜利日终于到来,他踏上了回家的旅程。头顶上一阵阵夏夜的流星纷纷落下,他说。

艾琳学会了缝衣服。为了欢迎他归来,她正在缝一件夏天穿的新裙子,一条柠檬绿的人造丝长裙,宽下摆,盖肩袖,系一条金色仿皮的细腰带。她还打算在凉帽顶上系一条同花色和质地的带子。

"我描述所有细节,就是为了让你能够注意到我,知道那是我,而不会和碰巧出现在火车站的另一个漂亮女人跑掉。"

他从哈利法克斯给她寄信,告诉她自己会乘星期六晚上的火车回来。他说完全记得她的模样,就算那天晚上火车站碰巧挤满了女人,他也绝对不会把别的女人认成她。

在他出发之前的最后一个晚上,他们在牧师家的厨房坐到很晚,厨房里挂着那一年随处可见的乔治六世国王的画像。画像下面写着字。

我对那个站在一年开头的人说:
"给我一盏灯,让我安全地走进未知。"

他回答说："到黑暗之中去吧，把手放进上帝手中。那比一盏灯更美妙，比熟悉的道路更安全。"

然后他们非常安静地上了楼，他去客房睡觉。而她来到他的房间，这一定是双方同意的，但也许他没太明白要做什么。

糟糕透了。但是从她的表现来看，她也许甚至不知道那很糟糕。越是糟糕，她越是疯狂地继续。他没有办法让她停止尝试，或者向她解释。一个女孩可能知道得这么少吗？他们最后分手时，仿佛一切都很好。第二天早晨，他们当着她父亲和弟弟的面道别。很快通信就开始了。

在南安普敦，他喝醉酒，又试了一次。但是那个女人说："好了，宝贝儿，你根本没戏。"

有件事他不喜欢，就是女人或女孩盛装打扮。手套，帽子，沙沙作响的裙子，全都使人疲劳，让人心烦。但是她怎么会知道呢？柠檬绿。他不确定自己是否知道那是什么颜色。听上去像一种酸。

后来他非常自然地想到，他可以不出现。

她会不会告诉自己或者告诉别人，说她一定弄错了日子？他可以让自己相信，她一定能找到某种谎言。毕竟，她善于随机应变。

她已经走到外面的大街上，这时杰克逊真的感到自己想要见她。他绝不会问大楼主人她看上去怎么样，头发是黑色还是灰白，身材仍然细瘦还是已经发福。即使在重压之下，她的声音仍然和从前一样，真是不可思议。将所有的重要性引向那个声音本身，引向其悦耳的音调，同时说真的对不起。

她从很远的地方来，但她本就是个锲而不舍的女人。你可以这么说。

女儿会回来的。她被宠坏了，离不开家。只要是艾琳的女儿，就一定会被宠坏，将世界和事实安排得适合她自己，仿佛没有什么能长久地挫败她。

如果她看见他，会认出他吗？他想会的。无论他发生怎样的变化。她也会原谅他，是的，立即原谅他。为了保持她对自己的看法，总是这样。

第二天，对于艾琳从他的生活里经过的轻松感不见了。她知道这个地方，也许还会回来。她也许会搬进来住一段时间，在附近的大街上走来走去，试图找到仍然有迹可循的线索。谦卑地，但并不是真的谦卑地，向人们打听，用充满恳求却被宠坏了的声音。有可能他会在门外直接撞见她。惊讶只会持续一小会儿，仿佛她一直期待着见到他。坚持等待生活的可能性，用她以为自己能够做到的方式。

东西可以锁好藏起来，只需要下定决心。他六七岁的时候就将继母的戏谑，她所谓的戏谑或戏弄，锁好藏起来。天黑后他跑到大街上，而她把他找了回来，但她明白如果她不停止的话，他会真的离家出走，于是她停止了。说他没意思，因为她从不认为会有任何人恨她。

他在那座叫美丽邓迪的大楼又待了三个晚上。他给大楼主人写了一份每套公寓的详情介绍，还写了什么时候应该做检修，检修项目包括哪些。他说他被叫走了，但没说为什么或去哪里。他取光了账户上的所有钱，把极少的几件属于他的东西打好包。晚上，深夜，他上了火车。

夜里，他时睡时醒，有一段时间，他看见门诺派小男孩乘着马车经过。他听见他们在小声地歌唱。

早晨，他在卡普斯卡辛下了车。他能闻到磨坊厂的味道，更加凉爽的空气让他振奋起来。那里有工作，在主营伐木业的小镇一定能找到工作。

湖景在望

　　一个女人去医生那里续开处方。但医生不在。她那天休息。实际上,是这个女人弄错了日子,把星期一和星期二弄混了。

　　除了续开处方,这也正是她想和医生谈的事。她想知道她的大脑是不是出了点问题。

　　"真好笑,"她猜医生会说,"你的大脑。偏偏是你。"

　　(倒不是医生对她非常了解,但她们的确有几个共同的朋友。)

　　然而一天后,医生的助理打电话来说处方开好了,还为她——她叫南希——约了专科医生,检查大脑的问题。

　　不是大脑。只是记性。

　　不管是什么。这位专科医生专看老年病人。

　　确实。大脑糊涂的老年病人。

　　姑娘笑起来。终于,有人笑了。

　　她说专科医生的诊所在一座叫许门①的村子里,离南希的住

---

① 希腊神话中的婚姻之神。

处大约有二十英里。

"哦天啊,是个婚姻专家啊。"南希说。

姑娘没听懂,请她再说一遍。

"没什么,我会去的。"

过去几年间发生的变化是,专科医生的诊所散布在各地。你在这座镇子做 CAT 扫描,在另一座镇子治疗癌症,在第三座镇子看肺病,等等。这样你确实不必到城里的医院去了,但花的时间可能一样多,因为不是所有的镇子都有医院,而且你去了之后还得费神找医生。

出于这个原因,南希决定在约见的头一天晚上就开车到那个老年人专家——她决定这样称呼他——所在的村子去。那样她应该会有充足的时间去找他在哪里,也就不会慌慌张张地赶到,甚至有些迟到,一去就留下坏印象。

她丈夫可以陪她一起,但她知道他想看电视转播的一场足球赛。他是个经济学家,晚上的一半时间花在看体育节目上,另一半则用来写书,虽然他让她宣称他已经退休了。

她说她想自己去找那个地方。诊所的那个姑娘告诉了她路线。

傍晚很美。但是当她下了高速公路,向西开的时候,发现太阳落下的高度恰好让阳光直射在她脸上。不过,如果她坐得笔直,抬起下巴,就可以让眼睛处在阴影里。而且她还有很好的墨镜。她可以看到路边的标志,上面说还有八英里就到徐门了。

徐门。原来是这个,不是什么好玩的名字。人口 1553。

为什么他们要费神写上那个 3?

一个也不能少。

她有一个习惯,喜欢探查一些小地方,看看自己能不能住在那里,只是为了好玩。这个地方似乎符合要求。一个大小合适的市场,可以买到相当新鲜的蔬菜,尽管这些菜可能不是附近的田里种的,还有不错的咖啡。有一家洗衣房,一家药店,可以在那里按处方拿药,尽管他们提供的杂志不够好。

当然,有迹象表明这个地方曾经历过更好的年代。一个钟挂在一扇橱窗上,那橱窗让人指望店铺里会有精美的珠宝首饰,但现在钟已经停摆,店里面似乎堆满普普通通的旧瓷器,各种坛子,桶,金属丝编的花环。

她开始看这堆废物,因为她选择把车停在陈列这些物品的店铺前面。她想不妨步行寻找医生的诊所。她几乎没怎么走就找到了符合要求的地方,她看见一座上世纪实用主义风格的深色砖砌单层楼房,她敢打赌诊所就在里面。小镇的医生过去常把住房分出一部分来作为工作区,后来他们得为病人提供停车位,于是建了像这样的房子。红棕色的砖头,当然还有招牌,内科/牙科。停车场在房子后面。

她口袋里有医生的名字,她拿出纸片来核对。磨砂玻璃门上写的是牙医 H.W. 福赛思和医生唐纳德·麦克米伦。

两个名字都不在南希手中的那张纸上。不奇怪,因为纸上只写了一个数字,其他什么都没有。那是她丈夫已过世的姐姐的鞋码。O 7 ½。她花了点时间才弄明白,O 代表的是奥利维娅,写得匆忙潦草。她只能模糊地记起奥利维娅住院时为她买拖鞋的事。

不管怎样，这对她没用。

一个答案可能是她要见的医生刚刚搬进这座房子，门上的名牌还没有换好。她应该问问人。首先她应该按门铃，也许有一线渺茫的希望发现有人在里面，工作到很晚。她这么做了，但没有人应门，这在某种程度上是件好事，因为有一瞬间她要找的那个医生的名字又溜到了大脑皮层之下。

又有了一个想法。是不是极有可能这个人——这个疯病医生，她在脑子里决定这么称呼他，是不是极有可能他（或者她——和她这个年龄的大多数人一样，她不会自觉地认为医生可能是个女人），他或者她，是个没有固定诊所的出诊大夫？那样合乎情理，而且更便宜。给疯子治疗不需要很多医疗器械。

她继续朝远离大街的方向走。她想起了自己要找的那个医生的名字，紧要关头过去之后，往往就能想起来了。她路过的那些房子大多建于十九世纪。有些是木头的，有些是砖石的。砖石房子通常是标准两层楼，木头房子则要小一些，一层半，楼上房间的天花板是倾斜的。有些房子的前门就开在距离人行道几英尺的地方。其他房子的前门外则是宽敞的露台，偶尔有几家的露台用玻璃封上了。一个世纪之前，在这样的傍晚，人们会坐在露台上，又或者坐在前门台阶上。洗了碗，也在一天中最后一次打扫干净厨房的主妇们，给草坪浇透水然后把水管卷好的男人们。没有现在那些空放在那里用来炫耀的庭院家具。只有木头台阶或从家里拖出来的餐椅。人们谈论天气、跑掉的马或者某个生病卧床、没有康复希望的人。当她走到听不见他们说话的地方时，还会有对于她这个人的猜测。

但是这次她是不是让他们放松了警惕？她停下来问他们：请问，能不能告诉我，那个医生的家在哪里？

新的话题。她为什么要找医生？

（这一次她让自己走到了听不见他们说话的地方。）

现在每个人都待在家里，开着电风扇或者空调。房子上开始有了门牌号码，就像在城里一样。没有医生诊所的标识。

人行道尽头有一座高大的带山墙和钟塔的砖石建筑。也许是所学校，孩子们在被车送到更大更沉闷的学习中心去之前就在这里上学。指针停在十二点，可能指正午，可能指午夜，但肯定不是正确的时间。怒放的夏日花朵似乎经过专业打理——有些花簇从一辆独轮车里满溢出来，更多的花从旁边一只牛奶桶里倾泻出来。有一块牌子，阳光直射在上面，她看不清上面的字。她沿着草坪爬了上去，换另一个角度去看。

殡仪馆。现在她看见了增建的车库，很可能是停灵车的。

不管它。她最好继续做自己的事。

她拐上一条小路，路边有几处养护得很好的住宅，证明即使这么小的镇子也有自己的郊区。每座房子都有所不同，但不知怎么看上去又全都一样。色彩柔和的石块或浅色的砖块，尖形或圆形的窗户，表明了对实用主义样式的拒绝，是最近几十年流行的牧场住宅风格。

这里有人。不是所有人都把自己关在开空调的房间里。一个男孩正在骑自行车，沿对角线穿过人行道。他骑车的样子有点怪，她一开始还看不出来怪在哪里。

他在倒着骑车。这就是奇怪之处。夹克衫在他身上飞扬的样子让你看不出——或者说让她看不出——什么地方不对劲儿。

一个看年纪做他妈妈可能太老的女人——但她看上去仍然非常苗条、充满活力——正站在街上看着他。她抓着一根跳绳，正和一个不可能是她丈夫的男人说话——他们待彼此都太热诚了。

街道尽头是弯曲成弧形的死胡同。前面没有路了。

南希打断了两个成年人，请他们原谅。她说她在找一个医生。

"不，不，"她说，"别担心。我只是想知道他的地址。我想你们有可能知道。"

问题出现了，她意识到自己仍然不知道医生叫什么名字。他们很有礼貌，没有对此表现出惊讶，但是他们帮不了她。

正在不合常理地骑行的男孩突然转弯，差点儿撞上他们三个。

大笑。没有训斥。一个十足的小野人，而他们似乎很欣赏他。他们都赞叹傍晚很美，南希转身沿着来时的路往回走。

不过她没有一直走回去，还没走到殡仪馆。有一条她刚才没有注意到的小路，也许因为路面未经铺砌，她没有想过医生会住在这样的环境里。

小路没有人行道，房子周围堆满垃圾。几个男人正在一辆卡车的发动机罩下面忙碌着，她猜想打扰他们是不行的。况且，她瞥见了前面有趣的东西。

有一道树篱径直伸到了街道上。树篱很高，她并不指望能越过树篱看到里面，但她想也许可以透过枝叶的缝隙往里瞥一眼。

那没有必要。走过树篱，她发现院子——大约有镇上院子的四倍那么大——无遮无拦地正对着她脚下的路。看上去像是公园，几条石板路斜斜地穿过修剪过的茂盛草坪，草坪上开着花。她认识其中几种，比如深金色和浅黄色的雏菊，粉红色、玫瑰色和有着红色花蕊的白色福禄考，但她并不是一个好园丁，这里有一簇簇、一片片各种颜色的花，她都叫不出名字。有些花爬在棚架上，有些花自由自在地伸展蔓延。一切都是巧匠的杰作，却一点也不生硬牵强，甚至喷出去约七英尺、再落回岩石镶边的水池里的喷泉也是如此。她离开街道，走了进去，享受水花带来的些许清凉。她在那里发现一条铸铁长凳，坐了下来。

一个男人沿着一条小路走来，手里拿着一把大剪刀。显然这里的园丁工作到很晚。尽管，说实话，他看上去不像一个受雇的工人。他个子很高，身材很瘦，穿着非常合身的黑色衬衫和长裤。

她没想到，这里不可能是镇上的公园。

"这里真的太漂亮了，"她用确信和赞许的声音大声对他说，"你把这里养护得很好。"

"谢谢，"他说，"欢迎你在这里休息。"

他开始用有点冷淡的声音告诉她这里不是公园，而是私人物业，他本人也不是村里的雇工，而是这片物业的主人。

"我应该请求你的允许的。"

"没关系。"

他全神贯注，弯腰修剪一株长到了小路上的植物。

211

"这儿是你的，是吗？这整个地方？"

忙碌了一会儿之后，"这整个地方。"

"我早该知道的。这里太富有想象力了，不可能是公共场所。太不同寻常了。"

没有回答。她打算问他是不是喜欢傍晚时分独自坐在这里。但最好还是别问。他似乎并不是一个好相处的人。很可能是那种自命不凡的人。再过一会儿她就会谢谢他，然后站起来。

但是过了一会儿，他走过来，在她身边坐下，就像有谁问了他一个问题一样说起话来。

"实际上，我只有在做需要专注的事情时，才觉得自在，"他说，"如果我坐下来，就必须什么都不看，否则我只会看见更多需要干的活。"

她应该立刻明白他是个不喜欢说笑的人。但她仍然感到好奇。

这里以前是什么？

在他建成这座花园之前？

"一家编织厂。所有小地方都有类似的工厂，那个时候你可以依靠一份维持温饱的工资过活。但是一段时间之后，工厂破产了，一个承包人认为可以把工厂变成一家疗养院。当时有些麻烦，镇里不给他执照，他们的想法是，如此一来周边就会有很多老人，让人感到消沉。于是他一把火烧了工厂，或者他把工厂拆了，我也不知道。"

他不是当地人。甚至她都知道，如果他是当地人，说话不可能这么直率。

"我不是本地人，"他说，"但我有一个朋友是本地人，他去世后我来到这儿，只是为了把这个地方处理掉，然后就走。

"后来我以便宜的价格买下了这片地，因为承包人走后留下了一个大坑，看上去很刺眼。"

"如果我显得过分爱探听隐私，请你原谅。"

"没关系。如果我不想解释某些事，我是不会解释的。"

"我以前没来过这里——"她说，"当然没来过，否则我就会见过这个地方了。我刚才正在附近找某个地方。我以为停车步行找的话，可能更容易找到。实际上，我在找一位医生的诊所。"

她解释说自己并没有生病，只是约了明天去见医生，不想在早晨四处寻找诊所。她告诉他自己如何停了车，却惊讶地发现哪里都没有她想找的医生的名字。

"我也没法在电话簿里找，你知道，现在电话簿和电话亭都没有了。要不就是电话簿被撕了。我现在似乎在讲很傻的话。"

她告诉他医生的名字，但是他说听着不太耳熟。

"不过我从来不看医生。"

"也许不看才是聪明的做法。"

"哦，我不那么认为。"

"不管怎样，我最好还是回到车上去。"

她站起来时，他说他要陪她走过去。

"这样我就不会迷路了？"

"不完全是。傍晚这个时候我总是要舒展一下腿脚。园艺活会让你腿脚发麻。"

"我敢肯定一定有关于这个医生的合情合理的解释。你是否认为过去对事情的解释比现在更合理？"

他没有回答。也许正在想那位过世的朋友。花园也许是对那位过世朋友的纪念。

现在，当她说话而他却不回答时，她不再感到尴尬，而是感到交谈中有一种清新平静的气息。

他们一路走过去，一个人影也没看见。

很快他们就来到大街上，那座医用楼房就在一个街区之外。看到那座房子，她不像刚才那么安心，却不知道为什么，但过了一会儿她就知道了。那座房子在她心里引起了一种怪诞而令人惊恐的念头。要是那个正确的名字，那个她说她找不到的名字，其实一直就在那里呢？她加快脚步，发现自己跌跌撞撞，然后，因为眼神很好，她和之前一样看到了那两个没用的名字。

她假装急急忙忙去看橱窗里面的各种物品，陶瓷脑袋的娃娃、老旧的冰鞋、便盆和破旧不堪的被子。

"糟糕。"她说。

他心不在焉。他说他刚刚想到了什么。

"这个医生。"他说。

"怎么了？"

"我在想他会不会是疗养院的医生？"

他们又开始走，从几个坐在人行道上的年轻人身边经过，其中一个人伸着腿，他们不得不绕过他。陪着她的那个男人没有注意他们，但他的声音变低了。

"疗养院？"她说。

"如果你是从高速公路过来的，应该就没注意到。但是如果你朝着湖的方向一直往镇外走，就会经过那里。在镇子外面不到半英里。开过路南边那个沙砾堆，再过去一点儿就是了，就在路的另一边。我不知道那里有没有住院医生，可能有，这合乎情理。"

"可能有，"她说，"这合乎情理。"

她希望他不会认为她这是在故意重复他的话，开无聊的玩笑。她的确想和他多聊一会儿，无论是无聊的玩笑还是什么。

但是现在又出现了一个问题——她得想想她的钥匙在哪儿，上车之前她经常要想这个问题。她习惯性地担心自己把钥匙锁在车里或者丢在哪里了。她能感到一阵熟悉的令人厌倦的恐慌悄悄袭来。但是她找到钥匙了，就在口袋里。

"值得一试。"他说，她也同意。

"那里完全有空间让你掉头，过去看看吧。如果有医生常年待在那里，就没必要在镇上挂出他的名字。或者她的名字，如果是个女医生的话。"

仿佛他也不那么急于分手。

"我得谢谢你。"

"只是一种直觉。"

他在她上车时为她扶着车门，然后关上车门，一直站在原地等到她拐上该去的方向，再挥手道别。

她开出小镇时，又在后视镜里瞥见了他。他正弯着腰，和背靠商店墙坐在人行道上的那几个男孩或者年轻人说话。他刚才完全没有理睬他们,现在却在和他们说话,这让她感到惊讶。

也许是在发表一句评论,开一句玩笑,说她迷迷糊糊,昏头昏脑。或者只是在说她的年纪。一句对她不利的话,由最友好的人说出来。

她本来想要穿过村子开回来,再次感谢他,告诉他那个医生是不是她要找的人。她可以只是放慢车速,大声笑着,从车窗里朝他喊话。

但是现在她想,她要走湖边的那条路线,避开他。

忘记他。她看见前方出现了沙砾堆,她得注意自己眼前的路。

正如他所说。有一个标志。一张"湖景疗养院"的告示牌。从这里的确能看到湖景,那是顺着地平线延伸的一道细细的淡蓝色。

宽敞的停车场。房子有着长长的侧翼,里面看上去都是独立的隔间,或至少是比较大的房间,带独立的小花园,或者可以坐的地方。每一间房间前面都有相当高的格子栅栏,可以保护房间的隐私或安全。不过现在她没看见有人坐在外面。

当然没有。在这种地方人们睡得很早。

她喜欢格子栅栏营造出的一丝华丽感。最近几年公共建筑和私人住房一样,在不断发生变化。她年轻时那种单一的冷漠生硬、毫无魅力的建筑风格消失了。她在一座有色彩鲜艳的穹顶的楼前停了车,楼房看上去仿佛在欢迎来客,显得过分兴高采烈。她猜有人会认为这很虚假,但这不正是人们想要的吗?那些玻璃一定会给老人们，甚至也许，那些还不太老、只是有些失常的人，一个好心情。

她边朝门口走去，边寻找一个可以按的按钮或者门铃。但没必要——门自己开了。进去之后，里面显得更加宽敞，更加高大，玻璃微染蓝色。地面全都铺着银色地砖，是那种孩子们喜欢在上面滑来滑去的地砖，有一瞬间，她想象着病人们为了寻开心在地砖上滑来滑去和滑倒的情景，这让她的心情轻松起来。当然，地砖不可能像看上去那么滑，你可不想让人在上面摔断脖子。

"我没敢尝试。"她用迷人的声音对脑子里的某个人说，可能是她的丈夫，"不能那么做，是不是？我可能会发现自己面前就是那个医生，那个准备给我测试精神稳定性的医生。那么他会怎么说？"

现在一个医生也看不见。

嗐，不会看见医生的，是不是？这里的医生不会坐在诊台后面等着病人出现。

她甚至不是来就诊的。她得再次解释说自己是来确认明天约见医生的时间和地点的。所有这些让她感到非常疲劳。

有一张圆桌，高度及腰，深色的桌板看上去像是红木，尽管很可能并不是。现在桌子后面没有人。当然，已经过了下班时间。她在桌上找按铃，没有看见。她开始寻找医生名录，或者主管医生的名字。也没有看见。你会以为在这里总会有办法找到某个人，无论是几点钟。在像这样的地方应该会有某个随叫随到的人。

桌子后面也没有什么显眼的杂物。没有电脑或电话或文件或可以按的彩色按钮。当然，她还没有绕到桌子后面，那里很可能有锁，或者她看不见的隔层。接待员够得到但她却够不到的按钮。

她现在对桌子不再抱什么希望，转而更加仔细地观察四周。房间是六角形的，每隔一段距离有一扇门。共有四扇：一扇让光线照进来和访客走进来的大门；一扇在桌子后面的门，看上去仅供工作人员使用，不对外开放，想要进去可不容易；另两扇门一模一样，相互正对着，显然通向长长的侧翼、走廊和住院病人的房间。每扇门上方都有一扇窗户，窗玻璃看上去很干净，任何人都可以透过窗户看到里面。

她走到一扇也许可以进去的门前敲了敲，试着转了转门把手，但转不动。门锁着。她也没法透过窗户看清楚里面。走近之后她才发现，窗玻璃表面有波纹，镜像变形了。

正对面那扇门的窗玻璃也一样，门把手也一样。

她的鞋走在地上发出的咔嗒声，窗玻璃给人的错觉，毫无用处的光滑的门把手，这些让她比她愿意承认的更加沮丧。

然而她没有放弃。她按照刚才的顺序又试了一遍那两扇门，这一次她用尽全力转动把手，同时大声喊道："有人吗？"声音一开始听上去微不足道，傻里傻气，接着就变得愤愤不平，但并没有变得更有希望。

她挤到桌子后面，几乎不抱希望地砰砰地敲那扇门。那扇门甚至没有把手，只有一个钥匙孔。

没有办法，只能离开这里，回家。

她想,这里的一切看上去都那么令人愉快,精美讲究,却并不假装要为公众服务。当然喽,他们把住客,或者说病人,或者随便被称作什么的人早早地推上床,每个地方都是同样老掉牙的套路,无论环境多么迷人。

她一边还在想着这一点,一边推了一下入口的门。门太重了。她又推了一下。

又推一下。门纹丝不动。

她能看见外面露天放着的一盆盆花。从路上开过的一辆车。柔和的傍晚的光线。

她得停下来想一想。

这里没有开灯。很快就会暗下来。尽管外面还有一线阳光,屋里似乎已经在变暗。没有人会来,他们都完成了工作,至少是在楼房这一区域的工作。现在他们安顿在哪里,就会一直待在哪里。

她张开嘴大声叫喊,却似乎发不出声音。她浑身发抖,无论怎么努力都无法把空气吸进肺里。仿佛喉咙里有一张吸墨纸。窒息。她知道自己必须做点不同的事,不仅如此,她还必须相信不同的东西。冷静。冷静。呼吸。呼吸。

她不清楚慌乱持续了很长还是很短的时间。她的心在咚咚地跳,但她差不多安全了。

这里有一个女人叫桑迪。她别的胸针上写着这个名字,而且南希认识她。

"拿你怎么办好呢?"桑迪说,"我们只不过想让你穿上睡袍。你却吵吵闹闹,像一只害怕被做成晚餐的小鸡。

"你一定是做梦了,"她说,"梦见了什么?"

"没什么,"南希说,"过去我丈夫还活着、我还开车的时候。"

"你有辆很棒的车吗?"

"沃尔沃。"

"瞧,你脑子真好使。"

多莉

那年秋天我们谈到了死亡。我们的死亡。那时富兰克林八十三岁，我七十一岁，我们自然而然地为葬礼（我们决定不办）和在已经买好的一块地上的安葬（立即下葬）做了安排。我们决定不火化，这种做法在我们的朋友中间非常流行。没被安排的只剩下实际的死亡，那交由天意决定。

一天，在离住处不远的乡下开车转悠时，我们发现了一条以前不知道的路。那里的树——枫树、橡树和其他的树——非常高大，但都是次生林，说明那一片地被开发过。一度是农场和牧场，盖过房子和牲口棚。但没有留下丝毫痕迹。路没有铺柏油，但并非没有人走。看上去似乎每天都有几辆车经过。也许有卡车把这条路当作捷径。

这很重要，富兰克林说。我们绝不想躺在那里一两天，乃至一个星期，都不被发现。我们也不想留下一辆空车，警察不得不徒步穿过树林，寻找可能已经被郊狼侵吞后残留的骸骨。

而且，那一天不能太阴沉。没有雨也没有初冬的雪。树叶已经开始变色，但还没有落下来很多。一切涂上了金黄色，就像那天一样。但也许不应该有阳光，否则金色的阳光和迷人的天气会让我们感到自己像破坏者。

关于遗言我们有不同的想法。我指的是，关于我们是否应该留下遗言。我认为应该给人们一个解释。他们应该被告知不存在不治之症的问题，不存在阻碍我们正常生活的病痛的侵袭。他们应该被确切告知，这是一个清醒的，也许几乎可以称之为轻松的决定。

在最合适的时间离开。

不。我收回。那太轻率。是一种侮辱。

富兰克林认为任何解释都是一种侮辱。不是对别人，而是对我们自己。对我们自己。我们属于自己，属于对方，任何解释都让他觉得像是在哭哭啼啼。

我明白他的意思，但仍然倾向于反对。

正是这个事实——我们意见不一致这个事实——似乎让他不再考虑这种可能性。

他说这是个愚蠢的想法。他没关系，但我太年轻了。等我七十五岁时我们可以再讨论。

我说唯一让我不安——有一点不安——的是，这意味着我们假定生活中不会再发生任何事。不会再发生重要的事情，不用再应对任何事情。

他说我们刚刚还争吵过，我还想要什么呢？

争得太有礼有节了，我说。

我从不觉得自己比富兰克林年轻，也许除了谈论战争的时候，我是说第二次世界大战，而现在我们很少谈到这个话题。首先，他比我更常做剧烈运动。他曾经是马厩管理员，我指的是那种寄养用来骑乘的马而非赛马的马厩。他仍然每星期去马厩两到三次，骑自己的马，和负责人聊天，那个人偶尔会问问他的建议。尽管大多数时候，他说，他尽量不发表意见。

实际上他是个诗人。他是个真正的诗人，也是个真正的驯马师。他在好几所大学里教过一学期的课程，这些大学都不会太远，这样他可以和马厩保持联系。他承认朗诵过几次作品，但那种情况非常难得，他说。他不强调诗人的工作。有时候我因为这种态度而气恼，我称之为他的谦卑人格，但我能明白其中的原因。当你为马忙碌的时候，人们可以看到你在忙碌，但是当你忙着写诗的时候，你看上去好像无所事事，而不得不解释自己正在做什么时，你也会感到有点奇怪和尴尬。

另一个问题也许是，虽然他为人寡言少语，他最有名的诗却是这里——也就是他长大的地方的人们习惯称为原生态的诗。非常原生态，我曾经听他自己这么说，不是表示歉意，也许只是告诫某人不要去读。他能感知那些他知道可能会因为某些东西而感到不适的人的情感，虽然总的来说他强烈拥护言论自由。

关于你能在这里大声说出什么或读到什么，也并非没有任何变化。获奖会有所帮助，被报纸提及也可以。

在中学教书的那些年里我教的并不是文学，你也许以为我教的是文学，但其实是数学。后来，待在家里时，我静不下来，又开始做别的事——为那些不应被遗忘或者从未得到应有关注的加拿大小说家撰写条理分明的传记，我希望写得还算有趣。如果不是为了富兰克林，如果不是为了我们不去谈论的文学名望，我想我不会开始这份工作。我出生在苏格兰，其实并不了解任何加拿大作家。

我从不认为富兰克林或任何诗人应该得到我给予小说家的那种同情，我的意思是，给予他们逐渐衰退、甚至已经消失的地位的同情。我不知道究竟为什么。也许我认为诗歌本身就是目的。

我喜欢这份工作，我认为它值得去做，多年教学生涯之后，我很高兴能够掌控全局，享受安静。但也许会有某个时候，比如下午四点左右，我想放松一下，并且有人陪伴。

在一个阴沉憋闷的下午，大约就在四点，一个女人拎了一大包化妆品来到我家门前。如果在其他任何时候，我不会高兴见到她，但当时我很高兴。她叫格温。她说她之前没有来拜访过我，因为她听说我不是那种会买化妆品的人。

"无论听了些什么，"她说，"不管怎样，我想还是让她自己来发表意见吧，她只需要说不。"

我问她要不要喝一杯我刚刚煮好的咖啡，她说当然。

她说反正她已经准备结束一天的工作了。她叹着气放下沉重的化妆品。

"你不化妆。如果我不推销化妆品，我也不化。"

如果她没有这么说，我还以为她和我一样是素面朝天呢。没有粉饰，皮肤灰黄，嘴巴周围有一圈令人吃惊的皱纹。眼镜放大了她的眼睛，眼睛是非常淡的蓝色。唯一惹眼的是前额由稀疏的黄铜色头发剪成的刘海。

也许被请到家里来让她有些不自在。她一直紧张不安地环顾着四周。

"今天真冷。"她说。

然后急切地说："我看这儿没有烟灰缸，是不是？"

我从橱柜里找出一只。她拿出香烟，如释重负地往后一靠。

"你不抽烟？"

"以前抽。"

"每个人不都是嘛。"

我给她倒了咖啡。

"黑咖啡，"她说，"哦，这可真是好东西啊。我希望没有打断你刚才在做的事。你在写信？"

我发现自己在向她讲述那些被忽视的作家，甚至提到了目前正在写的那个作家的名字。玛莎·奥斯坦索，她写了一本书叫《野鹅》，还有一大批被遗忘的作品。

"你是说所有这些东西都会被印出来？比如印在报纸上？"

印刷成书，我说。她有些怀疑地吸了一口气，我意识到自己想告诉她一些更有趣的事情。

"人们认为这部小说的部分内容是她丈夫写的,但奇怪的是他的名字没有出现。"

"也许他不想被人取笑,"她说,"你知道的,他们会怎么想一个写书的家伙。"

"我从没想过这一点。"

"但他不会介意拿钱的,"她说,"你知道男人是什么样的。"

她开始笑起来,摇了摇头,说:"你一定是个聪明人。等我回去告诉家里人,我看见一本正在被写的书。"

为了让她不再谈论这个开始让我感到尴尬的话题,我问她家里都有些什么人。

有很多人,我没弄清楚,也许是没有费心去弄清楚。我不太确定这些人被提到的顺序,只知道她丈夫最后一个被提到,他已经死了。

"去年。不过他不是我的合法丈夫。你知道的。"

"我丈夫也一样,"我说,"但他还活着,我的意思是。"

"是吧?现在有很多人都这么做,对不对?过去大家的态度是,哦天啊,真可怕,而现在只是,管他们呢!不过,还有些人住在一起,一年又一年,最后,哦,我们要结婚了。你会想,为什么啊?为了礼物吗,还是仅仅想要穿上白色婚纱,打扮得花枝招展?那真可笑,我简直要笑死了。"

她说她有个女儿就历经了那一整套花哨闹腾的过场,那对她可真有好处,现在她进了大牢,罪名是非法交易。愚蠢。是那个和她结婚的男人把她弄进去的。所以现在她得推销化妆品,还要照顾女儿的两个孩子,没有别人可以照顾他们。

她告诉我这些的时候似乎情绪都很好。但当她谈到另一个相当成功的女儿的时候——那个女儿是个注册护士,现在已经退休,住在温哥华,她变得犹犹豫豫,烦躁不安。

那个女儿想让妈妈抛下所有这些事,去和她一起住。

"但我不喜欢温哥华。其他每个人都喜欢温哥华,我知道。我就不喜欢。"

不。其实问题是,如果她去和那个女儿一起住,她就得戒烟。问题不在温哥华,而在戒烟。

我买了些能够让我恢复青春容颜的润肤乳,她答应下次把产品带来。

我对富兰克林说了所有关于她的事。格温,这是她的名字。

"那是另一个世界。我很喜欢和她说话。"我说。说完之后我又不太喜欢自己这么说。

他说也许我需要多出去走走,申请点代课工作。

她很快就带着润肤乳来了,我很惊讶。毕竟我已经付了钱。她甚至没有试图卖给我更多的产品,看上去她几乎是松了一口气,而不是在使用一种推销策略。我又煮了咖啡,我们和上次一样自在地,甚至有些急迫地交谈。我给了她一本我写玛莎·奥斯坦索的时候用来参考的《野鹅》。我说她可以留着这本书,系列传记出来后我会有另一本。

她说她会读这本书。无论如何。她不知道自己上一次完整地读完一本书是什么时候了,因为她太忙了,但这一次她保证读完。

她说她从没遇到过像我这样的人,如此有教养,如此随和。我感到有点受宠若惊,但同时又小心谨慎,就像你意识到某个学生迷恋上你时一样。接着我感到尴尬,似乎我没有权利有如此的优越感。

她出去发动汽车时,天已经黑了,她没法把车启动。她试了一次又一次,引擎发出乐意工作的声音,然后停了下来。这时富兰克林进了院子,却没法把车开过来,我急忙去告诉他出了什么问题。她看见他过来时从驾驶座上下来,开始解释,说这辆车最近一直像个淘气鬼似的对她耍脾气。

他试着发动车,与此同时我们站在他的卡车旁边,不碍他的事。他也没法解决问题。他进屋去给村里的修理厂打电话。她不想再进去了,虽然外面很冷。家里有男主人在,似乎让她变得沉默寡言。我和她一起等着。他来到门口对我们说修理厂关门了。

没有别的办法,只能请她留下来吃晚饭,在家里过夜。她感到非常抱歉,坐下来又点了一根烟之后,她感到轻松了一些。我开始拿东西出来准备做晚饭。富兰克林去换衣服。我问她想不想给家里人打个电话。

她说,是的,最好打个电话。

我在想也许家里能有人来接她回家。我可不希望整晚都和她说话,富兰克林坐在那里听。当然,他可以去自己的房间——他不愿意管那个房间叫他的书房,但我会感觉把他赶走是我的错。而且我们会想看新闻,而她会想在看新闻的时候聊天。甚至我最聪明的女性朋友也会这么做,而他讨厌这样。

或者她也许会安安静静地坐着,感到特别地不知所措。同样糟糕。

似乎没有人接电话。于是她给隔壁邻居打了电话——孩子们在邻居家里,她满含歉意地笑了很多次,然后和孩子们说话,督促他们乖乖表现,又对留孩子们过夜的人做了很多保证,表示了衷心的感谢。原来这些朋友明天得出门去一个地方,这样的话,孩子们也得和他们一起去,但终究这不是很方便。

她挂上电话时富兰克林正回到厨房。她转过身来对我说,出门的事可能是他们编的,他们就是那样的人。不管在他们需要时她帮了多少忙。

这时她和富兰克林同时吃了一惊。

"哦老天爷。"格温说。

"不,不是老天爷,"富兰克林说,"是我。"

他们站在那里一动不动。他们怎么会没认出来呢,他们说。我想,他们意识到张开双臂互相拥抱是不合适的。他们做了一些奇怪而不连贯的动作,仿佛他们得环顾四周,确定这是真的。并且用嘲弄和惊愕的语调重复对方的名字。而且不是我以为他们会叫出的名字。

"弗兰克。"

"多莉。"

过了一会儿我意识到格温，格温德琳，的确可以被开玩笑地叫成多莉。

任何一个年轻人都会宁愿被叫作弗兰克而不是富兰克林。

他们没有忘记我，至少富兰克林没有忘记，除了那一瞬间。

"你听我提到过多莉对不对？"

他的声音在坚持让我们回到正常状态，而多莉或格温的声音却在坚持强调他们找到对方这个巨大的甚至超自然的玩笑。

"我无法说出上一次听见有人叫我这个名字是什么时候。这个世界上没有别人知道我叫这个名字。多莉。"

现在，奇怪的是，我开始和他们一起感到高兴。因为奇迹必须在我眼前变成快乐，而这正是眼前所发生的事。整个发现必须迅速转向。显然我太急于参与其中，急切到拿出了一瓶酒。

富兰克林现在已经不喝酒了。他以前就喝得不多，后来完全戒了。因此必须由格温和我一起以刚刚发掘出来的高昂情绪喋喋不休地说话，解释，不停地谈论事情的偶然性。

她告诉我她认识富兰克林的时候是个育婴保姆。她在多伦多工作，照看两个英国孩子，父母把他们送到加拿大来躲避战争。家里还有其他帮佣，所以大多数晚上她都可以休息，于是她会出去玩个痛快，哪个年轻女孩不这么做呢？她遇见富兰克林时，他就要被派往海外了，正在最后一次休假之中。你可以想象，他们在一起度过了一段疯狂的日子。他也许给她写过一两封信，但她太忙，没时间回信。后来战争一结束她就上了船，送两个英国孩子回家。在船上她遇到一个男人，和他结了婚。

但那段婚姻没能维持下去,战后的英国太死气沉沉,她觉得自己快要死了,于是回了家。

她的这段生活我之前不知道。但我的确知道富兰克林和她在一起的两个星期,而且,正如我说过的那样,很多人都知道。至少,如果他们读诗的话。他们知道她的爱是多么慷慨,而他们不知道但我却知道的是,她相信自己不会怀孕,因为她有一个孪生姐妹,她把这个已经死去的姐妹的头发装在一个挂坠盒里,戴在脖子上。她有各种各样诸如此类的念头,还在富兰克林赴海外时送给他一颗有魔力的牙齿——他不知道那是谁的牙齿——保佑他平安。他立刻就把那颗牙弄丢了,但他的命却保住了。

她还有一个规矩,如果她跨下路牙时迈错了脚,那一整天都会很糟糕,必须回去重跨一次。她的习惯让他着迷。

说实话,我听说这件事时私下里一点儿也没有着迷。我当时认为只要一个姑娘足够漂亮,男人就会被她固执的怪癖迷住。当然,那现在已经不流行了。至少我希望如此。对女性的幼稚感到高兴。(我刚开始教书的时候他们告诉我,过去,就在不久的过去,女人从来不教数学。她们的智力不足以教数学。)

当然,那个女孩,我曾缠着他告诉我的那个充满魅力的女孩,也许大体上是他编造出来的。她可以是每个人的想象。但我不这么认为。她是她自己轻狂选择的结果。她太爱自己了。

自然,我对他告诉我的这些事和他写进诗里的事只字不提。大多数时候,富兰克林也对与此相关的事避而不谈,除了偶尔说起在喧闹的战争年代多伦多是什么样子,愚蠢的禁酒法令,或者教会游行的闹剧。如果我原本认为他也许会在此刻把自己的作品送给她做礼物，那么似乎我错了。

他累了，然后去睡了。我和格温或者多莉在沙发上为她铺了床。她坐在沙发边抽最后一根烟，边抽边告诉我别担心，她不会把房子烧掉的，她从来不在抽完烟之前睡下。

我们的房间很冷，窗户比平常开得大。富兰克林睡着了。是真的睡着了，如果他装睡我一定能看出来。

我讨厌在明知道桌上还有碗盘没洗的时候去睡觉，但我突然感到很累，即便知道格温一定会帮忙，也没力气去洗了。我打算一大早起来收拾。

我醒来时天已经大亮，厨房里传来清脆的叮叮当当声，飘来早餐和香烟的气味。还有说话声，我以为说话的会是格温，然而是富兰克林。我听见她因为他说的一句什么话在笑。我立刻起身，匆匆穿上衣服，梳好头发，通常这么早我不会费神梳头。

昨天晚上那种安全和愉悦的感觉已经完全离我而去。我下楼时弄出很大的声响。

格温正站在水池边，滴水板上放着一排闪闪发亮的干净的玻璃罐。

"碗盘都是手洗的，我怕不会用你的洗碗机，"她说，"后来我找到了上面这些罐子，就想不如把它们一起洗了。"

"这些罐子已经很长时间没洗了。"我说。

"是的，我想是这样。"

富兰克林说他出去又试了一次，还是没能发动汽车。不过他联系上了修理厂,他们说下午会派人来看。但他想与其枯等他们来,不如他把车拖过去,这样早晨他们就可以修了。

"给格温一点时间把厨房其他地方也清理一下吧。"我说,但他们两人都没注意到我的玩笑话。他说不行,格温最好和他一起去,他们会想和她谈谈,因为那是她的车。

我注意到他说格温这个名字有点困难,他得避开多莉这个名字。

我说我是在开玩笑。

他问需不需要他给我做早餐,我说不用了。

"她的身材保持得多好啊。"格温说。不知怎的,甚至这句赞美也成了可以让他们一起笑的事。

他们俩都没有表现出了解我的感受的样子,尽管我感到自己的表现非常奇怪,说出的每一句话都像尖利的嘲弄。他们太全神贯注于自己了,我想。我不知道这表达从何而来。富兰克林出去准备拖车时她也跟了出去,仿佛一刻也不愿意让他离开视线。

她走出去时回头大声说她对我感激不尽。

富兰克林按响喇叭,向我告别,他平常从来不这么做。

我想跟在他们后面追上去,把他们砸成碎片。我在家里踱来踱去,一个令人极度兴奋的想法越来越强烈地占据了我的心。我非常清楚我该做什么了。

很快我就出门上了车,把家门钥匙从前门的投信口丢了进去。我带了一只箱子,虽然我已经差不多忘记自己在箱子里装了什么。我留了一张简短的便条,说我要去核实一些关于玛莎·奥斯坦索的情况，然后开始写一段长一些的留言，是给富兰克林的，我不想让格温和他一起回来时看见，因为她一定会和他一起回来。留言说他一定要自由地做自己想做的事，唯一让我难以忍受的是欺骗，或者说自我欺骗。除非他承认自己想要什么，没有别的办法。让我看着这一切，这太荒唐太残忍，因此我只能走开。

我接着说，毕竟没有任何谎言比我们对自己说的谎言更加糟糕，不幸的是，接下来我们不得不不断说谎，才能把令人恶心的东西压在肚子里，直到它们将我们活活吞噬，这一点他很快就会发现。诸如此类的话，一种痛斥，在如此短的便条里变得有些啰里啰唆，杂乱无章，越来越缺乏尊严，没有风度。现在我明白，这段话必须重写，才能让富兰克林看见，我得把便条带着，随后再寄给他。

在车道尽头我拐上与村子和修理厂相反的方向，很快我似乎就沿着一条主干道朝东开去。我要往哪里去？如果不很快拿定主意，我就会开到多伦多了，在我看来，在那里我不但找不到可以躲藏的地方，反而一定会遇上和我过去的幸福以及富兰克林有密切联系的地方和人。

为了不让这样的事情发生，我掉头朝科堡开去。那是一座我们从来没有一起去过的小镇。

还不到中午。我在镇中心的一家汽车旅馆开了一个房间。我从正在打扫前一晚客人住过的房间的女服务员身边走过。我的房间昨晚没有人住，很冷。我打开暖气，决定出去走走。而打开门后，我却不想出去了。我浑身发抖，站立不稳。我锁上门，穿着衣服上了床。我还在发抖,于是把被子一直拉到耳朵边。

我醒来时,已经是阳光灿烂的下午,被汗水浸湿的衣服紧紧贴在我身上。我关了暖气,在箱子里找了衣服换上,然后出了门。我走得很快。我饥肠辘辘,却感觉自己不可能放慢脚步,或者停下来吃饭。

发生在我身上的事情并非不同寻常,我想。在书本里不是,在生活中也不是。应该有,也一定有,应对这种事的被用滥了的办法。比如像这样走路,当然。但你不得不停下来,甚至在这么小的镇子上你也得停下来,避让车辆,等红灯。还有笨拙地四处走动的人,一会儿停,一会儿走。还有一群群学生,就像我曾经维持秩序的那些学生一样。为什么有这么多学生,像白痴一样大喊,尖叫,他们的存在是多余的,完全没有必要。到处都是扑面而来的侮辱。

所有的店铺和招牌都是一种侮辱,所有汽车停下和发动的噪音也都是侮辱。到处都在宣告,这就是生活。仿佛我们需要它一样,更多的生活。

在店铺终于渐渐消失的地方出现了一些小木屋。空置着,窗户上钉着木板,等着被拆毁。这是以前人们在不太重要的节日里留宿的地方,在汽车旅馆出现之前。接着我想起来自己也住过。是的,在它们沦为——也许当时是淡季——人们下午出来偷情的地方时,我也曾经是偷情者中的一员。那时我还是实习老师,如果不是那些如今在窗户上钉了木板的木屋,我甚至不会记得就是在这座镇子上。那个男人是个老师,年纪比我大。家里有太太,

235

毫无疑问还有孩子。会有人受到伤害。她一定不能知道,那会让她心碎的。但我一点儿都不在乎。就让它碎吧。

如果尽力回忆,我会记得更多,但不值得那么做。不过这让我将脚步放慢到正常速度,转身朝汽车旅馆走去。梳妆台上放着我写好的信。信封已经封口,但没有贴邮票。我再次出门,找到邮局,买了一张邮票,把信封扔进了它该去的地方。几乎什么也没有想,什么也不担忧。我原本已经把它留在了桌上,那又有什么关系呢?一切都结束了。

散步时我注意到一家餐馆,要下几级台阶才能进去。我又找到那家餐馆,看了看贴在外面的菜单。

富兰克林不喜欢在外面吃饭。我喜欢。我又走了一会儿,这次是以正常的速度,等着餐馆开门。我在一家店铺橱窗里看见一条喜欢的围巾,我想应该进去买,它应该很适合我。但当我把它拿起来后又不得不放下了。那种丝绸的手感让我恶心。

在餐馆里,我喝了酒,等上菜等了很长时间。餐馆里几乎没有顾客,他们刚开始安置晚上表演的乐队。我走进洗手间,惊讶地发现自己看上去和平常完全一样。我想知道有没有可能某个男人,某个老男人,会想与我结识。这个想法很荒诞,不是因为他可能的年龄,而是因为我脑子里除了富兰克林之外不可能想到任何男人,永远不可能。

菜上来后我几乎什么都吃不下。不是菜的问题。只是那种一个人坐在那里独自吃饭的奇怪感觉,那种令人目瞪口呆的孤独,那种不真实感。

我想到了要带安眠药,尽管我几乎从来不吃。实际上那药已经放了很长时间,我不知道它们还有没有效果。事实是有——我睡着了,一次也没有醒,一觉睡到早晨六点。

几辆大卡车已经开始离开汽车旅馆的停车位。

我知道自己在哪里,我知道自己做了什么。我知道自己犯了一个可怕的错误。我穿上衣服,以最快的速度离开旅馆。我几乎无法忍受前台那个女人友好的闲谈。她说过会儿要下雪。小心,她对我说。

高速公路上的车已经开始多了起来。后来又出了一场交通事故,通行速度更慢了。

我想富兰克林也许正在外面找我。他也可能出事。我们也许再也见不到对方了。

我没有想到格温,她在我心里只是一个挡在我们之间制造荒唐问题的人。她粗短的腿,她可笑的头发,她那圈皱纹。可以说是一幅漫画,一个你不能责怪也永远不应该认真对待的人。

我回家了。我们的房子没有变。我拐上车道,看见了他的车。感谢上帝他在那儿。

我确实注意到车没有停在平时停的地方。

原因是另一辆车,格温的车,正停在那里。

我无法理解这个画面。一路上当我想到她的时候,我把她想成一个已经被放在一边的人,一个第一次打扰之后不可能仍在我们的生活中扮演角色的人。我回家了,他也安全地在家里,我的心里仍然充满由此带来的如释重负的感觉。我被自信所包围,我的身体已经准备好跳下车，朝家里跑去。我甚至已经在找家门钥匙，我忘了自己把钥匙丢进了门里。

不管怎样，我不需要钥匙了。富兰克林正在开门。他没有惊讶地或者松口气地叫出来，甚至当我下车，朝他走过去的时候也没有。他只是从容不迫地走下台阶，当我走到他身边时，他的声音阻止了我。他说："等一下。"

等一下。当然。她在里面。

"回到车上去，"他说，"我们不能在外面说话，太冷了。"

我们上了车后，他说："生活完全难以预料。"

他的声音异乎寻常的温柔且悲伤。他没有看我，而是直直地瞪着前面的挡风玻璃，瞪着我们的房子。

"说对不起是没有用的。"他对我说。

"你知道，"他接着说，"甚至跟这个人本身没关系。这就像一种气息。一道符咒。呃，当然，其实问题就在于这个人，但是这种气息围绕着他们，从他们的身上散发出来。或者说是他们身上有——我不知道。你明白吗？这就像日食或者什么东西给人带来的冲击。"

他摇了摇低垂的头。充满悲痛。

他渴望谈论她，你可以看出来。但是这么一段滔滔不绝的讲话通常一定会让他感到不舒服。就是这一点让我丧失了希望。

我感到自己非常冷。我想要问他有没有告诉对方这个转变。然后我想，他当然提醒了，她就和我们在一起，在厨房里和那堆她擦得亮闪闪的东西在一起。

他陶醉的模样如此令人沮丧。就像其他任何人陶醉的模样一样。令人沮丧。

"别再说了,"我说,"别说了。"

他转过头,第一次看着我,声音里那种奇异的静默消失了。

"天哪,我在开玩笑,"他说,"我以为你会懂。好了。好了。哦,看在上帝的分上,闭上嘴巴。听着。"

因为此刻我正在愤怒又宽慰地大吼大叫。

"好了,我刚才有点生你的气。我想让你难过。我回到家里,你就这么走了,我该怎么想?好了,我是个浑蛋。停下来。停下来。"

我不想停下来。我知道现在没事了,但是大吼大叫太让人舒畅了。而且我发现了新的不满。

"那她的车为什么在这儿?"

"他们没办法修,这是一堆垃圾。"

"但为什么在这儿?"

他说那辆车在这儿是因为它的部件中不是垃圾的那部分——这不多了——现在属于他。属于我们。

因为他给她买了一辆车。

"一辆车?新车?"

新得足以比她以前那辆车好开。

"事情是这样的,她想去诺斯贝。她在那儿有亲戚或者什么人,她有了合适开过去的车后,就想到那里去。"

"她也有亲戚在这儿。在她住的地方。她有三岁孩子要照顾。"

"显然诺斯贝的人更中她的意。我不知道三岁孩子的事。也许她会带他们一起去。"

"是她要你给她买车的吗?"

"她不要任何东西。"

"所以现在,"我说,"现在她在我们的生活里了。"

"她在诺斯贝。咱们进去吧。我连一件外套都没穿。"

往家走的时候我问他有没有对她说他的诗。也许读了诗给她?

他说:"哦上帝啊,没有,我为什么要那么做呢?"

我在厨房第一眼看见的便是玻璃罐上的闪光。我猛地拖出一把椅子,爬上去,开始把罐子放到橱柜上层。

"你能帮帮我吗?"我说,他把罐子递给我。

我想知道,关于诗的事他说谎了吗?她是不是听他读了?或者他把诗拿给她让她自己看了?

如果是这样,她的反应恐怕并不令人满意。谁的反应会令人满意呢?

假设她说诗写得很好呢?他会讨厌她那么说的。

或者也许她会大声质疑,他怎么能写了那些却没关系呢?那些淫秽的东西,她也许会这么说。那样更好,但不像你以为的那样好。

谁能对一个诗人做出关于他的诗的最完美的评论呢?恰如其分,恰到好处?

他伸出双臂抱住我,把我从椅子上抱下来。

"我们禁不起吵闹了。"他说。

的确禁不起了。我忘了我们有多大年纪,忘了一切。以为还有大把时间可以去忍受,去抱怨。

现在我能看到那把钥匙,就是我从投信口丢进来的那把。它躺在毛茸茸的棕色垫子和门槛之间的缝里。

我也得注意我写的那封信。

假设信还没寄到我就死了怎么办?你可以想象自己一切正常却突然死了,就像那样。我是否应该给富兰克林留张便条,以防万一?

如果有我寄给你的信,请把它撕了。

问题是,他会照我说的去做。换作我就不会。我会把信撕开,无论做过怎样的承诺。

而他会照做。

他愿意照我的话去做,这让我有怎样既愤怒又钦佩的复杂感受啊。这样的感受贯穿了我们共同度过的一生。

终 曲

  本书的最后四篇作品并不完全是虚构的故事。它们组成了一个独立的单元，就情感而言具有自传的性质，尽管有时并不完全是对真实事件的叙述。关于我的生活我所能说的一切，我相信，这些故事给出了最初，最后，以及最贴近生活本身的表达。

眼睛

我五岁时,父母突然生了一个小弟弟,妈妈说这是我一直以来的期盼。我不知道她这个想法是从哪儿来的。她说得煞有介事,都是编的,但很难反驳。

一年以后,小妹妹出生了,又是一阵小题大做,但比第一次好一些。

第一个宝宝出生以前,我从没意识到自己的感觉和妈妈所说的我的感觉有什么不同。直到那时整个房子都充满妈妈的一切,她的脚步、她的声音、她带着脂粉香的不祥气味占据了所有的房间,即使她不在时也是如此。

为什么我说不祥?我并不感到害怕。妈妈并没有真的告诉我对事情应该有怎样的感觉。她无须问一个问题,就以权威决定了所有事。不仅决定我想要一个小弟弟,而且决定"红河"牌麦片对我有好处,因此我一定喜欢。决定我对挂在床尾的那幅画的理解,那上面画的是耶稣容许小孩子来到他身边。那时候"容许"

这个词的含义和现在不太一样,但这并不是重点。妈妈单点出那个半躲在角落里的小女孩,因为她想要去耶稣身边,但又太害羞。那个女孩就是我,妈妈说。我想大概是的,尽管如果她不告诉我,我不会明白这一点,而且我宁愿不是这么回事。

漫游奇境的爱丽丝那么大却被困在兔子洞里,我为此真切地感到痛苦,但我却哈哈大笑,因为那似乎能让妈妈高兴。

但是,弟弟出生了,妈妈没完没了地说他是某种给予我的礼物,这时我才开始理解,妈妈关于我的想法和我自己的想法是多么不同。

我想这一切让我在萨迪来我们家工作时做好了迎接她的准备。妈妈退到了她和两个孩子的领地。由于她不经常在身边,我得以思考什么是真的而什么不是。我非常清楚不能对任何人说起这个。

萨迪最不同寻常的一点是,尽管这一点在我们家里并没有被强调,她是个名人。我们镇上有一家电台,她在电台弹吉他,演唱开场曲,那首歌还是她自己创作的。

"你好,你好,你好,各位——"

半小时后她唱的是:"再见,再见,再见,各位。"节目中间她唱电台要求的歌,也唱她自己挑选的歌。镇上更加见多识广的人往往笑话她唱的歌和整个电台,据说那是全加拿大最小的电台。那些人收听的是某家多伦多电台,它播放当时的流行歌曲——《三条小鱼和鱼妈妈》,还有吉姆·亨特大声播报的令人绝望的战争新闻。但是农场的人喜欢这家当地电台和萨迪唱的歌。她的声音有力而忧郁,歌中唱的是孤独和悲伤。

> 背靠高处老旧的栏杆,
> 身处大大的畜栏,
> 瞭望黄昏的小路,
> 寻找失去的伙伴——

我们这里的大多数农场在大约一百五十年前得到开垦、有人定居,从几乎任何一座农舍望出去,都可以看到几块农田之外的另一座农舍。然而农场主们想听的歌却是关于孤独的牧牛人,远方带来的诱惑和失望,以及苦涩的罪行,罪人临死时喃喃叫着母亲或者上帝的名字。

而这些正是萨迪用她洪亮的女中音如此忧伤地歌唱的内容,但她在为我们干活时却充满活力和自信,她很喜欢说话,大多数时候说的都是她自己。通常除了我,没有人和她说话。她和妈妈的分工让她们大多数时候都不在一起,而且,不知为什么,我想她们不会喜欢和彼此交谈。正如我所表明的那样,妈妈是个严肃的人,她在教我之前教过书。也许她希望萨迪是一个她可以帮助的人,可以教她说"我们",而不是"俺们"。但是萨迪并没有表示她想要任何人的帮助,或者用任何与她平常说话习惯不同的方式说话。

正餐也就是午餐之后,萨迪和我单独待在厨房。妈妈抽空去午睡了,如果她运气好,两个孩子也会睡着。她起床后会换一套衣服，仿佛她将迎来一个悠闲的下午，尽管一定会有更多的尿片要换，还有那件我尽量不去看见的不得体的事——最小的孩子大口地吃奶。

爸爸也午睡。用《星期六晚报》盖着脸在门廊躺上也许十五分钟，然后回到牲口棚去。

萨迪在炉子上烧水洗碗，我在旁边帮忙，百叶窗拉了下来，把热浪挡在外面。做完这些之后，她拖地，我把地擦干，用我发明的方法——踩着抹布像溜冰一样在地上滑过来滑过去。然后我们收回早餐后放上去的一卷卷黄色粘蝇纸，纸上粘满死了的或者嗡嗡叫着、快要死掉的黑苍蝇，再换上新的粘蝇纸，晚餐时分纸上又会粘满新的死苍蝇。在做这些的时候，萨迪一直在跟我讲她的生活。

那时我不能很轻易地判断年龄。人们不是小孩就是大人，而我认为她是个大人。也许她十六岁，十八岁或者二十岁。无论她多大，她不止一次宣布她不急于结婚。

她每个周末都去跳舞，一个人去。自己去，也为自己而去，她说。

她告诉我舞厅的事。镇上有一家舞厅，偏离主街，冬天那里是溜冰场。跳一支舞要一毛钱，你付了钱，然后到台子上去跳，周围会有一群人傻乎乎地看着，她才不在乎呢。她总是喜欢自己付钱，不愿意欠人情。但有时候某个小伙子会先来请她。他问她想不想跳舞，而她首先说的是，你会吗？你会跳舞吗？她不客气地问。他会神情古怪地看着她说会，意思是否则他为什么到这儿来呢？但往往他所说的跳舞就是拖着两只脚走来走去，用汗湿的肉乎乎的大手紧紧地抓着她。有时候她干脆挣脱开来，把他撂在一边，自己跳——反正这才是她喜欢的。她跳完这支已经付过钱的舞，其实她只跳了一支，可如果收钱的人表示反对，想让她付两支舞的钱，她就让他闭嘴。他们都可以笑话她一个人跳舞，随便他们。

另一家舞厅就在镇子外面的高速公路边上。你在门口付钱，不是只跳一支舞，而是可以跳整个晚上。那家舞厅叫"皇家T"。她在那里也自己付钱。通常去那里的人舞技要好一些，但她仍然要先对他们的水准有个大致概念后才让他们带她到舞池里去。他们通常是镇上的人，而去之前那家舞厅的通常是村里的人。镇上的人舞步要走得好一些，但需要你时刻小心提防的可不是迈着舞步的脚。而是他们试图抓住你的手。有时她得严厉警告他们收敛一些，告诉他们如果不罢手她会做什么。她让他们知道她是来跳舞的，而且她自己付了钱。不仅如此，她还知道往哪儿捅他们。这会让他们罢手。有时候他们跳得很好，她就玩得很痛快。最后一支舞曲奏响时，她就匆匆回家了。

她不像有些人，她说。她不想被缠住。

缠住。她说这个词的时候，我看见一张巨大的金属丝网罩了下来，某个邪恶的小东西用网裹住你，让你窒息，让你永远也出不去。萨迪一定看见了我这样想象时的表情，她说别害怕。

"这个世界上没有可怕的事，只要你自己留神。"

247

"你和萨迪经常一起聊天。"妈妈说。

我知道她话里有话,我应该小心,但不知道她要说什么。

"你喜欢她,是不是?"

我说是的。

"你当然喜欢她。我也喜欢她。"

我希望对话到此为止,有那么一会儿我以为对话的确结束了。

接着,"现在又有了两个小宝宝,我们俩没有那么多的时间在一起了。他们没留给我们很多时间,是不是?"

"但我们很爱他们,是不是?"

我马上说是。

她说:"真的吗?"

我不说真的她是不会停止的,于是我说是真的。

我妈妈特别想要某样东西。是体面的朋友吗?会打桥牌并且丈夫会穿着三件套西装去上班的女人?不完全是,而且不管怎样不可能有这样的朋友。是让我像过去那样,毫无反抗地站着不动让她给我梳螺旋发卷,熟练地在主日学校朗诵吗?她不再有时间应付那些事情。我心底有某个部分正在变得叛逆,她不知道为什么,我也不知道为什么。我在主日学校没有交任何镇上的朋友。相反,我崇拜萨迪。我听见妈妈对爸爸那么说过。"她崇拜萨迪。"

爸爸说萨迪帮了大忙。这是什么意思?他听上去很乐观。也许这意味着他不打算偏帮任何一方。

"我希望门口能有真正的人行道让她玩耍,"妈妈说,"有人行道的话,也许她就可以学着溜冰并且交朋友了。"

我那时的确想要溜冰鞋。但我也知道我绝不会承认那一点,虽然现在我已经不清楚缘由了。

后来妈妈说了些类似开学后就会好起来的话。关于我会好起来或者和萨迪有关的什么事会好起来的话。我不想听。

萨迪教我唱她的歌,我知道自己不太擅长唱歌。我希望这不是那件必须好起来否则就要停止的事。我真的不想停止。

爸爸没有什么要说的。照看我是妈妈的职责,除了后来我变得多嘴多舌,必须受到惩罚的时候。他在等着弟弟长大,成为他的管教对象。男孩不会这么麻烦。

弟弟果然不麻烦。他会好好长大。

开始上学了。几个星期前就开学了,在树叶变红和变黄之前。现在大多数树叶都落了下来。我没有穿校服外套,而是穿着我那件有深色天鹅绒袖口和领子的好外套。妈妈穿着她去教堂做礼拜时穿的外套,并用头巾盖住了她的大部分头发。

妈妈正在开车前往我们要去的什么地方。她不经常开车,她开车的样子比爸爸更从容却不太自信。每一次转弯她都要按喇叭。

"好了。"她说,但她又花了一小会儿才把车停好。

"我们到了。"她的声音里似乎带着刻意的鼓励。她碰了碰我的手,给我一个机会抓住她的手,但我假装没有注意到,于是她把手拿开了。

那座房子没有车道，甚至没有人行道。房子还算体面，但非常朴素。妈妈抬起戴着手套的手去敲门，但其实没有必要。门在我们面前打开了。妈妈刚开始对我说些鼓励的话，比如，会比你以为的要快，但没能说完。她对我说话的语调有点严肃，又有些安抚的意味。门打开时她的语调压低了，也变得柔和了，仿佛她正低下头去。

门打开是为了让一些人出去，不只是让我们进去。一个正在走出来的女人回过头去高声喊话，根本没打算让自己的声音尽量温柔一些。

"是她干活那家的女主人，还有那个小女孩。"

一个穿戴非常正式的女人走了过来，和妈妈说话，并帮她脱下外套。做完这些之后，妈妈脱下我的外套，对那个女人说我特别喜欢萨迪。她希望带我来是恰当的。

"哦，亲爱的小家伙。"那个女人说，妈妈轻轻碰碰我，让我问好。

"萨迪很喜欢小孩子，"那个女人说，"真的很喜欢。"

我注意到那里还有两个小孩。男孩。我在学校见过他们，一个和我一起上一年级，另一个大一些。他们正从可能是厨房的地方往外盯着看。那个小一点的男孩正用一种滑稽的动作把一整块曲奇饼塞进嘴里，另一个大一些的男孩正在做出憎恶的表情。不是憎恶那个塞曲奇的男孩，是憎恶我。当然，他们恨我。男孩子在学校以外的地方见到你时不是忽视你（他们在学校也忽视你），就是做鬼脸、用讨厌的绰号叫你。如果我不得不走近一个男孩，我会全身僵硬,不知道该怎么办。当然,如果有大人在,情况就不一样了。这两个男孩子并没有作声,但我感觉有点儿难受,直到有人把他们俩拽进了厨房。然后我发觉妈妈的声音特别温柔,充满同情,甚至比那个和她说话的女发言人的声音更端庄优雅,我想也许那个憎恶的表情是针对她的。有时候她去学校接我时,会有人模仿她的声音。

那个和她说话、似乎主管事务的女人把我们带到房间的一角,一个男人和一个女人正坐在沙发上,看上去好像不太明白为什么自己会在这里。妈妈弯下腰,毕恭毕敬地跟他们说话,把我指给他们看。

"她真的非常喜欢萨迪。"她说。我知道这时该轮到我说些什么了,但我还没开口,那个坐在那儿的女人就发出一声号哭。她没有看我们中的任何一个人,发出的声音就像是有某只动物在咬她或者啃她一样。她用力拍打、甩动自己的胳膊,仿佛要赶走什么,却赶不走。她看着妈妈,仿佛妈妈应该为此做些什么。

那个年纪大的男人让她别哭了。

"她太伤心了,"带我们过来的女人说,"她不知道自己在做什么。"她把身体弯得更低,说:"好了,好了。你会吓坏这个小女孩的。"

"会吓坏小女孩。"年纪大的男人附和道。

他说完后,那个女人没再发出声音,开始轻拍被挠破的胳膊,仿佛不知道刚刚胳膊怎么了。

妈妈说:"可怜的人。"

"而且是唯一的孩子。"引导我们的女人说。她对我说:"别担心。"我确实担心,但不是担心她喊叫。

我知道萨迪就在某个地方,而我不想看见她。其实妈妈并没有说我必须去看她,但她也没有说我不必去看她。

萨迪在从"皇家 T"舞厅走回家的路上被撞死了。一辆车在舞厅停车场和小镇人行道之间的那一小段沙砾路上撞了她。她可能正像往常一样匆匆赶路,一定以为开车的人能看见她,或者以为她和汽车有同样的路权,也许她身后的那辆车突然转弯,或者也许她并不在她以为自己在的地方。她是从背后被撞倒的。撞她的那辆车正试图避开它后面的那辆车,而后面那辆车正准备在第一个转弯处拐上镇上的街道。舞厅里有人喝了些酒,虽然你在那里买不到酒。跳舞结束后那里总是有人长按喇叭,大喊大叫,并且把车开得飞快。而匆匆走路的萨迪甚至没有打手电筒,她表现得仿佛每个人都应该给她让路。

"一个女孩子,没有男朋友,步行去跳舞。"那个仍在和妈妈友好交谈的女人说。她说话的声音很轻,妈妈低声咕哝了几句真令人惋惜之类的话。

那是自找麻烦,那个友好的女人用更低的声音说。

我在家里听到一些我听不懂的话。妈妈希望某件事能够做成,那件事可能同萨迪和撞她的那辆车有关,但爸爸说别管。镇上的事和我们无关,他说。我甚至没有试图弄明白那是什么意思,因为我正在努力地不去想萨迪,更不去想她已经死了。当我意识到我们要去萨迪家的时候,我特别希望能不去,但除了表现得特别无礼，我找不到其他什么逃避的办法。

那个女人突然大哭一阵之后，我以为我们会转身回家。我绝不会承认一个事实，那就是我其实特别害怕死人。

就在我想着有可能回家的时候，我听见妈妈和那个似乎在与其密谋的女人说到那件最糟糕的事。

去看萨迪。

是的，妈妈在说。当然，我们一定要看看萨迪。

死了的萨迪。

我一直低垂着眼睛，基本上只看见那两个比我高不了多少的男孩和坐着的老人。但是现在妈妈正牵着我的手往另一个方向走。

房间里一直放着一口棺材，但我之前以为它是别的什么东西。由于缺乏经验，我不太清楚这个东西是什么样的。我们正在走近的这个东西，也许是放花的架子，或者是盖着琴盖的钢琴。

也许围在四周的人在某种程度上掩盖了它真正的大小、形状和用途。但是现在这些人正在有礼貌地让开，妈妈重新用非常平静的语气说话。

"来吧。"她对我说。她的温柔在我听来颇为得意，令人讨厌。

她弯下腰直视着我的脸，我确信这是为了阻止我做我刚刚想到要做的事情——紧紧闭上眼睛。然后她移开目光，但仍然紧紧抓着我的手。她刚移开目光，我就垂下了眼睑，但没有完全闭上，以免自己绊倒，或者有人把我推到我不想去的地方。我只模模糊糊地看见僵硬的花和打磨过的木头的光泽。

接着我听见妈妈在抽鼻子,感到她在动。她的包被打开了,发出咔嗒一声。她得把手伸到包里去,所以不再那么用力地抓着我,我趁机挣脱了她。她在哭泣。她专注于眼泪和抽泣,这让我获得了自由。

我径直朝棺材里看去,看见了萨迪。

车祸没有毁了她的脖子和脸,但我没有马上看到这一点。我只有一个大概的印象,她并没有我所害怕的那么糟糕。我迅速闭上眼睛,却发现自己无法不再看一眼。先看她脖子下面的那个黄色小垫子,同时也就看到了她的喉部、下巴以及很容易望见的那一边脸颊。诀窍是迅速地看一眼她身体的一小部分,然后让眼神回到垫子上,下一次再多看一点不害怕的部分。然后是萨迪,整个的她,或者至少是在我可以看见的那一边能够看到的部分。

什么东西动了一下。我看见了,她靠近我这边的眼皮动了一下。不是睁开或者半睁开或者其他类似的动作,只是稍稍地抬起一点点眼皮,如果你是她,如果你在她的身体里,就可以透过睫毛看见外面。也许只足以区分外面的光和暗。

当时我并没有感到惊讶,也一点儿都不害怕。就在那一刹那,这一眼成了我对萨迪的所有了解的一部分,而且,也以某种方式成了属于我的特别经历的一部分。我没有想过要让其他任何人注意那件事,因为那不是为他们发生的,那完全是为了我。

妈妈又抓住我的手,说我们准备走了。她们又说了几句话,但似乎转眼之间我们就到了外面。

妈妈说:"表现不错。"她捏了捏我的手,说:"好了。过去了。"

她停下来和正往那座房子走的一个人说了几句话，然后我们上了车，开始开回家。我有种感觉，她希望我说些什么，甚至告诉她一些什么，但是我没有。

后来再也没有出现过那样的情形，事实上，萨迪很快就从我心里淡出了，因为上学给我带来了冲击，而我学会了用某种奇特的将极度惊恐和夸耀卖弄混合起来的方式去应对。其实，她的重要性在九月的第一个星期就减弱了，那时她说她得在家照顾父母，不能再为我们干活了。

后来妈妈发现她在乳制品厂工作。

然而，有很长一段时间，想到她时，我从没有怀疑过那件我相信是她显现给我看的事。很久很久以后，当我对任何非自然的显现再也提不起兴趣的时候，我仍然相信这件事发生过。我只是毫不费力地相信，就像你也许相信而且事实上也记得你曾经有另一副牙齿，尽管现在不见了，却真实存在过。直到有一天，我也许还只有十几岁的时候，心底某个模糊的空洞让我知道，我不再相信了。

夜晚

我小的时候，似乎没有一次孩子出生、阑尾破裂，或任何其他严重的身体状况不是和暴风雪同时发生的。道路会封闭，把车从积雪下面挖出来也无论如何是不可能的，于是人们不得不套上几匹马，把人送到镇上的医院去。幸运的是那时还有马——正常情况下已经不用养马了，但是战争和汽油限量供给改变了这一切，至少当时是这样。

所以，当我的体侧疼痛发作时，一定是在夜里十一点左右，也一定正刮着一场暴风雪，而且当时我们的马厩里没有马，我们不得不让邻居家的几匹马行动起来，送我去医院。路程不过一英里半，却仍然是一场历险。医生已经在等着了，他准备切除我的阑尾，没有人对此感到惊讶。

那个时候阑尾切除手术是不是比现在更为常见？我知道现在仍然有这样的手术，而且这很有必要，我甚至知道有一个人因为没有及时接受手术而死去。但在我的记忆中，这是不少与我同龄的人必须经历的一种仪式,绝对人数不算多,但也不那么令人意外,而且也许也并不那么让人不开心,因为那意味着不用去上学,还给予了你某种身份,使你暂时与众不同,因为你是被死亡之翼拂过的人。而这一切通常都发生在你人生中还能为这种事感到高兴的时候。

于是,我没有了阑尾,在病床上躺了几天,看着医院窗外的雪阴郁地飘过几株常绿植物。我想我从来没有考虑过父亲将如何支付这样的优待。(我想他卖掉了处理祖父的农场时留下来的一块林地。也许他曾经希望用那块林地捕鸟兽或者制枫糖。或者也许那能让他感到一种难以言说的怀旧乡愁。)

后来我回去上学了,很长时间都不用上体育课,时间长得超出必要,我感到很快活。一个星期六的早晨,我和妈妈单独在厨房的时候,她告诉我说我的阑尾在医院被切除了,正如我所以为的那样,但那不是唯一被切除的东西。医生认为当然有必要拿掉阑尾,但让他担心的主要是一个赘生物。一个像火鸡蛋那么大的肿瘤,妈妈说。

但是别担心,她说,已经过去了。

关于癌症的想法从来没有在我脑袋里出现过,她也从来没有提过。我想,如果是在今天,得知这样的真相后不追问下去,不去探查究竟是不是癌症,这是不可能的。我们想立刻知道是恶性的还是良性的。我们没有谈到这个问题,我能找到的唯一解释就是那个词周围笼罩着一团云雾,就像在提到性的时候一样。甚至更糟。性令人恶心,却一定有令人满足之处——我们知道的确如此,尽管我们的母亲没有意识到——而癌症,哪怕只是提到这个词,你也会想到某种黑暗的正在腐烂的臭不可闻的物体,甚至在把它踢到一边时,你都不愿意看它一眼。

因此我既没有问,也没有人告诉我,我只能假设它是良性的,或者以高超技艺被切除了,因为我现在还活生生地在这儿。我鲜少想起这件事,在我一生中每当需要说明接受过哪些手术时,我都很自然地只说或写"阑尾手术"。

和妈妈的这次谈话大约是在复活节期间,那时所有的暴风雪和堆积如山的雪堆都消失不见了,小溪涨满了水,冲刷着能够冲刷的一切,肆无忌惮的夏天正朝我们逼近。这里的气候从不拖延,也从不慈悲。

在六月上旬炎热的天气里我放假了,因为我的成绩很好,不用参加期末考试。我看上去状态不错,在家里做家务,和平常一样读书,没有人知道我有任何问题。

现在,我必须描述一下我和妹妹卧室里的布置。卧室很小,放不下两张并排的单人床,解决办法就是放一架双层床,有梯子可以让睡在上铺的人爬上去。那个人就是我。我年纪更小的时候喜欢逗弄人,会掀起薄薄床垫的一角,吓唬躺在下铺束手无策的妹妹说要往她身上吐口水。当然妹妹——她叫凯瑟琳——并不是真的束手无策。她可以躲在被单下面,但我的游戏就是一直留神注视,等到她因为憋闷或者好奇而忍不住伸出头来的时候,往她露出来的脸上吐口水,或者像模像样地假装吐口水,激怒她。

这时我已经太大了,确实太大了,不能开这种玩笑了。妹妹九岁，我十四岁。我们之间的关系一直不太稳定。我在不折磨她或用愚蠢的方法戏弄她的时候，就扮演资深顾问的角色，或者讲令人毛骨悚然的故事。我会用收在妈妈嫁妆箱里的旧衣服打扮她，那些衣服要是剪了缝被子太可惜，但穿的话又太过时。我会给她的脸上涂妈妈的旧饼状腮红和香粉，告诉她她是多么漂亮。她很漂亮，毫无疑问，虽然我给她画的脸让她看上去像个古怪的外国娃娃。

我不是想说我完全掌控着她，或者甚至说我们的生活总是紧密地联系在一起。她有自己的朋友，自己的游戏。那些游戏都倾向于模仿家庭生活，而不是寻求刺激。娃娃被放在婴儿车里推出去散步，有时小猫被穿上衣服代替娃娃，猫咪总是发疯似的想要出来。还有那种游戏环节，有人扮演老师，可以打其他人的手腕，让他们假装哭泣，因为他们干了各种违反纪律的事或者蠢事。

我说过，六月份我没去上学，一个人待着，我不记得在我成长过程中的其他任何时候再次经历过那样的日子。我在家里做家务，但到那时为止妈妈的身体还不错，可以做大部分的事情。或者也许当时我们还雇得起她——也就是妈妈——所说的女佣，虽然其他所有人都管那女孩叫雇工。不管怎样，我不记得当时有之后那些年的夏天需要应付的成堆的活，那时我心甘情愿地努力干活，尽量让家里保持体面。看上去，当时那个神秘的火鸡蛋一定给了我某种病弱者的形象，因此有一部分时间我可以像个客人一样四处闲逛。

不过没有某种特别的忧虑如影随形。如果忧虑存在，家里没有人能不受影响。这一切都发生在我的内心——感觉自己既无用又奇怪。也不是一直都无用。我记得蹲在那里削胡萝卜苗,每年春天你都得这么做,这样胡萝卜才能正常长大,可以食用。

一定只是因为工作没有像之前和之后的夏天一样,将一天当中的每一个时刻都填满。

也许这就是我的睡眠开始出现问题的原因。我想,刚开始,那意味着清醒地躺在那里直到午夜时分,并奇怪在家里其他人都陷入睡眠之时,自己为何如此清醒。我会读书,以寻常的方式让自己疲劳,然后关灯,等待。没有人会在这期间叫我,让我关灯睡觉。有生以来第一次(这一定也标志了某种特别的状态)我可以自己决定一件事。

白天的光线消失,深夜的灯光熄灭之后,要过一阵子家里才发生变化。将平日那些待做的、搁置的和业已完成的喧嚣事务放在身后,家变成了一个更为奇怪的地方,家里的人和支配他们生活的工作不见了,周围一切事物的用处消失了,所有的家具都隐匿起来,由于没有任何人关注而不再存在。

你也许认为这是一种解放。开始时也许是的。自由。陌生。但是我失眠的时间渐渐延长,终至整夜无眠,眼睁睁地看着黎明到来,我越来越心烦意乱。我开始念押韵的小诗,后来又念真正的诗歌,刚开始是为了让自己失去知觉,后来几乎是在不自觉地念。这个做法似乎在嘲弄我。当词语变得荒唐,变成最可笑的任意发声,我是在嘲弄我自己。

我不像真正的我了。

我一生中时不时地听人这样形容自己,却没有想过这可能是什么意思。

那么,你以为你是谁?

我也听过这样的说法,却没有将它和任何真正的威胁联系在一起,只是把它当作一种常规的讥讽。

再想想。

这时我想要的已经不是睡眠。我知道心无杂念地入睡是不可能的。也许甚至不值得向往。什么东西控制了我,击退它是我的责任、我的希望。我有这样做的意识,但似乎一点儿都不强烈。无论那东西是什么,它在试图告诉我去做些什么,都没有什么特定的原因,只是为了看看是否有可能如此行动。它告诉我没必要寻找动机。

只需要屈服。多奇怪啊。不是出于报复,或任何正常的原因,只是因为你心里想到了什么。

而我的确想到了。我越要把那个想法赶走,它越要回来。不是为了报复,也没有痛恨——正如我所说,没有原因,只有那个极度冰冷深刻的想法,与其说是冲动,不如说是沉思,就是这样的东西支配了我。我甚至想都不该去想,但我想到了。

那个想法就在那里,在我的心里挥之不去。

那个想法是我可以掐死妹妹,那个正在我的下铺熟睡的人,那个我在这个世界上最爱的人。

我可能这样做,不是出于忌妒、恶毒或愤怒,而是因为疯狂,在黑夜中,疯狂就躺在我身边。也不是那种残暴的疯狂,而是某种近乎玩笑的东西。一种似乎长久以来一直等在那里的、懒洋洋的、嬉笑着的、半迟钝的暗示。

它没准在说，为什么不呢。为什么不试试最糟糕的事呢？

最糟糕的。在这个最熟悉的地方，这个我们一直躺在里面而且自以为最安全的地方。我可能这样做，不是出于我或者其他任何人能够理解的原因，我只是忍不住。

需要做的是爬起来，走出房间，走到房子外面。我爬下一级级梯子，没有朝睡着的妹妹看一眼。然后静悄悄地走下楼，不惊动一个人，走进厨房，那里放置的一切我熟悉极了，不用开灯就能找到路。厨房的门并没有真的锁上——我甚至不太确定我们有门钥匙。一把椅子抵在门把手下方，如果有人企图进来，会弄出很大的声响。但如果慢慢地、小心翼翼地把椅子移开，就可以不发出任何声音。

第一夜之后，我可以流畅地完成这一系列动作，似乎只需要几秒钟就可以来到外面。

当然，外面没有街灯——我们离镇上太远了。

一切都变大了。房子周围的树总是以各自的名字被指称，山毛榉、榆树、橡树，但枫树我们总是不加区分地称之为枫林，因为它们紧靠在一起生长。现在所有的树都黑乎乎的。类似的还有白丁香树（花已经谢了）和紫丁香树，因为长得太大了，它们总被叫作丁香林而不是丁香丛。

房子前面、后面和旁边的草坪很容易走过，因为草坪是我亲手修剪的，我想让我们的房子看上去和镇上的房子一样体面。

房子的东侧和西侧面对的是两个不同的世界，或者说在我看来是如此。东侧朝着镇子的方向，尽管你看不到任何镇上的景象。在距离我们不到两英里的地方，房屋鳞次栉比，是配备着街灯和自来水的地方。虽然我说过你看不见这些，但实际上我不太确定如果你一直盯着看，能不能看见某种光亮。

西边是毫无阻断的蜿蜒的长河，一块块的农田，一片片的树林，还有一天天的日落。在我心里，这些和人或日常生活始终没有任何关系。

我来来回回地走，先是在房子周围，然后大着胆子走到更远的地方，我开始相信自己的视力，相信自己绝不会撞上水泵手柄或晾衣台。小鸟开始醒来，然后在树上啼唱——好像每一只鸟是分别想到要这么做的。它们醒得很早，比我以为的要早很多。但是在这些最早的晨起之曲过后，很快天空就开始泛白。猛然间我会被睡意侵袭。我回到家里，四周突然一片黑暗，我非常准确地、小心而无声地用椅子倾斜着抵住门把手，然后静悄悄地上楼，小心翼翼地开门和走路，虽然我似乎已经处于半梦半醒之中。我倒在枕头上，很晚才醒来——在我们家里，很晚的意思是八点钟。

之后我会记得前一天晚上的一切，但非常荒唐的是——糟糕的是这真的非常荒唐——我也可以非常轻易地忘记这一切。弟弟和妹妹已经去公立学校上学了，但他们的碗还在桌上，几粒炒米漂浮在剩余的牛奶里。

荒唐。

妹妹放学回来后我们会躺在吊床上荡来荡去，一人躺一头。

263

我就在那张吊床上度过了白天大部分的时间,这可能就是我晚上睡不着的原因。因为我没有提起失眠的事,所以没有人来告诉我这个简单的知识,就是我最好白天多活动活动,晚上会好睡着一些。

当然,随着夜晚降临,我的麻烦又回来了。恶魔再次控制了我。我非常清楚这一点,很快就起身离开床铺,不再假装情况会变好,只要足够努力就可以睡着。我和以前一样小心翼翼地走出去。我可以更容易地找到路;甚至在我眼里房子内部也变得更清楚同时也更加奇怪。我可以详细地描绘出厨房里的舌槽接合式天花板,那是在大约一百年前房子初建时就装上的,还有北边窗户的窗框,在我出生之前很久的某天夜里被关在家里的一条狗啃了一半。我想起来已经被完全遗忘的事情——我曾经有一个沙箱,放在妈妈透过北边的窗户看着我玩耍的地方。现在,原来放沙箱的地方蔓生着一丛绣线菊,它们长得太茂盛了,几乎挡住了屋里人的视线。

厨房东边的墙上没有窗户,但是有一扇通向走廊的门,我们在走廊上晾晒洗过的又湿又重的衣物,干了以后再收进来,不论是白色的床单还是厚重的深色工装裤,都散发着清新且令人欣喜的味道。

有时候,夜里走到门廊上时,我会停住脚步。我从不坐下,而是眺望镇子的方向,也许只是想吸收一点镇子的清醒理智,这会让我感到放松。很快所有人都会起来,去商店购物,去开门,去把牛奶拿进来,忙忙碌碌。

一天夜里，我说不清那是我夜游的第二十天或第十二天或者只是第八天或第九天，我有一种感觉，角落里有一个人，但那时我已经来不及改变步伐了。有人在那里等着，我只能继续走过去。如果我转过身去就会被发现，那会比迎面撞上更加糟糕。

那个人是谁？正是爸爸。他也坐在门廊上，看向镇子的方向和那几乎不存在的暗淡光亮。他穿着白天穿的衣服——深色工作裤，有点像工装裤但又不完全是，还有深色粗布衬衫和靴子。他在抽烟。当然，是他自己卷的烟。也许是烟味警示我还有另一个人在，但那个时候很可能烟草味无处不在，不论屋里屋外，因此不可能被察觉。

他说早上好，看似非常自然，其实这么说一点都不自然。我们在家里不习惯这样打招呼。并非我们不友善，只是认为没必要，我想，因为我们一天当中会时常碰面。

我也说早上好。一定是真的快到早上了，否则爸爸不会像那样穿着白天工作要穿的衣服。天空也许正在泛白，但仍然被茂密的树丛遮挡着。小鸟也在啼唱。我习惯了离开床铺的时间越来越长，尽管这并不像刚开始那样让我感到舒服。曾经只在卧室里和双层床上出现的可能性，现在已经蔓延到每一个角落。

现在回想起来，为什么当时爸爸没有穿着工装裤？他的打扮仿佛早上第一件事就是去镇上办事。

我无法继续散步，整个节奏被打破了。

"睡不着？"他问。

我的第一个念头是说不，但我想我很难解释说自己只是四处走走，于是说是的。

他说夏天的晚上睡不着很正常。

"你上床的时候筋疲力尽，以为自己就要睡着了，其实很清醒。是不是这样？"

我说是的。

现在我知道了，那天晚上不是他第一次听见我起来走动。他的牲畜就养在房子旁边，他的财物，虽然不怎么多，都在近旁，他在抽屉里放着一支枪，他当然会因为楼梯上最轻微的响动和门把手最细微的转动而惊醒。

我不知道，关于我睡不着这件事，他还想聊些什么。他似乎已经宣称失眠是件恼人的事，但仅此而已吗？我当然不想告诉他更多。如果他稍稍暗示他知道还有内情，甚至如果他暗示他来这里就是为了打探这个内情，我想他不会从我这里得到任何东西。我必须主动打破沉默，说我无法入睡。我不得不起来散步。

为什么？

不知道。

不是做噩梦？

不是。

"愚蠢的问题，"他说，"好梦不会让你从床上爬起来的。"

他让我期待继续说下去，他什么也没问。我本想退缩，却一直说了下去。实情被说破，几乎未经修改。

讲到妹妹时我说，我担心自己会伤害她。我相信这就够了，他会明白我的意思。

"我会掐死她。"我说。最终,我无法阻止自己。

现在我已经无法收回说出口的话,也无法变回之前的自己。

爸爸听见了我的话。他听见我认为自己会无缘无故地掐死熟睡的小凯瑟琳。

他说:"哦。"

然后他说别担心。他说:"有时候人们会有那样的想法。"

他说这句话的语气很严肃,没有任何惊恐或提心吊胆的惊讶。人们会有这样的想法,或者说担忧,但是不必真的担心,不过是一个梦,你可以这么想。

他没有特别指出我根本不会做出这样的事。似乎不如说他想当然地认为这样的事不可能发生。是乙醚的作用,他说。他们在医院里给你用的乙醚。和梦一样毫无意义。这不可能发生,就像流星不可能砸中我们的房子(流星当然可能砸中我们的房子,但那可能性太小了,可以忽略不计)。

但他并没有责怪我这么想。他不感到奇怪,他是这么说的。

他本来可以说其他的话。可以问我更多关于我对妹妹的态度或我对自己生活的不满之类的问题。如果是今天发生这样的事,他也许会为我约见心理医生。(我想我会为自己的孩子做这样的事,在过了一代人和有了更多的收入之后。)

事实是,他的做法也奏效了。这让我回到了我们居住的这个现实世界,没有嘲弄也没有警告。

人们会有一些他们宁可没有的想法。这样的事在生活中时有发生。

在如今这个年代，如果你以一个家长的身份生活得足够久，就会发现你既犯过自己根本不曾意识到的错误，也犯过自己一直都清楚知道的错误。你在心里变得多少有些谦卑，有时还很讨厌自己。我不认为爸爸有任何这样的感觉。我知道如果我责怪他用磨剃须刀的皮带或者裤腰带抽打我，他也许会说，管你高兴不高兴这样的话。在他心里，如果他记得的话，那些抽打不过是对一个幻想自己能够当家做主的多嘴多舌的孩子必要且适当的管束。

"你自以为很聪明吧。"这是他可能会说的惩罚的理由，在那个年代，人们的确会常听见这样的话，聪明被当作一个惹人讨厌的小魔鬼，应该挨一顿揍，让它不再顶嘴。否则他长大后就会自以为很聪明。或者她长大后。

然而，在那个即将破晓的清晨，他说了我恰恰需要听到的话，即便这些话我很快就会忘记。

我想他穿着好一些的工作服也许是因为他约好了早晨去银行，然后发现——这并没有让他感到惊讶——还贷期限无法被延长。他尽量努力工作，市场却没有好转，他必须找到一个新的办法供养我们，同时付清我们当时的欠款。或者也许他发现妈妈发抖的症状有一个名称，那症状不会停止。或者他爱的是一个不讲道理的女人。

没关系。从那以后我睡得着了。

声音

妈妈小时候会和全家人去跳舞。舞会在校舍举办,有时也在一家客厅足够大的农舍举办。年轻人和老年人都去。有人弹钢琴,家里的钢琴或学校的钢琴,还有人会带来一把小提琴。方块舞的舞步复杂,某个被公认为有特别天赋的人(每次都是男人)会喊出舞步,用一种古怪的、近乎绝望的急迫语气扯开嗓门叫喊,但那根本没用,除非你本来就会跳这种舞。事实上每个人都会跳,他们十岁或十二岁时就学会了所有舞步。

现在妈妈已经结婚,有了我们三个孩子,但她的年龄和性格却让她仍然喜欢这样的舞会,如果她还住在仍然举办这种舞会的真正的乡下的话。她也会喜欢那种双人跳的圆舞,这种舞在某种程度上正在渐渐取代老式舞。但是她的处境比较尴尬。或者说我们的处境。我们家不在镇上,也不在真正的乡下。

爸爸比妈妈受欢迎多了,他相信随遇而安。妈妈不是这样。她在农场长大,却脱离了那里的生活,成了一名老师,这还不够,还没有给她想要的身份，没让她结交上镇上的朋友。她住在不该住的地方，没有足够的钱，但反正她也没能力拥有那些。她会打尤卡牌，但不会打桥牌。她看到女人抽烟会感觉受到冒犯。我想人们觉得她太固执己见了，说话也过于符合语法规则。她用"乐意之至"和"的确如此"这样的词。听上去好像她在一个总这么说话的奇怪家庭长大。其实不是。他们不这么说话。在农场，我的阿姨和舅舅说的话和所有其他人一样。他们也不太喜欢妈妈。

并不是说她时时刻刻都在希望事情会有所不同。和其他所有女人一样，她得把洗衣盆拖进厨房，家里没有自来水，她还得用夏天的大部分时间准备过冬的食物，忙个不停。如果有时间，她一定会对我失望，但她甚至没有时间去想为什么我从没有从镇上的学校带合适的朋友或任何朋友回家。或者为什么我躲避主日学校的朗诵，要知道，以前我会牢牢抓住这样的机会。为什么我回家时头上的发卷被扯了下来——事实上我在进学校之前就干了这件有亵渎意味的事，因为没有人梳她给我梳的发型。或者究竟为什么我学会了抹去曾经拥有的惊人的背诵诗歌的记忆力，拒绝再用这样的技艺去炫耀。

而我并非一直闷闷不乐，争吵不休。至少那时还没有。那时我大约十岁，所渴望的只是好好打扮一番，陪妈妈去跳舞。

舞会在我们那条路上一座还算体面但看上去并不富有的房子里举行。那是一座很大的木头房子，我对住在其中的人一无所知，只知道男主人在铸造厂上班，虽然他的年纪已经大到足以做我的爷爷。那个时候你不会主动离开铸造厂，而是能干多久就干多久，为将来不能工作的时候存钱。即使在我后来懂得称之为"大萧条"的那段时期，发现自己不得不靠政府养老金生活都是一件不光彩的事。而无论自身的处境多么窘迫，成年儿女让父母靠政府养老金生活，也同样是一件不光彩的事。

现在我想起来一些当时没有想到的问题。

住在那座房子里的人举办舞会只是为了制造欢庆的气氛吗？还是他们为此收费？也许他们发现自己处境艰难，即使家中的男人有一份工作。医药费。我知道那会给一个家庭带来多么沉重的负担。我的妹妹，就像人们常用的形容，体弱多病，她的扁桃体已经被切除。弟弟和我每年冬天都会犯严重的支气管炎，需要医生出诊。请医生需要花很多钱。

我本该感到奇怪的另一件事是为什么被选中陪伴妈妈的是我，而不是爸爸。但这其实并不太费解。也许爸爸不喜欢跳舞，妈妈却喜欢。而且，家里有两个小孩子需要照顾，我还不够大，不能照顾他们。我不记得父母雇过临时保姆。我甚至不确定那个时候人们是否熟悉这个词。我十几岁时做过临时保姆，但时代已经不同了。

我们打扮得漂漂亮亮。在妈妈记得的乡村舞会上，从来没有后来会在电视上出现的那些大胆的方块舞服装。每个人都穿上自己最好的衣服，如果不这么做，不以乡下人所谓荷叶边加颈巾的盛装出席，就是对主人和所有其他人的侮辱。我穿着妈妈给我做的柔软的冬季羊毛长裙。裙摆是粉红的，上身是黄色的，左边胸口处用粉红色毛线织了一个心形图案。我的头发经过梳理，沾湿后编成长而粗的香肠似的发卷，每天我都会在上学路上把这些发卷弄乱。我曾经抱怨，除了我要梳着这样的发型在舞会上跳舞，没有人把头发梳成这样。妈妈反驳说别人没我这么幸运。我不再抱怨，因为我太想去舞会了，也或者因为我认为舞会上不会有学校的人，所以没关系。我害怕的永远是学校同学的嘲笑。

妈妈的裙子不是自己做的。那是她最好的裙子，漂亮得不适合穿去教堂，喜庆得不适合穿去葬礼，因此她很少穿。裙子是黑色天鹅绒做的，袖子到胳膊肘，领口很高。奇妙的是胸前缝满了金色、银色和其他各种颜色的小珠子，在灯光下随着她的每一个动作或每一次呼吸而闪耀变幻。她把当时几乎全黑的头发编成辫子，然后用发夹将辫子在头顶上紧紧地束成发冠。如果她是别人，不是我的妈妈，我会认为她漂亮得摄人心魄。我想我的确发现她很漂亮，但是一走进那座奇怪的房子，我就不得不注意到她最好的裙子和所有其他女人的裙子都不一样，尽管她们也一定穿上了自己最好的裙子。

我所说的其他女人在厨房里。我们就在那里停下，看摆放在一张大桌子上的东西。各种各样的水果馅饼、曲奇饼、馅饼和蛋糕。妈妈也放下她自己做的一些漂亮点心，忙碌地摆弄着，让点心看上去更好看。她评论说桌上的每一块点心看上去都令人垂涎。

我能肯定她说了那个词吗——令人垂涎？无论她说了什么，听上去都不太对劲。当时我希望在那儿的人是爸爸，他说的话总能恰当应景，甚至在他的话遵循语法规则的时候。他在家里会守语法规则,但在外面不太乐意那么说话。他能自然地加入正在进行的无论什么谈话之中,他明白需要做的就是永远不说任何与众不同的话。妈妈却恰恰相反。她说的每一句话都清楚干脆,都是为了吸引注意。

现在正是那样的情况,我听见她在笑,笑得很高兴,仿佛是对没有人和她说话的补救。她在询问我们可以把大衣放在哪里。

结果是我们可以把大衣随便放在哪里,但是如果我们愿意,有人说,可以放在楼上的床上。要上楼必须爬上一段两边是墙壁的楼梯,楼梯里没有灯,要到楼上才有。妈妈让我先去,她一会儿就来,于是我去了。

这里的问题可能是参加舞会是否真的需要付钱。妈妈可能留在下面处理钱的事。不过,如果人们需要付钱,还会带这么多点心来吗?那些点心真的像我记忆中那么丰盛吗?在每个人都很穷的情况下?但是也许他们已经感觉不那么穷了,因为战争期间有了一些工作机会,士兵也会寄钱回家。如果当时我真的是十岁——我记得是十岁,那么这些变化已经有两年了。

厨房和客厅各有一个楼梯口,两段楼梯汇合成一段之后通向楼上的卧室。我在收拾过的第一间卧室脱掉大衣和靴子之后,仍然能听见妈妈在厨房里的响亮声音。我也能听见客厅传来的音乐声,于是下楼朝客厅走去。

除了钢琴,房间里的所有家具都被移走了。窗户拉上了我认为特别单调的墨绿色的布窗帘。但是房间里的气氛并不单调。很多人在跳舞,端庄地互相搂抱着,在小小的圈子里拖着脚走着舞步或者摇摆着身体。两个还在上学的女孩在跳刚刚流行起来的舞,面对面做出方向相反的动作,有时候拉着手,有时候不拉手。她们看见我的时候还微笑着以示招呼,我高兴得仿佛心都融化了,任何比我大的自信女孩注意到我的时候,我都会这样。

房间里有一个你不可能注意不到的女人,她的裙子一定会让妈妈的裙子黯然失色。她一定比妈妈大不少——她有一头白发,梳成光滑精致的所谓大波浪,紧贴头皮。她身材高大,宽肩丰臀,穿着一条金橙色塔夫绸长裙,方形的领口开得很低,裙摆刚过膝盖。短袖紧紧地裹着她的手臂,手臂上的肉丰满、光滑、雪白,像猪油一样。

这是令人惊讶的情景。我从前不曾想到会有人看上去既年老又精练,既结实又优雅,如此大胆却又如此端庄。你可以说她厚颜无耻,也许后来妈妈就是这么说的——她会用这样的词。更宽容的人大约会说优雅庄重。除了裙子的式样和颜色之外,她并没有真的在炫耀。她和那个陪伴她的男人彬彬有礼地、甚至有点心不在焉地跳着舞,就像一对夫妻。

我不知道她叫什么。我从没见过她。我不知道她在我们镇上声名狼藉,说不定还传到了更远的地方。

我想如果我是在写小说而不是回忆曾经发生过的事的话,我绝不会让她穿那条裙子。她不需要这样的广告。

当然,如果我住在镇里,而不是每天走读上学,也许就会知道她是个有名的妓女。我就一定会在某个时候看见她,就算她没穿这条橘色的裙子。我不会用妓女这个词。坏女人,我更可能这么说。我会了解到她身上有某种恶心、危险、兴奋和大胆的东西,却并不确切地知道那是什么。如果有人试图告诉我,我想我不会相信他们。

镇上有好几个人看上去与众不同,也许对我来说她只会是其中之一。有一个驼背男人,每天都把镇政厅的大门擦得锃亮,据我所知他除此之外什么都不做。还有一个看上去很正常的女人,总是不停地高声自言自语,责骂根本看不见的人。

我最终会知道她叫什么,并发现她真的做了我不相信她会做的事。而那个我看见和她跳舞的男人——他的名字我大概从未知晓——是台球室的老板。上中学时,有一天,我和几个女孩经过台球室,她们激我走进去,我进去了,他就在里面,是同一个人。尽管彼时的他头发更加稀疏,身材更加粗壮,穿着更加破旧。我不记得他对我说过什么,但他没有必要对我说话。我飞快地跑回朋友身边——她们终究不算真的朋友——什么也没有告诉她们。

看见台球室老板的时候,我回想起那天舞会的整个场景,嘭嘭作响的钢琴和小提琴的乐声,那时的我认为滑稽可笑的橘色裙子,妈妈的突然出现,她身上还穿着可能根本就没有脱下的大衣。

她站在那里,穿透音乐用我特别不喜欢的那种声调叫我,那声调似乎在专门提醒我,我能来到这个世界,全要归功于她。

她说:"你的大衣在哪里?"好像我把衣服放错了地方。

"在楼上。"

"那就去把它拿下来。"

如果她去过楼上就会看见大衣在那里。她一定没有走出过厨房，她一定一直在忙着摆弄点心，大衣只是解开了扣子，却没有脱下，直到她朝跳舞的房间看去，认出那个穿橘色裙子跳舞的人。

"别磨蹭。"她说。

我没想磨蹭。我打开通向楼梯的门，跑上几级台阶，发现转弯处坐着几个人，挡住了我的路。他们没有看见我来，似乎正专注于某件严肃的事情。准确地说，并不是在争论，而是在急迫地交谈。

其中两个是男人。穿着空军制服的小伙子。一个坐在台阶上，另一个坐在下面一级台阶上，向前俯着身子，一只手放在膝盖上。一个女孩坐在他们上面那一级台阶上，最靠近她的那个男人正安慰地轻拍她的腿。我想她一定是在狭窄的楼梯上摔倒了，摔疼了，因为她在哭。

佩姬。她叫佩姬。"佩姬，佩姬。"两个小伙子在说，声音急迫而不失温柔。

她说了句什么，我没听清楚。她的声音有些孩子气。她在抱怨，是那种抱怨什么事不公平的语气：一遍又一遍地说某件事不公平，但声音充满绝望，仿佛你并不指望那件不公平的事会得到纠正。在这样的情形下另一个会被用到的词是"讨厌"。太讨厌了。某人太讨厌了。

回家后听妈妈跟爸爸的谈论，我知道了发生的一些事情，但没能弄明白。台球室老板开车带哈奇森太太来到舞会上，当时我还不知道那个人是台球室老板。我不知道妈妈用了什么名字叫他，但很遗憾他的行为让她感到惊愕。要举办舞会的消息不胫而走，艾伯特港——也就是空军基地——的几个小伙子也决定来参加舞会。当然，这没有问题。空军小伙子没有问题。哈奇森太太才是那个不受欢迎的人。还有那个女孩。

她带来了她们那儿的一个女孩。

"也许就是出来玩玩，"爸爸说，"也许只是想跳舞。"

妈妈似乎甚至没有听见爸爸的话。她说真倒霉。你指望度过一段美好时光，在邻居家好好跳舞，结果这一切都给毁了。

我有评价年纪稍大的女孩长相的习惯。我不认为佩姬特别漂亮。也许她化的妆被哭花了。她盘起来的灰褐色头发从发夹上散落了下来。她的指甲涂了指甲油，但看上去依然像是被啃过。她看上去并不比我认识的那些哼哼唧唧畏畏缩缩永远在抱怨的比我大些的女孩成熟多少。然而那几个小伙子对待她的样子就仿佛她永远都不该遭遇任何艰难时刻，她天生应当被宠爱被满足，接受众人俯首。

其中一个小伙子递给她一支卷好的烟。我认为这个行为是一种款待，因为爸爸只给自己卷烟，我知道的所有其他男人也都一样。但是佩姬摇摇头，用那种受了伤的语气抱怨说她不抽烟。然后另一个小伙子给她一块口香糖，她接了。

发生了什么？我无法知道。给她口香糖的小伙子在翻口袋时注意到我，他说："佩姬？佩姬，我想这个小姑娘要上楼去。"

她低下头，所以我没法看到她的脸。经过时我闻到了香水味。也闻到了他们身上的烟草味，还有男人穿的羊毛制服和亮锃锃的靴子的气味。

我穿上大衣下楼来时他们还在那里,但这一次他们知道我要来,所以在我经过时没有说话。不过佩姬大声地抽了一下鼻子,最靠近她的小伙子不停地抚摸着她的大腿。她的裙摆被拉了上去,我看见了她长袜的吊带。

有很长时间我一直记得那些声音。我仔细回味那些声音。不是佩姬的声音。是那两个小伙子的声音。现在我知道,战争初期驻扎在艾伯特港的一些空军士兵来自英国,当时正在那里受训,为参与对德作战做准备。因此我怀疑,是不是英国某地的那种口音令我觉得如此温柔迷人。但毫无疑问,我以前从没有听过一个男人那样说话,那样对待女人,仿佛她是一个如此美好珍贵的造物,无论有哪种不友善的事发生在她身边,都违背了律法,都是罪恶。

我认为是什么事让佩姬哭泣?当时我对这个问题没什么兴趣。我自己就不是一个勇敢的人。在第一所学校上学时,放学回家的路上被追赶、被人用木瓦打的时候,我哭了。镇上学校的老师当着全班同学的面单单把我挑出来,展示我乱七八糟的书桌的时候,我哭了。她因为这个问题给妈妈打电话,妈妈挂上电话时哭了,她因为我没有为她争光而饱受痛苦。似乎有些人天生勇敢,有些人却并非如此。一定有人对佩姬说了什么,于是她在那里抽鼻子,因为她和我一样不是厚脸皮。

没有什么特别的理由,我认为惹她的一定是那个穿橘色裙子的女人。一定是个女人。因为如果是男人,安慰她的某个空军士兵一定惩罚过他了。让他说话当心,也许还把他拖出去揍了一顿。

因此我感兴趣的不是佩姬,不是她的眼泪或她那悲伤的样子。她有太多地方让我想到了自己。我感到惊奇的是安慰她的人。他们仿佛甘愿在她面前俯首低眉、剖献忠心。

他们一直在说什么?没什么特别的。没事了,他们说。没事了,佩姬,他们说。好了,佩姬。没事了。没事了。

如此友善。有人可以如此友善。

的确,这些来到我们国家接受训练以执行轰炸任务——后来他们很多人因此丧生——的小伙子,可能只是带着最普通的康沃尔郡或肯特郡或赫尔市或苏格兰的口音。但在我看来,他们似乎一开口就是在送出某种祝福,即刻的祝福。我没有想过,他们的未来和灾难紧密相连,或者他们平凡的生命会从窗户飞出去,在地上摔碎。我只想到祝福,能接受祝福是多么奇妙,那个佩姬是多么幸运,又多么不配。

不知道有多长时间,我一直想着他们。在又冷又黑的卧室里,他们轻轻摇晃着我入眠。我可以让他们出现,让他们的脸出现在我眼前,让他们的声音出现在我耳边,但是,哦,不仅如此,现在他们的声音只给我一个人听,没有什么多余的第三方。他们的手在祝福我细瘦的腿,他们的声音在向我保证,我,同样值得被爱。

他们的模样和声音仍然存在于我并非完全关乎情爱的幻想之中,但其实他们早已离开。有些人,很多人,一去不返。

亲爱的生活

我年少时住在一条长长的路的尽头,或者说一条在我看来很长的路的尽头。我从小学(后来从中学)走回家的时候,身后是真正的镇子,镇上有热闹的活动,有人行道,有天黑之后亮起的街灯。小镇尽头的标志是横跨梅特兰河的两座桥:一座是窄窄的铁桥,桥上的汽车有时候会遇到麻烦,为究竟哪辆车应该停在路边等另一辆车先行而困扰;另一座是人行的木桥,桥面偶尔会缺一块木板,你低下头就可以看到匆匆流过的闪亮河水。我喜欢那样,但最后总会有人来把木板铺上。

还有一座小山谷,几座摇摇欲坠的房子,每年春天都被水淹,但总有人(不同的人)来住在里面。还有一座桥,桥下是磨坊的引水塘,水塘很窄,但很深,足以淹死人。过了那里,道路就岔开了,一条向南顺山而上,然后再次越过河流,变成真正的公路,另一条则不紧不慢地绕过古老的露天市场,向西拐去。

那条通往西边的路就是我走的路。

还有一条通往北边的路，有一段虽然短却货真价实的人行道，路边几座房子挤在一起，好像那儿是镇上一样。其中一座房子的窗户上有块招牌，写着"萨拉达茶"，说明那里卖过食品杂货。还有一所学校，我在那里上过两年学，并且希望永远不要再看见它。之后，妈妈让爸爸在镇上买了一座旧棚屋，这样他就要在镇上缴税，而我就可以去读镇上的学校了。结果后来发现她没有必要那么做，因为就在我开始去镇上上学的那一年，就在开学的那个月，加拿大对德国宣战了，同时，原来的那所学校——在那里，霸凌者抢走我的午餐，威胁要揍我，似乎没有人能在那片吵闹之中学到任何东西——仿佛中了魔法似的安静下来。很快学校就只剩下一间教室和一个老师，那个老师在休息时也许连教室的门都不锁。那些总是用虚夸的、吓人的话问我想不想被睡的男孩，现在似乎迫切地想要工作，正如他们的哥哥迫切地参了军一样。

我不知道学校的厕所那时是否得到改善，上厕所曾经是最糟糕的事。不是说我们在家里不用室外厕所，只是家里的厕所很干净，地上甚至铺了油毡。在那所学校里，出于轻蔑或不论什么原因，似乎没有人费心去对准那个坑。从许多方面来看，我在镇上的日子也不会好过，因为其他所有人都是从一年级就在一起了，而且有很多东西我还没有学，但是看到新学校干净的座位，听见令人联想到都市高尚生活的抽水马桶冲水声，我感到安慰。

在第一所学校上学时，我交了一个朋友。一个女孩在二年级中途来插班，后来我叫她黛安娜。她和我年纪相仿，住在那些门前有人行道的房子中的一座。有一天她问我会不会跳苏格兰高地舞，我说不会，于是她主动要求教我。我们心里惦记着这件事，放学后就去了她家。她妈妈死了，她和爷爷奶奶一起住。她告诉我，跳苏格兰高地舞要穿踢踏舞鞋，她有，当然我没有，但我们的脚差不多大，她教我的时候我们可以换鞋穿。最后我们渴了，她奶奶给我们喝了一点水，那是从很浅的大口井里打上来的很难喝的水，跟学校的水一样。我解释说我们家里喝的是从钻得很深的管井里打上来的更好的水，她奶奶一点儿也不气恼，她说希望他们也有那样的水。

但是后来，很快，妈妈出现在房子外面，她去过学校，发现了我的去处。她按响车喇叭唤我离开，甚至对奶奶友好的挥手告别视若无睹。妈妈不经常开车，一旦开车气氛总是紧张严肃。回家路上，我被告知以后永远不可以再到那座房子里去。（要做到这件事情并不难，因为几天后黛安娜就不来上学了——她被送到了别的地方。）我告诉妈妈，黛安娜的妈妈死了，她说是的，她知道。我告诉她学苏格兰高地舞的事，她说我以后可以通过恰当的途径学，但不是在那座房子里。

那时我没有发现，我不知道我是什么时候才发现的，黛安娜的妈妈是妓女，死于某种似乎妓女才会得的病。她想被埋在家乡，我们教堂的牧师主持了仪式。关于他当时引用的《圣经》经文，人们有些争议。有些人觉得他应该省略这一句，但妈妈坚信他做得对。

罪的工价乃是死。

妈妈告诉我这个是在很久以后，或者似乎是在很久以后，那段时间我处于痛恨她所说的很多话的阶段,特别是当她用那种短促的甚至颤抖的、深信不疑的语气说话的时候。

我时不时地会遇到她奶奶。她总是对我微微一笑。她说我能一直上学真好,然后告诉我黛安娜的情况,有相当长一段时间她也在继续上学,无论是在哪里,但没有我上学的时间长。按照她奶奶的说法,她后来在多伦多一家餐馆找了一份工作,穿着镶有亮片的服装上班。那时我已经够大了,也变得够刻薄,臆断那大概是一个要把镶亮片的衣服脱下来的地方。

黛安娜的奶奶不是唯一认为我上学时间很长的人。在我必经的那条路上,有不少房子之间的间隔比镇上的要大,但房子周围的土地并不归房主所有。其中一座盖在一个小山丘上,主人是威特伊·斯特里茨,一个只有一条胳膊的一战老兵。他养了几只羊,有一个太太,那么多年里我只在她用水泵给饮水桶装水的时候见过她一次。威特伊喜欢拿我上学时间很长这件事情开玩笑,说我总是考试不及格,所以一直不能毕业,真是遗憾。我也开玩笑回敬他,假装那是真的。我不确定他是不是真的那么以为。这就是你认识路边的人和他们认识你的方式。你会说你好,他们也会说你好,然后聊聊天气,如果他们有车而你在步行,他们会捎你一段。这里不像真正的乡下,在那里人们往往彼此了解对方家里的内情,并且每个人的谋生方式都差不多。

我完成中学学业的时间并不比任何一个完整读完五个年级的人所要花的时间更长。但是很少有学生上完五年。那个时候没有人指望进入九年级的学生能够全部升上十三年级后毕业,被知识和正确的语法全副武装。有人去兼职，渐渐地兼职变成全职。女孩子结了婚，然后有了孩子，或者有了孩子，然后结了婚。在十三年级，原来的学生只剩下大约四分之一，班上弥漫着一种学业有成的氛围，一种庄严的成就感，或者也许只是一种宁静的不切实际的特别感觉，无论后来你怎么样。

我感觉自己仿佛和在九年级时认识的大多数人之间隔了一辈子的距离，更不用说在第一所学校认识的人了。

每当我拿出伊莱克斯吸尘器清理地板的时候，餐厅一角的某样东西总让我有点吃惊。我知道那是什么，一个看上去崭新的高尔夫球袋，里面装着高尔夫球杆和球。我只是好奇这个东西怎么会在我们家里。我对这项运动几乎一无所知，但知道打高尔夫的都是哪种人。他们不像爸爸那样穿工装裤——虽然进城时他会穿上好一些的工作裤。在某种程度上，我能想象妈妈穿着打高尔夫穿的那种运动服，用丝巾扎起随风轻扬的纤细头发。但想不出她真的击球入洞的样子。显然她不可能做出如此轻浮的动作。

某段时间她一定不甘平凡。她一定以为她和爸爸会让自己变成不同的人，变成那种可以享受一些休闲的人。高尔夫。宴会。也许她说服自己相信某些界线并不存在。她设法离开了处于荒凉的加拿大地盾上的农场，一个远比爸爸出生的农场更令人绝望的地方，成了一名老师，她说话的方式让自己的亲戚在她周围时都感到不自在。她大概以为，经过这样的努力奋斗之后，她到哪里都会受欢迎。

爸爸的观念却不同。他并不认为镇上的人或其他任何人真的过得比他好。但他相信也许他们是这么想的。而他宁愿永远不给他们表现出这一点的机会。

在关于高尔夫这件事上，似乎是爸爸赢了。

并不是说他满足于按照父母期望的方式生活，接管他们不错的农场。当他和妈妈将曾经生活的地方抛在身后，在一座他们不了解的镇子附近的一条道路尽头买下这块地的时候，他们的想法几乎一定是通过养银狐——后来是养水貂——致富。爸爸还是个孩子的时候，就发现比起在农场帮忙或者读中学，自己更喜欢循着陷阱寻找猎物，而且这也会让他比以往任何时候都更有钱。他突然就有了这个念头，并且，就像他想的那样，一辈子都在实施这个念头。他把攒的所有钱都投了进去，妈妈也拿出她当老师存下来的钱。他盖了给动物住的畜栏和畜棚，围起铁丝围栏，以防关在里面的动物跑出去。这块地有十二英亩，大小正好，有一块牧场以及足够的牧草，可以养我们自己的牛和等着喂给狐狸吃的老马。牧场一直伸向河边，上面种了十二棵榆树。

现在回想起来，当时我们经常屠宰动物。老马得变成肉，每年秋天都会有一部分毛皮动物被宰杀，只留下用来育种的动物。但我对此习以为常，我可以轻易地忽视这一切，为自己营造一个净化后的场景，像是我喜欢的书里会有的那种场景，比如《绿山墙的安妮》或《银色森林的芭特》。带给牧场绿荫的榆树，波光粼粼的河水，以及从牧场上面的河岸涌出的令人惊喜的泉水为我提供了帮助。牛和难逃一死的马都喝泉水，我也带一只锡铁杯子接泉水喝。四周总是有新鲜粪便，但我完全忽视它们，绿山墙的安妮一定也是这么做的。

那个时候，有时我得帮爸爸干活，因为弟弟还太小。我用水泵打新鲜的水，在一排排的畜栏边走过来走过去，清理它们的饮水罐，然后给里面重新注满水。我喜欢这些工作。工作的重要性和频繁造访的孤独正是我所喜欢的。后来，我得留在屋里帮妈妈干活，我的话语之中充满怨恨和好斗的情绪。这就叫"顶嘴"。我伤害了她的感情，她说，结果就是她会到牲口棚去向爸爸告我的状。他不得不中断工作，用皮带抽我一顿。（当时这不是罕见的惩罚。）被打之后，我会躺在床上哭，计划离家出走。但是那个阶段也过去了，十几岁时我变得温顺，甚至快活，擅长幽默地讲述我在镇上听到的事或者学校发生的事。

我们家的房子比较大。我们不清楚房子究竟建于何时，但应该不到一百年，因为一八五八年是第一个移民在博德明——这个地方现在已经消失了——定居的那一年，他为自己造了一只木筏，沿着河顺流而下，砍掉树木清理出一片土地，那里后来变成一个完整的村庄。那座早先的村庄很快就有了一家锯木厂，一家旅馆，三座教堂，以及一所学校，也就是我上的第一所学校，那所让我如此害怕的学校。后来河上建起一座桥，人们渐渐明白，住在河对岸的高地上会方便很多，于是最初的定居点慢慢缩小，变成我刚才说过的破旧不堪的古怪的半座村庄。

我们的房子不会是早期定居者最初建起来的那批房子之一，因为它的外墙是砖砌的，而那些最早的房子都是木头的，也许它是在之后没多久建的。它背对着村子；面朝西边，对面是微微倾斜的农田，农田一直向下延伸到一道被遮住的转弯处，河流就在那里转了一个所谓的"大弯"。河那边是一片墨绿色的常青树林，可能是雪松，距离太远了，难以看清。在更远处，另一座山坡上，有一座房子，远远看去很小，正对着我们的房子，我们从不去做客，也无从了解，对我来说那就像故事里小矮人的房子。但是我们知道住在那里的那个男人的名字，或者说有一段时间他住在那里，因为现在他可能已经死了。罗利·格兰，这是他的名字，除了这个像故事里的小矮人会有的名字，他在我现在正在写的文字里不再扮演角色，因为这不是故事，只是生活。

妈妈在生我之前两次流产，因此一九三一年我出生的时候，他们一定感到心满意足。但那个年代，前景越来越灰暗。事实是爸爸开始做毛皮生意的时间有点儿晚了。他所期望的成功也许在二十年代中期更可能获得，那正是毛皮刚开始流行，人们也有钱购买的时候。但那时他还没有开始做这一行。不过，我们仍然挺了过来，挺到了战争初期，挺过了整个战争时期，在战争结束时生意一定还有过一阵令人鼓舞的好转，因为就在那年夏天爸爸修整了房子，在原来的红砖外面刷了一层棕色涂料。房子砖块和木板装配的方式有点问题；它们本该把寒冷挡在外面，却发挥不了应有的作用。据说刷一层涂料会有所帮助，然而我记不起来这层涂料发挥过作用。我们还有了一间浴室，没有用过的升降架成了厨房里的橱柜，带明楼梯的大餐厅变成了带封闭楼梯的普通房间。

这个变化给我带来某种难以言说的安慰,因为爸爸以前老在餐厅打我,痛苦和羞愧让我恨不得死掉。而现在房间的改变让人甚至很难想象会有这样的事情发生。我上中学了,每一年都学得更好,因为我们不再学习如何缝褶边和用正确的握笔姿势写字,社会课被历史课取代,而且可以学习拉丁文。

然而,在那个季节的重新装修带来乐观情绪之后,我们的生意却再次陷入困境,这一次没能再恢复过来。爸爸把所有的狐狸剥了皮,然后是水貂,换来少得可怜的钱,那时他白天拆毁那些见证了那项事业诞生和消亡的牲口棚,下午五点钟到铸造厂去上晚班,半夜十二点左右才回家。

我一放学就回家给爸爸做午饭。我煎两块腌火腿,浇上很多番茄酱。我给他的保温瓶装满浓浓的红茶,还装进一个涂了果酱的麦麸松饼,或者厚厚的一块自制煎饼。星期六,有时候我做煎饼,有时候妈妈做,虽然她的烘焙技术越来越靠不住了。

有一件事正向我们袭来,比收入减少更加出人意料,更加具有毁灭性,尽管我们当时还不知道。那就是早期帕金森病,症状在妈妈四十多岁时出现。

开始情况还不太糟。她的眼睛只是偶尔几次恍惚地往上翻,由于口涎溢出而生出的唇边汗毛还不太明显。早晨她可以在别人帮助下穿上衣服,偶尔还能做些家务。在令人惊异的很长一段时间里,她一直保持着力气。

你可能觉得这过于糟糕了。生意不在了,妈妈也健康不再。在小说里这样是不行的。但奇怪的是我不记得那段时间不快乐。

家里并没有被特别绝望的情绪环绕。也许那时我们还不知道妈妈的身体状况不会好转，只会恶化。至于爸爸，他有力气，而且在很长时间里都会如此。他喜欢在铸造厂一起工作的人，那些人大多数都和他一样，生活在某个方面走了下坡路，或者增添了额外的负担。他喜欢上半夜巡夜以外的那些富有挑战性的工作。他得把融化的金属水倒进模具里。铸造厂制造老式的炉子，销往世界各地。这是项危险的工作，靠你自己小心，爸爸是这么说的。而且报酬不错——这对他是件新鲜事。

我觉得他很高兴能走开，哪怕是去做这种辛苦又危险的工作。离开家，和那些各有麻烦却尽力而为的人做伴。

他一走我就开始做晚饭。我可以做些自认为富有异国情调的饭菜，比如意大利面或煎蛋饼，只要便宜就行。洗过碗之后——妹妹得把碗擦干，弟弟被我唠叨烦了才把洗碗水倒进外面黑暗的田野（我自己可以倒，但我喜欢发号施令），我坐下来，把脚放进取暖的烤炉——炉子的门掉了，读从镇图书馆借来的厚厚的小说。《独立的人们》描写的是冰岛生活，比我们那时的生活艰苦得多，但有一种绝望的伟大；《追忆似水年华》涉及的内容我完全不能理解，但并不能因此就放手；《魔山》写的是肺结核，其中包含高强度的论辩，一方似乎是关于生活的令人振奋的进步观点，另一方则是某种阴郁的、有些令人震颤的绝望。在这段宝贵的时间里我从来不做家庭作业，但在考试前我会全力以赴地学习，几乎熬通宵，往脑袋里塞满各种我应该知道的东西。我有惊人的短期记忆能力，足以满足学习考试的要求。

289

尽管有种种困难，我仍然相信自己是个幸运的人。

有时候妈妈会和我聊天，聊的大多数是她年轻时的事。那时我很少反对她看待事物的方式。

有好几次，她对我说起一个故事，和现在属于那个叫威特伊·斯特里茨的老兵的房子有关，就是那个对我花那么长时间完成学业感到惊奇的人。故事和他无关，而是关于某个早他很久住在那座房子里的人，一个叫内特菲尔德太太的疯老女人。内特菲尔德太太和我们大家一样，打电话订购食品杂货，请人送货上门。妈妈说，有一天杂货商忘了把黄油放进去，或者她忘了订，就在送货的小伙子打开卡车后面的门时，她发现了这个疏漏，变得很生气。从某种程度上说，她有所准备。她随身带着斧子，于是把斧子举起来，像是要惩戒那个小伙子，尽管，当然，这不是他的错。他跑到驾驶座上，连车后面的门都没关就开走了。

这个故事里有些东西让人不解，尽管当时我没去想，妈妈也没去想。那个老太太怎么可能确定在那一堆食品杂货里没有黄油呢？在她不知道会发现错误之前为什么要带着斧子？她一直都带着斧子，以防任何惹人恼火的事发生吗？

据说内特菲尔德太太年轻的时候是个真正的淑女。

还有一个关于内特菲尔德太太的故事，这个故事更有趣，因为我也在故事里面，而且故事就发生在我们家附近。

那是一个美丽的秋日。婴儿车被放在一小块新草坪上，我在里面睡觉。那天下午爸爸不在家——也许在老农场帮他爸爸的忙，他有时候会这么做，妈妈正在水池边洗衣服。为了庆祝第一个孩子出生，有一大堆针织品、丝带之类需要在软水里小心翼翼手洗的衣物。她在水池里洗衣服并拧干的时候，面前没有窗户。要看到外面，必须穿过房间，走到朝北的窗前。从那里可以看到信箱和房子之间的车道。

为什么妈妈决定放下正在清洗和拧干的东西去看车道？她没在等什么人。也不是爸爸回来得迟了。也许她是让他去杂货店买东西，买她做晚饭需要用的东西，她在想他会不会及时回来，好让她能用上这些东西。那个时候她做饭相当讲究——实际上，过于讲究了，她的婆婆和爸爸家里的其他女人都认为没有必要。看看花销吧，她们会这么说。

或者也许和晚饭无关，她是让他去买衣服裁剪纸样，或者一块她想给自己做新裙子的布料。

事后她从未说过她为什么那么做。

对妈妈做饭方式的疑虑并不是她和爸爸家人之间的唯一问题。他们一定也对她的衣服颇有微词。我想起来她常常在午后穿上连衣裙，即便只是在水池边洗一下衣服。午饭后她会睡半个小时，起来后总是换一件不同的裙子穿。后来我看照片，觉得那个年代流行的东西并不适合她，也不适合任何人。裙子没有型，波波头也不适合她丰满柔和的脸型。但这不会是爸爸那些住得很近、可以看到她的一举一动的女性亲戚反感她的原因。她的过错在于她的样子不符合她的身份。她看上去不像是在农场长大的，或者不像打算待在农场的样子。

她没有看见爸爸的车从小路上开过来。她看见的是那个老太太，内特菲尔德太太。内特菲尔德太太一定是从自己的房子走过来的。很久以后，我会在同一座房子看见那个取笑我的独臂男人，而他那剪了波波头的太太我只看见过一次，她当时站在水泵旁边。在我知道任何关于那个疯老太太的事情之前，老太太就是从那座房子里跑出来，为黄油的事拿着斧子追赶送货的小伙子。

在看见内特菲尔德太太沿我们家门前的小路走过来之前，妈妈一定见过她很多次。也许她们从来没有说过话。但也可能说过。妈妈也许刻意强调过这一点，即使爸爸告诉她没必要。这么做甚至可能会招来麻烦，这大概是他会说的话。妈妈同情像内特菲尔德太太这样的人，只要他们是正派人。

但是那时她想的不是表示友好或为人正派。那时她急忙从厨房跑出去，一把把我从婴儿车里抱出来。婴儿车和毯子被丢在原地，她跑回家里，试图从里面锁上厨房门。她不必担心前门，前门总是锁着的。

但是厨房门有问题。据我所知，这个门从来没有真正的锁。我们只是习惯晚上用一把餐椅抵住门，把椅背卡在门把手下面，这样如果有人推门进来，就会弄出很大的声响。在我看来，这种保障安全的方式过于随意，和爸爸在桌子抽屉里藏了一支左轮手枪的做法也不相符。他得经常射杀马，因此，很自然，家里还有一支来复枪和几把猎枪。当然，子弹没有上膛。

妈妈把门把手楔牢之后有没有想到武器？她这一生是否拿起过一支枪，或给子弹上过膛？

她是否想过那个老太太也许只是来探望邻居？我想没有。她走路的样子一定有所不同，一定表现出某种果断的决心，那不是沿路过来拜访的客人应有的样子，她沿我们门前的小路走过来不是来做友好的拜访的。

可能妈妈祈祷了，但她从没提到这一点。

她知道婴儿车里的毯子被翻找过，因为，就在她把厨房门上的百叶窗帘拉下来之前，她看见一条毯子被扔到地上了。在那之后，她再没有试图去拉下哪扇窗户的百叶窗帘，而是抱着我站在一个不会被看见的死角里。

没有礼貌的敲门声。但是椅子也没有被推动。没有砰砰声或嘎嘎声。妈妈躲在升降架旁边，心里怀有一线希望，希望那刻的安静意味着老太太改变主意，回家去了。

但不是这样。她正在绕着房子走，不慌不忙，每经过一楼的一扇窗户就停住脚步。当然，正值夏天，遮挡风雪的护窗没有关上。她可以把脸贴在每一块窗玻璃上。因为天气很好，所有百叶窗帘都被拉到最高。那个老太太个子不是很高，但她不用踮起脚就可以看见里面。

妈妈怎么知道这些？似乎她并没有抱着我跑来跑去，在一件又一件家具后面寻找掩护，心里怕得要命的同时，向外面窥视，撞见那双瞪大的眼睛，也许还有咧着嘴的怪笑。

她一直待在升降架旁边。她还能做什么呢？

当然，还有地窖。那里的窗户非常小，任何人都没法从窗子爬进去。但是地窖门没有门闩。如果那个女人最后真的闯进房子，沿地窖的台阶下来，那么被困在黑暗的地窖里一定更加可怕。

还有楼上的房间，但是要上楼去，妈妈必须穿过那个大餐厅——将来我会在那个房间里挨打，但变成封闭式楼梯后，房间里面的恶意也随之消失了。

我不记得妈妈第一次说这个故事是什么时候，但似乎较早的几个版本只说到这里就结束了：妈妈躲在家里，内特菲尔德太太把脸和手紧贴在窗玻璃上。后来的版本说到往里看。耐心告罄，或者说愤怒占据上风，于是响起了嘎嘎声和砰砰声。没有提到叫喊声。老太太也许没有力气叫喊。或者也许在耗尽体力之后她忘记了来这里的目的。

不管怎么样，她放弃了；这就是她所做的一切。查看过所有的门窗之后，她离开了。妈妈终于鼓足勇气在一片寂静之中观望四周，确定内特菲尔德太太去了别的地方。

然而，爸爸回家之前，她一直没有把椅子从门把手下面挪开。

我并非要暗示妈妈经常说起这件事。这不在我逐渐了解而且——最重要的是——感兴趣的事情之列。她如何勉强上到了中学。她在艾伯塔教书的那所学校，孩子们骑着马来上学。她在师范学校的朋友，幼稚的恶作剧。

我总能听懂她在说什么，尽管，在她的声音变粗之后，其他人往往听不出来。我是她的翻译，有时候我非常痛苦，因为不得不重复那些繁复的表达或者她认为有趣的话，我看得出，那些停下脚步跟她聊天的友善的人巴不得马上离开。

我从未被要求去谈那个她称之为内特菲尔德太太的探望的事

件。但是这件事我一定知道很长时间了。我记得某次我问她是否知道那位老太太后来怎么样了。

"他们带她离开了,"她说,"哦,我想是这样。她没有被丢在那里自生自灭。"

我结婚之后搬到了温哥华,但依然收取我长大的那座小镇的周报。我想某个人,也许是爸爸和他的继任太太,为我订了这份报纸。通常我几乎不看,但有一次,我看报纸的时候看到了内特菲尔德这个名字。这显然是一个女人的婚前姓,名字的主人现在不住在镇上,而是住在美国俄勒冈州波特兰市,她给报纸写了一封信。她和我一样,仍然是家乡报纸的订户。她写了一首诗,关于在家乡度过的童年。

> 我知道一座长满青草的山坡
> 清澈的小河从坡下流过
> 那里充满宁静和快乐
> 在我的记忆里荡漾着微波——

这首诗有好几节,我读下去的时候逐渐明白,她说的就是同一片我曾以为归属于我的河滩。

"随信附上的诗行根据我记忆中的那座山坡写成,"她写道,"如果能在历史悠久的贵报刊登,我非常感激。"

阳光洒在河面上
闪烁着星星点点的光芒
就在河的对岸
快乐的花儿竞相开放——

那是我们的河岸。我的河岸。另一节写的是一片枫树，但我相信她记错了，那些是榆树，因为得了荷兰榆树病，现在全都死了。

信中其余的内容让前因后果更清楚了。这个女人说她的父亲——他姓内特菲尔德——于一八八三年在后来被称为"下镇"的地方从政府手里买了一块地。那块地就在梅特兰河边。

岸边开满鸢尾花的小溪
被枫树林的绿荫遮蔽
流水滋润的原野上
一群群白鹅在觅食嬉戏

她没有提及——换作我也会这样——泉水变得浑浊，岸边被马蹄踏乱。当然也没有提到粪便。

实际上，我也作过几首诗，和她的诗差不多，但现在找不见了，抑或从未被写下来过。赞美大自然的诗行不太容易收尾。我写那些诗的日子，大约就是我对妈妈极度排斥，而爸爸正狠狠打掉我的刻薄的时期。或者说揍扁我，当时人们会如此满不在乎地形容。

这个女人说她出生于一八七六年。结婚前她一直住在父亲家里，在那里度过了她的青春。那座房子在小镇的尽头，是空旷的田野开始的地方。从房子里可以看到夕阳。

那是我们的房子。

有没有可能妈妈从来不知道这一点，从来不知道我们的房子是内特菲尔德一家曾经住过的地方，那个老太太是在透过窗户看她自己过去的家？

有这个可能。我年纪大了之后，开始有兴趣费神翻阅档案记录，不顾枯燥地考据一些事情，我发现在内特菲尔德家卖掉房子之后，我父母搬进去之前，有好几户人家拥有过那座房子。你也许好奇为什么那个老太太还可以活很多年，却把房子卖了。她是否成了寡妇，手头拮据？谁知道呢？是谁来把她带走了，就像妈妈说的那样？也许是她的女儿，那个住在俄勒冈的写诗的女人。也许她在婴儿车里寻找的正是那个已经长大的、离家很远的女儿。就在妈妈说她不顾一切拼命把我抱起来之后。

在我成年后有一段时间住得离那个女儿并不太远。我本可以写信给她，或者去拜访她，如果我当时没有为自己刚刚组建的家庭和总是令人不满的写作忙碌的话。但那时我真正想要说话的对象是妈妈，而她已经不在了。

妈妈最后一次发病时我没有回家，也没有参加她的葬礼。我当时有两个年幼的孩子，温哥华没有人可以照顾他们。我们难以负担旅费,而且我丈夫鄙视仪式。但为什么要把责任推到他身上呢?我也有同样的想法。我们会说起某些无法被原谅的事,某些让我们无法原谅自己的事。但我们原谅了,我们每次都原谅了。

图书在版编目（CIP）数据

亲爱的生活 /（加）艾丽丝·门罗著；姚媛译.
2版. --北京：北京十月文艺出版社，2025.1.
ISBN 978-7-5302-2441-0

Ⅰ. I711.45
中国国家版本馆CIP数据核字第2024XK7487号

著作权合同登记号　图字：01-2024-3787

Dear Life by Alice Munro
Copyright © 2012 by Alice Munro
Published in the United States by
Alfred A. Knopf, a division of Random House, Inc., New York.
Arranged with Andrew Nurnberg Associates International Limited.
Simplified Chinese edition © 2025, Thinkingdom Media Group Limited.
All rights throughout the world are reserved to Alice Munro.

亲爱的生活
QIN'AI DE SHENGHUO
[加拿大] 艾丽丝·门罗 著
姚媛 译

出　　版	北京出版集团
	北京十月文艺出版社
地　　址	北京北三环中路6号
邮　　编	100120
网　　址	www.bph.com.cn
发　　行	新经典发行有限公司
	电话 010-68423599
经　　销	新华书店
印　　刷	河北鹏润印刷有限公司
版　　次	2014年5月第1版 2025年1月第2版
印　　次	2025年1月第1次印刷
开　　本	850毫米×1168毫米 1/32
印　　张	9.5
字　　数	200千字
书　　号	ISBN 978-7-5302-2441-0
定　　价	59.00元

如有印装质量问题，请由本社负责调换。
质量监督电话　010-58572393

版权所有，未经书面许可，不得转载、复制、翻印，违者必究。